アメリカ文学に触発された日本の小説

渡辺利雄
Toshio Watanabe

研究社

はじめに

本書は、昭和女子大学オープン・カレッジの大学院シリーズ講座「イギリス・アメリカ文学―ことばの楽しみ（十二回）」で行なった講義に基づいていますが、その背後には、拙著『講義　アメリカ文学史［全3巻］』（二〇〇七）、およびその『補遺版』（二〇〇九、ともに研究社）があり、さらにその背後に、著者が東京大学文学部英文科で担当した「米文学史概説」があります。「米文学史概説」の授業では、毎週、その日に扱うアメリカ作家の文学史的な位置や、作品の梗概、さらには後世に及ぼした影響などを解説し、それをその作品の「さわり」の具体的な引用によって裏付けました。同時に、アメリカ文学に必ずしも馴染みのない学生たちのことを考えて、その作家の作品に触発されて書かれたと思われる、したがって、ある共通性をもった（しかし微妙に異なる）日本の作家の作品を、こちらも具体的に引き合いに出して説明しました。そうした日本の作家の作品に関するノートは、二十数年間、積もり積もって、二十編を超えるまでになりました。本書は、手許にある「アメリカ文学に触発されて書かれた（と思われる）日本の小説」のノートを整理再編したものです。とり上げる作品の数は限られていますし、最初から一冊の本として書き下したものでもありませんが、『講義アメリカ文学史』の「日米文学研究」版としてお読みいただければ幸いです。

こうした日米文学の比較研究は、ただ粗筋が似ているとか、同じような事件が作品中に起こるとか、あるいは登場人物の性格や社会的な背景に共通性が認められるとか、そういった程度のことで論じるわけにはゆかないでしょう。比較文学研究にはそれなりに厳密な方法論があります。その点、アメリカ文学の作品と、それに影響を受けたと思われる日本文学の作品を同時に深く理解することを目指した本書では、ある作品を論じる上で、共通点をもったもう一篇の作品をいわば「補助線」として使い、そうしなければ見えてこない作品の特徴や意義、魅力などを明らかにしようとしました。したがって、比較文学研究としては限界があることは認めます。しかし、だからといって、単なるアマチュア研究者の常識的な比較文学論に終わることなく、アメリカ文学、あるいは日本文学のみに視野を限っていたのではわからない、両国の文学の特色、さらにはそれぞれの国の歴史や文化、そして社会の本質や特徴をできるだけ具体的に明らかにしたつもりです。結果は、読者諸賢の判断を俟《ま》つしかありませんが、そうしたことをつねに意識しながら、講義で話したことを整理、再構成したのです。

第2章で述べますが、現代のある文学論によりますと、文学作品は、よくも悪くも、すべて過去の作品の「模倣」にすぎないといいます。どれだけ斬新で革命的な作品であっても、その作品をとおして、過去に書かれた作品が透けて見えるというのです。それはその通りで、言葉それ自体、そして文化的な連想や歴史的繋がりなどが文学作品を制約するとともに、同時にその作品を支えてもいます。過去の作品とまったく繋がりのない文学作品はあり得ないでしょう。しかし、ある作家の作品が過去の作品に影響されていると思われる場合も、その作家がそうした影響関係を否定していることもあります。「模倣」と指摘されることを嫌い、あくまでも自らの「独創性」を主張するわけです。もちろん、その気持ちはわからなくはありません。極端な場合、盗作と糾弾されるからです。そのように、先行作品との影響関係はまことに微妙なところがあって、神経を使わざるを得ないのですが、本書はそうした影響関係や類似性をただ指摘し、それを証明することを目的としているのではなく、それを手がかりに、日米両作品の隠された意味を明らかにすることを目指しています。

そのためには、ただ漠然と影響関係が認められるというだけでなく、そのような関係を具体的に証明しなければならないので、オープン・カレッジでは作品からの引用をできるだけ多くハンドアウトに載せて受講者に示し、それに基づいて話を進めるようにしました。こうした引用は、事実によって事実を語らせるという著者の基本的な立場からしますと必要不可欠ですが、本書では紙幅に余裕がなく、作品の引用すべき個所の要点を繋ぎ合せるだけになったところも少なくありません。そこで、読者の皆さんには、必要に応じて、それぞれ出典に当たって確認していただきたいと思っています。著者の判断、主張の多くは、単なる漠然とした印象ではなく、そうした具体的な引用によって裏付けられているはずです。

もう一点、最初にはっきりさせておきたいことがあります。文学作品の最終的な意味を決定するのは誰かという問題です。つまり、作者の創作意図が読者の解釈に優先し、その解釈を拘束するのか、あるいは、作者の意図は必ずしも作品に実現しているとは限らないので、読者が作品解釈の最終的な決定権をもっているのかという古くて新しい問題です。これはとりわけ、現存の作者の作品を語る場合に大きな問題となります。解釈だけではありません。影響関係についても同様の問題がつきまといます。読者からすれば、ある作品からの影響は明白だと思われるにもかかわらず、作者自身がそのような影響を否定した場合、読者は作者に従わなければならないのかという問題です。僭越に思われるかもしれませんが、そこに否定しがたい影響関係が感じられる場合、あるいは作者の意図を超えた解釈が考えられる場合、著者は、作者の証言よりも読者側の判断や解釈を優先させることにしました。本書では、作者が意図しなかったかもしれない作品の意味や解釈を、別の作品と比較することによって、できる限り引き出そうとしています。

最後に申しますが、本書では二十篇余りの日米の文学作品を俎上に上せ、それぞれに著者なりの解釈を施しています。その中には通説と一致しないものもあるのではないかと恐れています。もちろん、どの解釈も作品のテキストそのものに即して施したつもりですが、論旨の展開の関係で、限られた細部に過度の光を当ててしまっているかもしれません。著者は、本書の解釈およびそれに基づく主張を、一方的に読者に押しつけるつもりはありません。著者の意図の一つは、読者がこれをきっかけにして、本書で扱った日米の文学作品を、自分の目で読んでいただくことです。その意味では、本書が映画の「予告編」的な役割を果たすことを願っています。「予告編」として、それぞれの作品の「目玉」ともいうべき部分にもっぱらスポットライトを当てることで、時には退屈な部分を含んだ長編小説を山場の連続であるかのような印象をあたえてしまったかもしれません。しかし、それによって作品の魅力的な部分が読者に明確に伝わることを願っています。

本書は「終り」ではなく、これをきっかけにここで扱っている作品を自分の目で読んでもらうことを目的としており、その意味では「始まり」だと思っています。そして英文科の元教師として、アメリカ文学は、翻訳でなく原作そのものに体当たりし、翻訳からは必ずしも伝わってこない作品の意味（意義）と魅力を汲み取っていただくことを期待しております。

目次

1

極限状況における幻覚をとおして明らかにされる人間の究極的な存在

エドガー・アラン・ポー『アーサー・ゴードン・ピムの物語』と、大岡昇平『野火』

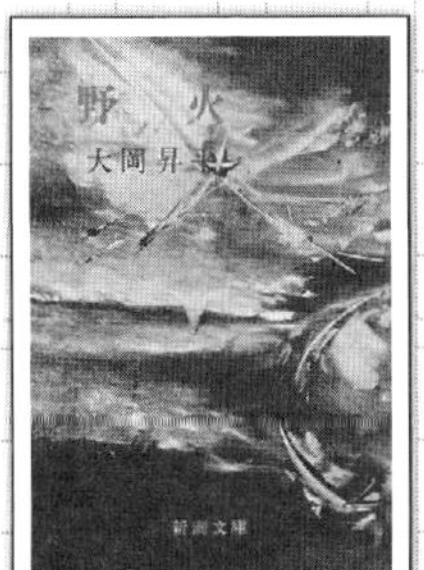

■大岡昇平の小説家としての基盤となったフィリピンでの戦争体験

大岡昇平（一九〇九—一九八八）、彼は太平洋戦争（第二次大戦）後の日本文学を代表する小説家の一人ですが、現在の若い読者からすると、過去の作家と思われるかもしれません。伝記的なことを少し言いますと、一九〇九年、東京の兜町の株式仲買人の恵まれた家庭に生まれ、十代、旧制高校時代からランボーに興味をもち、彼のフランス語の家庭教師だった若き日の小林秀雄を通じて、若き日の中原中也、河上徹太郎といった詩人や文学批評家たちと交わり、当時の新しい文学の動きを知ります。一九二九年、京都大学仏文科に入学して、同人雑誌に加わり、文学活動を始め、大学卒業後は、スタンダールの『パルムの僧院』を読んで、フランス小説の理解をさらに深めました。一九四四年六月（大岡が三十五歳の時）、陸軍兵士としてフィリピンのミンドロ島に派遣され、半年後には、アメリカ軍の捕虜となって、レイテ島の捕虜収容所に送られます。そこで敗戦を迎え、戦後、復員帰国しますが、このフィリピンでの戦争体験は、よくも悪くも、彼の小説家としての基盤となります。

そして一九四八年、一人の兵士の戦場での心理状態を克明に描いた『俘虜記』によって、長い作家生活の第一歩を踏み出します。これは、ミンドロ島の山中でマラリアに罹り、日本軍にも見捨てられ、最後はアメリカ軍の捕虜となるという、自身の体験を反映した作品です。続いて、『野火』（一九五二）、『ミンドロ島ふたたび』（一九六九）、『レイテ戦記』（一九七一）を発表。もちろん、こうした戦場体験を描いた作品は、彼にとってだけでなく、太平洋戦争から生まれた日本文学として重要な意味をもちますし、間接的にしか戦争を知らない私たちの世代にとっても、忘れがたい読書体験の一部となっています。しかし、現代の若い読者には、大岡のもう一つの文学世界、スタンダールやラディゲなど、フランスの伝統的な小説を思わせる『武蔵野夫人』

（一九五〇）、『雌花』（一九五七）、『花影』（一九六一）などのほうが親しみやすいかもしれません。大岡とフランス文学との間には切っても切れない関係があり、それを無視して大岡の文学を理解することはできないでしょう。

■アメリカ文学が大岡にあたえた影響

したがって、本書『アメリカ文学に触発された日本の文学』で、大岡昇平を取り上げることに何か違和感をお持ちになる方がおられるかもしれません。しかも、先ほど紹介した彼の伝記をお読みになり、この『野火』が太平洋戦争中の異常な世界を個人的に描いた記録文学であるかのような印象をもたれたのではないでしょうか。そのような小説のどこにアメリカ文学との繋がりがあるのかと思う方もおいででしょう。そもそも、彼はアメリカ文学に興味をもっていたのでしょうか。実は、私自身も『野火』を最初に読んだ時、フランス文学であれ、アメリカ文学であれ、そうした外国文学との関係などほとんど感じませんでした。ところが、です。大岡自身が、過去に読んだ外国文学の影響の下でこの『野火』を書いたと認めているのですね。

■大岡の『野火』に見られる外国文学との共通点

そして、そうした彼自身の発言に基づいて、『野火』に見られる外国文学の影響を論じた研究もすでにいくつか書かれています。ここでは、そうした点をもう少し具体的に実例を示して論じるとともに、その共通点と相違点を考えてみようと思います。大岡自身、一九七二年、『三田文学』八月号に「『野火』における仏文学の影響」と題した九ページほどの文章を書いています。最初に「自分の作品についてしゃべるのはあまり好きでないのです」と言い、また「無意識の部分の多い作品」であると断りながら、標題通り、「フランス文学の影響」にかなり詳しく触れています。ところが、冒頭二ページ目で、彼が最初に明らかにしますのは、標題とは違って、「アメリカ文学の影響」なのですね。彼が若い頃に読んだと思われるエドガー・アラン・ポー（一八〇九—四九）の唯一の長篇小説『アーサー・ゴードン・ピムの物語』（一八三八、以下『ゴードン・ピム』と略称）が、『野火』の「全体のワクになっている」というのです。まず、その部分を引用しましょう。

『野火』の全体のワクになっているのは、ポーの『ゴードン・ピム』という長編小説です。これは一九五三年の「『野火』の意図」にも書いたことですが、漂流船の中の人肉食いがあります。くじ引きでだれかが死んでくわれることになるのですけれども、犠牲者は殺されると、すぐ手首、足首、つまり食えないところを打ち落とすというようなすごみのある細目があります。全体として、主人公がいろんな人と会ったり別れたりする筋立て、最後に南極に流れて行くことになるのですけれども、南極の、当時はまだ南極大陸が発見されてなくて、海が大きな滝になって、地底にもぐり込んでいるというふうに、空想されていたのですけれども、『野火』の終りが、幻想的な場面になってくるという構成も似ているわけです。特に意識してまねしたわけではなく、何となくそういうふうになって来たのですけれど。

そして、「もっとも、私の作品では」と言って、『ゴードン・ピム』を意識しながら、両作品で「重点」の置き場が違っていることも明らかにします。その「重点」に『野火』の中心テーマが示されているので、そこも引用しておきましょう。

『野火』は一人の兵隊が敗軍の状況の中で、熱帯の自然の中をさまようという遍歴談という形になっているわけです。もっとも、私の作品では遍歴といってもその間に出会う事件には重点はないので、そういうふうに一人で歩いていく人間の心理、そういう極限状況に置かれた兵隊の心理の混乱、周囲の自然が彼にどういうふうに見えたかというようなことに重点があるんですが。

■両作品に共通する「人肉食い」「遍歴」「放浪」「幻想的な場面」

これでおわかりでしょうが、もしこの両作品に共通点があるとしたら、それは第一に「人肉食い」。これは日本語ではうまく表現できないのですが、英語では"cannibalism"といい、この語尾の"-ism"は「主義」ではなく、「行為」「習慣」を表します。英和辞典では「食人風習」などと訳されていて、「人間の共食いの慣習」、歴史的にタブーとされてきた、人間の動物的な「行為」、「習慣」なのです。第二の共通点は、二つ目の引用が明らかにしますように、一人の人間の「遍歴」。私の語感では、「遍歴」というのは、ドン・キホーテや、イギリスの小説のトム・ジョーンズのように「諸国をめぐり歩く」修行目的の旅行のことで、ここでは未知の自然の中を到達点もわからないまま歩きまわる孤独な「放浪」の旅といったほうがよいかと思います。

『野火』は、自らの所属する軍隊から追放され、フィリピンの原野でアメリカ軍の襲撃と迫りくる飢えにおびえながら、死線をさ迷う「肺病」に患《お》かされた一人の日本兵の物語でありますし、ポーの『ゴードン・ピム』は、思わぬことから捕鯨船に潜り込んだ語り手の青年ピムの物語で、彼はその捕鯨船で起きた船員の反乱に巻き込まれ、何とか生き延びたものの、船上である意味では即死よりも辛い飢餓に襲われ、さらに、発見した島の野蛮な住民の略奪に遭い、乗っていた船は破壊され、あげくの果て、船内の火薬が爆発し、大惨事に見舞われます。そして、一時は通りがかった船に救助されますが、最後は小さなカヌーを奪って、生き残っていた二人と逃亡を企てます。同じ「遍歴」「放浪」といっても、『野火』の主人公は、ほとんど事件らしい事件のない単調な「放浪」を続けるのに対し、『ゴードン・ピム』のほうは、予想を超えた命に関わる大冒険、恐怖の連続となっています。そして、その間に「人肉食い」の事件が生じますが、それが読者にあたえる衝撃、事件のもつ意味は、両作品では大きく異なります。それはこれまでの説明だけでもある程度推察できるでしょう。

第三の共通点は、大岡が第一の引用の最後で言っていますように、『ゴードン・ピム』も『野火』も、結末が「幻想的な場面になって（いる）」ということです。大岡は『ゴードン・ピム』の最後の場面、あの有名な、南極海の果てが「大きな滝になって、地底にもぐり込んでいる」という場面を「幻想的」と見なしているのですが、「場面」そのものが「幻想的」なのか、それとも、その場面を語るピムの語り口が「幻想的」なのか、はっきりしません。また、『野火』の場合も、大岡自身は「終りが幻想的な場面になってくる」と言っていますが、その場面がどこであるのか、これもいま一つはっきりしません。しかし、作者自身がそのように言っていますので、これも本章の問題点として検討してみます。こうして、ポーの『ゴードン・ピム』と大岡の『野火』の間に認められる共通点、類似点というのは、第一に「人肉食い」、第二に「遍歴」物語という作品の構造、第三として作品の最後の「幻想的な場面」ということになります。

■ 作品の結末の「幻想的な場面」をめぐって

説明のしやすさから、ここでは順序を逆にして、第三の共通点である両作品の結末の「幻想的な場面」から始めることにしましょう。『ゴードン・ピム』のほうから考えてみます。この最後の「幻想的な場面」は非常に有名でありますが、しかし、それによって作者ポーが何を表現しようとしたのか、必ずしもはっきりせず、これまでにさまざまに解釈が示され、議論の尽きない、いわくつきの個所となっています。しかも、その場面までは、そこで死んだと思われる語り手ピムが書き残した原稿に基づくある程度客観的な描写になっており、海上体験がない読者にもその恐怖感が十分伝わるようになっています。しかし、この最後の場面は現実を超えたとしかいいようのない「幻想的な」場面となっていて、現実に何が起きたのか、すべては「現実」でなく、語り手ピムの「幻想」にすぎないのか、そして彼はその後どうなったのか、そうしたことがまったくわからないまま、物語は幕を閉じます。

この最後の場面を説明すると、ピムと最後に残った仲間の一人ダーク・ピーターズが（それまで一緒にカヌーに乗っていたもう一人の原住民は、降り注ぐ乳白色の海水を浴びて息を引きとります）、小さなカヌーで、南の方向、おそらく南極に向かっていたと思われる時、はるか彼方、水平線上に乳白色の水蒸気が湧き上がり、海水も乳白色に変わります。そして、その乳白色の湧き上がる水蒸気の先は巨大な滝となって、海水は水面下に落ちていっているように見えます。その時です、無気味な青白い巨大な鳥が現われます。そして、次の瞬間、ピムとピーターズは、大きく口を開いた乳白色の滝の裂け目に飲み込まれるのです。その瞬間、行く手には経帷子をまとった巨大な人影が待ち受けていたかのように現われ、「そのものの肌の色は雪のように純白であった」と描写されます。

■この異様な「幻想」をとおして、ポーは何を表現しようとしたのだろうか？

『ゴードン・ピム』はポーの最初の小説であり、唯一の長篇であることで知られていますが、その後の彼の代表作とされる短篇と比べますと、問題点があまりにも多く、それほど高く評価されていません。しかし、この最後の一章、第二十五章だけは、いかにも彼らしい一面を示していることで広く知られています。この結末の部分はぜひ原文で読んでいただきたいと思います。そして、この最後の場面は、語り手の恐怖の果ての「幻想」にすぎず、「現実」には何か別のことが起こっていたのではないかと想像する読者、研究者もいないわけではありません。その一方で、作者ポーはそのような異様な「幻想」をとおして一体何を表現しようとしたのか、これもまた昔からさまざまに議論されています。しかし、よくわからないとはいうものの、読了後に強烈な印象を残す不思議な魅力を備えているのは疑いありません。この結末の場面は、果たして「現実」なのか、それとも語り手の「幻想」にすぎないのか、これが第一の疑問なのですが、その点、大岡はこの最後の場面を「幻想」と見なし、「『野火』の終りが、幻想的な場面になってくるという構成も似ているわけです」と述べています。しかし、本当に、両者の「終り」の構成は似ているのでしょうか。

■額縁小説『野火』の「終り」をめぐって

小説の「終り」というのはつねに曖昧なところがあります。それは、語られている物語そのものの「終り」なのか、作品を形作る「語り」の「終り」なのか、ということです。小説の中には、「額縁小説」とでもいうべき、「物語」に語り手が現われ、注釈のような補足を加える「額縁」が付いているものがあり、そうした場合、どこが小説の本当の「終り」なのか、それが問題となります。そのように考えると、大岡がいう『野火』の「終り」

の「幻想的な場面」とはどこなのでしょう。『野火』の「物語」それ自体の「終り」は、第三十六章といってよく、「私は私の手にある銃を眺めた。やはり学校から引き上げた三八銃で、菊花の紋がばってんで刻んで、消してあった。私は手拭を出し、雨粒がぼつぼつについた遊底蓋を拭った。／ここで私の記憶は途切れる……」（省略点、原文のまま）となっています。「私」の「記憶」は点々で途切れ、「私の記憶」の「物語」は終りとなります。

しかし、それは小説全体の「終り」ではなく、「狂人日記」と題された第三十七章がその後に続き、その章の冒頭には、「私がこれを書いているのは、東京郊外の精神病院の一室である」とあり、さらにその後「再び野火に」「死者の書」という二つの章が続きます。そこで、「この手記」が医者の勧めによって書かれ、医者たちが「アミタール・インタヴュ」によって「私の秘密」を探ろうとしていたのだと説明されます。もっとも、「私」は、医者たちが「私のいうこと」を理解してはいなかっただろうとも言っていますが、ともかく、「私」は精神病院で医者たちに真実を語るよう迫られ、この「手記」を書いたというのです。それがこの小説の「終り」でもあるのです。なお、ついでに言いますと、この「アミタール」というのは、かつて嘘の証言をしていると疑われた人間に、真実の告白を迫るため使われた精神鎮静剤だそうです。

■「狂人手記」であるとは最後まで読者が気づかない『野火』の語り

『野火』は最初から一貫して一人称で語られていますので、巻末の最後の七ページを読むまで、読者はこれが「狂人手記」であるとは気づきません。語り手の「私」の意識や、観察、表現力に多少の混乱や曖昧さは認められますが、彼の語りには意外と明晰な洞察力や、周囲の事物に関する鋭い観察、自己分析などがあって、これが「狂人手記」であるとは読者が気づかないように書かれているのです。たとえば、自分自身の置かれた状況に関して、語り手の「私」は「名状し難いものが私を駆っていた。行く手に死と惨禍のほか何もないのは、既に明らかであったが、熱帯の野の人知れぬ一隅で死に絶えるまでも、最後の息を引き取るその瞬間まで、私自身の孤独と絶望を見極めようという、暗い好奇心かも知れなかった」と、文章には多少構文的にねじれがありますが、極限状況に陥っているはずの「私」の自己省察の精神には狂気を感じさせる異常なところはほとんど感じられません。

■両作品のかなり異なった語りと結末の幻想的な場面

それはそれとして、本題にもどりますが、この小説の「終り」は、第三十六章の「ここで私の記憶は途切れる……」なのか、それとも、第三十九章「死者の書」の最後「もし彼が真に、私一人のために、この比島の山野まで遣わされたのであるならば ― 神に栄えあれ」という文章なのか。もし、作者大岡の言うように、この作品の終りが、ポーの『ゴードン・ピム』を思わせる「幻想的な場面」であるとしたら、その幻想的な「終り」はどこになるのでしょう。それはおそらく、この『野火』の場合は、最後の一章「死者の章」の「神に栄えあれ」とあるあたりに求めなくてはならないのでしょうが、『ゴードン・ピム』に比べますと、必ずしも「幻想的」とはいえないでしょう。『ゴードン・ピム』とはかなり異なった語り、結末となっているように思われます。

作品の「終り」に関する第三の共通点を最初に論じましたが、内容は別にしますと、『ゴードン・ピム』では、物語そのものの最後で語り手の主人公のピムが巨大な白い滝とともに海底に飲み込まれ、行方がわからなくなります。そして、物語は唐突に終わります。ところが、ピムはどうやら救出されていたようなのですね（あるいは、滝に飲み込まれたということ、それ自体が、彼の幻想、錯覚にすぎなかったのかもしれません）。

ところが、『ゴードン・ピム』も「額縁小説」で、本当の「終り」はどこにあるのかはっきりしないのです。彼のこの手記、物語の冒頭には「序文」と称する文章が付けられていて、「私は、南太平洋、その他で異様きわまりない数々の冒険を体験し、数か月前、合衆国に帰ってきた。その冒険はこの後に続くページに記してある通りであるが、帰国するや、偶然、ヴァージニア州リッチモンドの数人の紳士方と一緒になったところ、その方々は、私が訪れた地方に関する事柄すべてに深い関心をお示しになって、この物語を一般読者に伝えることが私の義務だと迫ってきたのです」と書かれています。それでこの手記を書かざるをえなくなったというのです。そうなると、彼は行方不明どころか、何らかの方法で、無事生還していることになります。そして、そのように周囲から執筆を求められながら、彼自身は、最初、いくつかの理由からそれに応じるつもりがなかったと言っているのです。

彼に言わせますと、日記などつけていなかったし、記憶だけでは正確な物語は書けないので、また、このように強烈に想像力を刺激する事件を語るとなると、とかく誇張に陥って、真実の物語ではなくなってしまう。さらにまた、事件そのものが信じがたい異様なもので、彼の主張を裏付けるものは何もない。このように彼は言うのですが、もちろん、本音は予防線を張って、これが真実の物語であることを強調したかったのでしょう。さらに、この「序文」で興味を引きますのは、この作品の筆者である「ポー氏」が、「序文」の中に現われて、南洋でのピムの異様な事件に大きな興味を示したという部分です。新しい現代の小説では、作者自身が自分の作品の中で登場人物と混じり合うケースはけっして珍しいことではなくなっていますが、ポーは早くもそうした現代的な技法を用いているのですね。もちろん、実在のポーに言及して、この異様な物語に信憑性をあたえる狙いもあったのでしょう。

■語り手の無事生還を最初に明かす『ゴードン・ピム』の「序文」

この「序文」には、その他、興味ある事柄がいくつも記されていますが、それは省略することにして、「序文」には「A・G・ピム」という署名と、「一八三八年七月、ニューヨークにて」という年と月、そして場所が、これまたもっともらしく記されています。少々詳しすぎるほど、彼が書いたとされる「序文」を紹介しましたが、この「序文」が、物語本体よりも先に掲げられていることは、作品全体への効果において、そしてその終わり方にとって、果たして最善であったかどうか、いささか疑問があります。すでに申しましたように、物語そのものは、南極の果てと思われる、巨大な滝の落下点に立ちはだかる巨大な「経帷子をまとった人影」(a shrouded figure) の出現で、結末を迎えます。そして、最後の文章は「そして、その人影の肌の色は完全に雪の白さをなしていた」とあって、それ以上の説明はまったくありません。ピムもその後どうなったかわからないままです。ところが、読者は、最初に置かれた「序文」によって、すでに彼が生存していることを知らされているのです。彼が無事生きて帰還しているということを最初の「序文」で明らかにしなかったほうが、幕切れの効果は強烈だったのではないでしょうか。

■極限状態に置かれた人間の異常な体験、不安な心理を明らかにする『野火』の「手記」

一方、『野火』は、そういった前書きなしに、一人の日本兵が残した「手記」によって、極限状態に置かれた人間の異常な体験と、不安な心理状態を明らかにするという形で物語が始まります。もっとも、『野火』もそれだけでは終わらず、最後は、「手記」に続く三章で、「手記」を残したその兵士が、その後、何とか無事に復員、帰国して、現在は、東京郊外の精神病院に入院中であることを明らかにします。そうした説明を最後で加えることが必要であると判断した作者の意図もわかりますが（そして、この最後の三章で、彼の宗教的な背景が語られます）、このように「狂人手記」であることを明記することなく、読者にこれが「狂人手記」であることをそれとなく感じさせる語りになっていたら、どうだっただろうか、と思う読者もいるでしょう。それはともかく、異常な冒険を語る語り手が現在どうなっているのか、それを、このように作品の最後で明らかにしているのは、大岡が『ゴードン・ピム』から受けたもう一つの影響なのかもしれません。

■ピムの「手記」の最後の一章が、最後ではない『ゴードン・ピム』の構成

ところが、さらに言いますと、南極の乳白色の異様な世界を描いて、読者に強烈な印象をあたえるこの『ゴードン・ピム』の最後の一章は、実はピムが書いた「手記」の本当の最後ではないのです。『ゴードン・ピム』は、冒頭に「序文」が置かれているように、物語本体のあとには「付記」が添えられています。そして、その「付記」によりますと、語り手ピムは、最後の数章の校正刷りに手を加えていた時、「突然、痛ましい死」（sudden, distressing death）に襲われ、彼の「手記」の最後の数章は永遠に失われてしまったというのです。こうして、物語の最後、南極点に近い地域で起こった恐るべき異常な事件は、それを体験した当事者である彼が死亡したため、それを確認し、説明する機会が永遠に失われてしまったというのです。こうした記述は、作者ポーの側からしますと、読者からの疑問や反論を事前に防ぐ予防線とも取れますが、この「付記」には、それだけでなく、第二十三章で問題となるツァラル島で発見された洞窟、そしてそこで見つかった奇妙な象形文字や、「テケリ・リー」という異様な鳴き声をもった奇怪な鳥についての説明も加えられており、これで、この物語は、全体として幕を閉じるのです。

■「終り」が二つあるという両作品の共通点

それにしても、この『ゴードン・ピム』は、語り手ピムの突然の死という事故によって、最後の数章が失われており、その意味で、不完全な、「終り」の欠落した小説として、最終的に「終り」を告げます。あるいは、『ゴードン・ピム』は、「終り」が二つある小説というべきかもしれません。その点、『野火』のほうも、最後に補足的に、物語全体の構成とその成立を明らかにする三章が付いていて、作品の結末が最終的にどこにあるのかいま一つ曖昧になっています。大岡の言う「特に意識してまねしたわけではな（い）」「『野火』の終りが、幻想的な場面になってくるという構成」は、そのように明確な「終り」のない構成、というよりは、「終り」が二つあるという点で、『ゴードン・ピム』と共通しているのかもしれません。しかし、いずれの作品も、「終り」が「幻想的な終り」とは必ずしもいえないように思われます。

■重要なモチーフ「人肉食い」をめぐって

それに比べますと、両作品の第一の共通点である「人肉食い」は、ポーも大岡も、ともに作品の重要なモチーフとして利用しています。この「人肉食い」という行為、あるいは風習は、飢餓という極限状況に陥った人間が迫られる究極の選択、決断といってよいもので、歴史にもその例がいくつか残されています。その一つが、『野火』の中で、大岡がさりげなく言及しています「古典的な」「メデューズ号の筏」事件です。ご存知でしょうか。商船メデューズ号は、一八一六年七月五日、現在のモーリタニア沖で座礁し、少なくとも一四七人が筏で脱出しましたが、そのほとんどが二週間の漂流のあげくに死亡し、生き残った十五人は筏で漂流し、飢餓、脱水状態、共食い、狂気にさらされます。この事件をさらに有名にしたのが、この事件をリアルに描いたフランスの画家テオドール・ジェリコーの『メデューズ号の筏』でした。また、アメリカでは、一八四六年の冬、シエラネヴァダ山中でカリフォルニアに向かう幌馬車隊の一行がドナー峠で積雪に阻まれ、進路を断たれたあげく、仲間同士の間で共食いの凄惨な争いが生じた事件が起きています。そして、この事件はいくつかの小説で再現されています。それだけでなく、わが国でも、北海道の知床岬の沖で遭難した漁師の間で人肉食い事件が起こり、それを基に武田泰淳が『ひかりごけ』(一九五四)を書いていることは広く知られている通りです。

■「人肉食い」という究極の選択の現実を迫られた四人

『ゴードン・ピム』では、この恐るべき事件は第十二章で描かれます。第十一章の終りで、パーカーという船員の一人が「ぞっとするような表情を見せて」「ほかの仲間が生き延びるためには仲間の一人が死ななくてはならないのではないか」と口走ります。それが始まりでした。それに感づいたピムは、それだけは思い留まるようパーカーに懇願しますが、パーカーは、一人が死ねば、残りの者は生き延びられるではないかと言って、応じません。応じないだけでなく、力ずくでも一人を犠牲にすると言って、いきなりピムに襲いかかります。しかし、パーカーはすでに極度に衰弱していて、若いピムのほうが逆に彼の命を奪わんばかりとなり、その場は仲間が間に入って何とか事なきを得ます。しかし、それをきっかけに、生き残っていた四人はすべて密かにこの食人の計画を考えていたことが表面化します。そして最後は、その計画を実行しない限り、全員餓死するしかないという究極の現実を、四人は認めざるをえなくなるのです。

■「人肉食い」にまつわる罪悪感をめぐって鮮やかな対照を示すピムと「私」

ピムは「このあと、生じたぞっとする光景を詳細に述べることは気が進まないが、これはどうしようもないことだった」と言って、籤《くじ》で犠牲となる一人を選ぶ「仮借なき仕事」を感情いっさいまじえずに語ります。詳しく紹介する紙幅がないので、この場面は、みなさんそれぞれお読みいただきたいと思います。この命のかかった抽選の場面は、最後の場面とともに、よくも悪くも、この作品の大きな山場であり、生と死の二者択一を迫られる極限状況の現実に、読者は圧倒されることでしょう。フィクションであることはわかっていても、ポーの描写力に、読者は臨場感を体験することになります。ピムははずれの籤を引きあてますが、そのことを、籤を見てではなく、目の前の相手の顔の表情によって、自分が犠牲者となる運命を逃れたことを知ります。そして呟きます。「私は助かっていた。死ぬ運命を背負いこんだのは彼（パーカー）であった。あえぎながら、私は意識を失い、甲板に倒れ込んでいった」（… I was safe, and … he it was who had been doomed to suffer. Gasping for breath, I fell senseless to the deck.）。

そして、大岡は、それに続く場面について、「犠牲者は殺されると、すぐ手首、足首、つまり食えないところを打ち落とすというようなすごみのある細目があります」と書いていますが、大筋はその通りで、籤にあたったパーカーは、「何一つ抵抗せず、背中を一突きされて、即死する」。語り手ピムは、「その後の恐ろしい食事のことは長々とは言わないことにしよう。それは想像できるだろうから」と言いながら、「犠牲者の血をすすることによって、私たちを苦しめていた猛烈な喉の渇きをある程度鎮め、みんなの同意を得た上で、彼の両手、両足、頭を切り落とし、それを内臓とともに海に捨てて、体の残りの部分を、あの忘れることのできない十七、十八、十九、二十の四日間、少しずつ貪り食べ尽くすのであった」と記しています。

これだけでも相当に衝撃的な記述ですが、このあと彼らは、突然降ってきた雨で飲み水を確保し、閉まっていた貯蔵室で食料や葡萄酒などを見つけたり、積み込んでいた亀の体内の新鮮な水を得たりして、仲間に食われずに生き延び、殺人・食人行為などにまつわる罪悪感にまったく悩まされることもなく、また、好天気にも恵まれ、束の間であれ、平穏な漂流を続けることになるのです。宗教的な苦悩もまったくありません。その点では、この『ゴードン・ピム』は西欧キリスト教国の文学でありながら、意外と宗教的な雰囲気や連想を伴わない、事実をただ事実として述べる語り口になっていて、東洋の作家の作品でありながら、キリスト教の神、そして、その教義に強くこだわる『野火』の兵士の「私」とは鮮やかな対照を示します。

■小説の主題として繰り返される『野火』の「人肉食い」

次に、『野火』の「人肉食い」に移りますが、これは、単なる一過性の事件としてではなく、小説全体の主題と解釈を決定する重要な要素として繰り返し描かれます。『ゴードン・ピム』に見られるような死体を切断する場面もあります。第二十九章、「手」と題された一章で、衰弱し、自然に心臓の機能が止まった、一人の将校の死体が描かれます。意識を失った彼の死体はもはや「人間ではない」と語り手の「私」は言います。しかも、この将校は、絶命する直前、「俺が死んだら、食べてもいいよ」と言っていました。そして、彼の死体は、もはや、無数の蝿と山蛭に覆われた「物体」でしかなくなっているのですが、「私」は死体を傷つけることに抵抗を覚えます。「私」の右手はその死体を切り刻もうとしますが、左手は、自分の右手を押さえます。飢餓状態の極み、ともかく、人肉であろうと何であろうと食べようとする「私」の欲望と、それに抵抗する「私」の意識が分裂する場面です。それが「私」の右手と左手の動きによって示されるのです。「私は起ち上り、屍体から離れた。離れる一歩一歩につれて、右手を握った左手の指は、一本一本離れていった。中指、薬指、小指と離れて、人差し指は親指と共に離れた。」こうして、「私」は屍体から離れてゆきますが、最後に「私」は欲望に屈して、その死んだ将校の屍体を右手で切り刻むことになったのでしょうか。この場面の作者の描写は、いささか曖昧なところがあって、はっきりしないのですが、この「人肉食い」に関する問題は、それを除外したのでは『野火』の意味が完全に失われてしまう、それだけの重みをもっています。

■両作品における「人肉食い」の場面のもつ最終的な意味

それに対して、『ゴードン・ピム』では、この「人肉食い」が語り手ピムにとって最終的にいかなる意味をもっていたのか、はっきりとは述べられていません。もしかすると、船上での孤立した極限状態を強調する一挿話として用いられているだけなのかもしれません。このおぞましい行為が宗教的にいかなる意味をもつのか、そのことについては一言も言及がないのです。それに対して、大岡の『野火』では、この問題は第二十一章あたりから最後まで繰り返し言及されていて、『ゴードン・ピム』のように、仲間を殺し、その肉体を貪り食らう場面こそ描かれませんが、戦場で、それとは知らず、猿の肉と称する「人肉」を口にしたこともあったようで、それですら「私」は精神的に救われがたいこだわりの意識に苦しめられます。「私」はまた、逆に、仲間の兵士たちから「俺たちはニューギニヤじゃ人肉まで食って、苦労して来た兵隊だ。一緒に来るならいいが、まごまごすると食っちまうぞ」と脅かされもします。

「私」は、どれだけ飢餓に苦しもうとも、意識的に仲間や現地人を殺害して、その人肉を食べるようなことはしません。しかし、それにもかかわらず、「道端に見出される屍体」、「臀肉」を失った異様な「屍体」を前にして、思い悩まずにはいられません。そうした異様な「屍体」を目の前にした「私」は思わず次のように呟きます。『野火』の中でもひときわ印象に残る一節です。

> 誰が屍体の肉を取ったのであろう――私の頭は推理する習慣を失っていた。私がその誰であるかを見抜いたのは、或る日私が、一つのあまり硬直の進んでいない屍体を見て、その肉を食べたいと思ったからである。
> しかしもし私が古典的な「メデューズ号の筏」の話を知っていなかったなら、或いはガダルカナルの飢兵の人肉喰いの噂を聞き、また一時同行したニューギニヤの古兵に暗示されなかったら、果してこの時私が飢を癒すべき対象として、人肉を思いついたかどうかは疑問である。先史的人類が食べあった事実は、原始社会の雑婚と共に、学者の確認するところであるが、長い歴史と因習の影の中にある我々は、嫌悪の強迫なくして、母を犯し人肉を喰う自分を、想像することは出来ない。
> この時私がそういう社会的偏見を無視し得たのは、極端な例外を知っていたからであったと思われる。そしてこの私の欲望が果たして自然であったかどうか、今の私には決定することが出来ない、記憶が欠けているからである。

■「人肉食い」をめぐる内面の意識のきわめて対照的なピムと「私」

ここでは、「私」自身が人肉を食べたという事実は記されていません。しかし、飢餓に苦しむ「私」が、そうした人肉を食べたいという潜在的な欲望をもっていたことは確かだと思います。「私」にとって、それは自分として認めたくない、容認しがたい事実ですが、しかし、そのような食人行為が行なわれている噂を耳にし、また、それを思わせる異様な屍体を目撃している「私」は、一方で、「人肉を食う自分」を「想像」できないと言いながら、「人肉食い」の風習に対する「社会的偏見」（これを「偏見」というところに、「私」の判断が示されています）を無視せざるをえないのです。しかし、人肉を食べたいと思う「私の欲望」が「自然」であるかどうかという問題に関しては、その時の「記憶が欠けている」と言って、「私」は結論を避けます。そうした「人肉食い」に対する「社会的偏見」などにとらわれることなく、自ら殺害した仲間の肉体を、四日間、平然と、日常茶飯事のごとくに「食らい尽くした」と言うピムとは、内面の意識の面できわめて対照的となっています。

それに対して、ピムの場合は、そのような非人間的行為にいたるまで、自分がその犠牲者、つまり「被害者」になるのではないかという予感に怯えます。そして、犠牲者を決定する籤引きに対する不安が縷々《るる》語られますが、それが終わってしまうと、事件の残虐性や、罪の意識などに苦しめられることはいっさいありません。しかも、彼は、仲間の殺人に関与しているのです。それとは対照的に、『野火』の「私」は、仲間を殺害し、その肉体を食べる、そういった直接的な行為に関わっていないだけでなく、「人肉食い」の噂、「人肉食い」を思わせる屍体の痕跡によって生涯にわたり「加害者」的な罪悪感に苦しめられます。ピムのように、籤の結果で、自分の命が失われるかもしれない過酷な運命の岐路に立たされることもありません。その限りでは、冷静にこの問題に一定の距離を置くことができたのでしょう。

■ 極限状態に置かれた「私」の混乱の底にある「死」の意識

「私」は「人肉食い」の対象になったことはないし、自分が仲間に食われるのではないかという恐怖に襲われることもほとんどなかったといえるでしょう。しかし、それにもかかわらず、この問題に関する「私」の精神的な不安や苦悩は、ピムよりもはるかに深刻です。「私」はそれによって精神に異常をきたし、精神病院に入れられるのです。こうして、「人肉食い」の犠牲になることはなかった「私」は、異様な極限状況の下で、自分を「死者」と見なすようになり、第十三章「夢」では、自分の「葬式」の場面を見ます。「祭壇の前に一つの寝棺が、黒布に覆われておかれてあった。ローマ字で死者の名が記されてあった。私自身の名前であった」と言います。『野火』には無数の「死」に対する言及がちりばめられています。そして、大岡は、この小説でフィリピンの荒涼とした原野を一人さ迷う孤独な人間、極限状況に置かれた人間の心理の混乱に重点を置いたと言っていますが、その混乱の根底にあるのは明らかに「死」の意識なのです。

■無意識的に「未来」と「過去」をめぐり、正反対の方向性をもつピムと「私」

そのように考えますと、「遍歴談」「放浪の物語」という第二の共通点にもかかわらず、『ゴードン・ピム』と『野火』は正反対の方向性をもっているといってよいでしょう。青年ピムは廃船に近い捕鯨船、そして、小さなカヌーで広大な海を放浪してまわります。その放浪の旅は生還が可能かどうかもわからない未来のない旅ですが、彼の意識はそれでもつねに「未来」に向けられています。一方、『野火』の「私」の意識は、つねに「過去」、あるいは「過去」の「記憶」に向けられています。そのよい例が、「私」が放浪中に見た、異様な痕跡をとどめた「あまり硬直の進んでいない屍体」で、そこには「過去」の「生」と、「現在」の「死」が同時に存在し、私は、「未来」よりも「過去」に目を向け、「過去」を引きずって「遍歴」「放浪」の旅を続けます。この違いは偶然なのかどうかはっきりしませんが、おそらく、大岡はポーの『ゴードン・ピム』における「過去」の意識の全面的な欠如に違和感を覚えて、このように「過去」にとらわれて「人肉食い」の行為にこだわった自らの戦場体験を「私」の「手記」という形で発表したのではないかと思われます。

■「野火」のもつ連想、意味と英訳の標題

ここで、これはポーと大岡の比較といえないかもしれませんが、『野火』という標題について少し述べておきたいと思います。この『野火』は、一九五七年、アイヴァン・モリスというアメリカの翻訳家によって*Fires on the Plain*という題で翻訳されています。「野火」、これをそのまま英語に訳すと、このようになるのかもしれませんが、この英訳の題は、日本語の「野火」の連想とは少し違っているように思われます。小説では、この「野火」という言葉は、繰り返し使われ、ある象徴的な意味をもっています。それだからこそ、大岡は、これを標題に使ったのでしょう。ある国語辞典によりますと、「野火」は「(一)早春に野原などの枯れ草を焼く火、(二)野山の不審火、野原の火事」なのです。日本語でも、このように二通りに解釈できますが、どちらも、英語の fires on the plain とは違っているように思われます。英語には fires on the prairie という表現もあり、これはアメリカ西部の大草原で落雷などによって引き起こされる大規模な自然災害のことで、イネ科の草をはじめ、バッファローなどの動物や開拓民の住居などすべてを焼き尽くす大火を意味します。

それで、モリス訳では prairie を避けて、plain を使ったものと思われますが、それでもなお、日本語の「野火」とはかなり違っています。日本でも、阿蘇山の山焼きのようにかなり大規模なものもあるにはありますが、一般に「野火」といえば、農民たちが稲束や、穀物の殻などを焼くもう少し小さな「焚火」を意味するのではないでしょうか。この「野火」が何を象徴しているのかは、このあと、もう少し考えてみたいと思いますが、『野火』の「私」が、一人、軍隊から追放されてさ迷い歩くルソン島の山中のジャングルは、遮るもののまっ

たくない広大なアメリカの「平原」とは根本的に違っています。「私」がさ迷っているのは山中であり、平地は、時どき、「私」が「谷」を下って、ジャングルから出た時に現われるだけです。

■生きている人間の存在を思い出させる「野火」の「一条の細い煙」

そして、ついでに言いますと、この「谷」は、『野火』の冒頭に聖書からの有名な一節「たといわれ死のかげの谷を歩むとも」(though I walk through the valley of the shadow of death)(『詩篇』二十三編)が掲げられているように、この小説の地形的な背景は「山」と「谷」のジャングルであって、広大な大草原でも、ピムが放浪する、水平線まで広がる海でもなく、暗い「死のかげ」に閉ざされた空間なのです。「私」は、そこから「野火」の「一条の細い煙」(第三章では「黒い煙」)によって、生きている人間の存在を思い浮かべます。「玉蜀黍の殻を焼く」「野火の出るところには人がいる」はずなのです。また、この「谷」は、「野の百合」(これも聖書と関連します)と題された第三十章にはっきりと描かれ、この小説を解釈するキーワードの一つとなります。『野火』の中で、もっとも美しい個所です。

結局、このはるか遠くに見える「野火」は、「私」にとって、どのような意味をもっているのでしょうか。この「野火」は作品中何度も描かれます。最初は、章題がその物ずばりの「野火」という第三章で、「一条の黒い煙」によって認められるこの「野火」は「目に見えない比島人の存在を示し」ますが、その「比島人」は、皮肉にも、すべて「私」にとって「敵」であったと言います。しかし、「敵」ですが、そこには紛うことなく、人間がいて、樹木が鬱蒼と生い茂る熱帯の自然とは異なり、人間の生活が営まれているのです。それは人間がたがいにつながった社会の存在、過去から綿々とつながる人間の文化を連想させます。そしてまた、「野火」という言葉から連想されるかつての日本の農村の風景ともつながって、「私」には何とも懐かしく思われるのです。「私」はこの「野火」にそうした懐かしさを覚えるとともに、危険を感じ、恐れをもいだきます。「再び野火に」と題された第三十八章で、記憶を失い狂人となって東京郊外の精神病院に入院している「私」は、見えない武蔵野の「野火」を思い出しながら、フィリピンで見た「野火」にも思いを馳せます。引用します。

比島人の観念は私にとって野火の観念と結びついている。秋の穀物の殻を焼く火か、牧草の再生を促すために草を焼く火か、或いは私達日本兵の存在を、遠方の味方に知らせる狼煙か、部隊を離脱してからの孤独なる私にとって、野火はその煙の下にいる比島人と因果関係にある。

では私は再び野火を見ていたかも知れぬ。

耳の底、或いは心の底に、私は太鼓の連打音に似た低音を聞くように思った。その長く続く音は、目の前の地上にますます延びて行く赤松の影と重なる。かつて比島で私の歩く先々について廻った、野火の印象に重なる。この病院を囲む武蔵野の低い地平に、見えない野火が数限りなく、立ち上っているのを感じる。

私はあの忘却の灰色の期間が、処々、粒を立てたように、野火の映像で占められているのを感じる。それに伴う何の感情も思考もないが、映像だけは真実である。

小説の最後のきわめて印象的な文章です。古代から営々と続けられてきた日本の農村に見られた村祭りの遠い失われた記憶、そして、その平原の記憶に侵入してくる戦場での破壊的な軍事作戦、農民の平和な生産的な営みと人間同士が破壊し合う戦闘、「私」がフィリピンで見た、この二つを同時に連想させる曖昧な意味をもった「野火」。それは、火のもつ根源的な働きを示すといってよいでしょう。おそらく、「私」の少年時代の農村生活での平和で創造的な生産活動と、それとは対照的な、未知なる熱帯ジャングルの戦場での孤立した破壊的で非生産的な放浪体験。この二つの連想、記憶が、日本に死なずに帰還し、精神病院で迫りくる「死」と向き合いながら、究極的な「人間存在」の意味を確かめようとしている「私」の意識の底で、複雑に絡み合っていたのではないでしょうか。このような重層的な意味は、「草原」を焼き尽くす「燎原の火」を思わせる *Fires on the Plain* からはとても読み取れないでしょう。英訳では、the Prairie fires という表現もかなり使われています。なお、フランス語訳では、標題を含め、英語の the fires に相当する *Les Feux* が使われていて、「野」に相当する部分がありませんが、そうなると日常的に見られる「焚火」というよりは、戦場というコンテクストから、「砲火」、あるいは、より抽象的な「戦火」を連想するのではないでしょうか。「野火」の象徴的な意味はもっと考える必要があるように思われます。

■ 農民の平和な生活と戦場での軍事作戦を連想させる「野火」

この小説の中心主題は、こうして標題『野火』によって示されていると思います。繰り返しになりますが、この「野火」は、「私」の記憶にあるように、一方では、人びとが平穏な生活を営んでいたかつての日本の農村を連想させますが、同時に、フィリピンの戦場では、日本の兵士にとって「敵」である「比島人」の存在を示し、日本兵の接近を仲間に知らせる彼らの「狼煙」でもあるのです。こうした二面性をもった「野火」に対する「私」の曖昧で、両面価値的な関係こそ、第三章「野火」で描かれる「比島」の地平に時折現われる「一条の黒い煙」から、結末に近い第三十八章「再び野火に」で描かれる事実上記憶を失った「私」が感じる武蔵野の低い地平の数限りない「野火」にいたるまで、この小説のライトモチーフとなっています。日本軍から放逐され、熱帯の密林を一人さ迷う孤独な「歩行者」の「私」にとって、「野火」が感じさせる人間の存在や、村落共同体も、現実のフィリピンの戦場にあっては、「敵」がたむろする危険な地点でしかなく、「野火」を頼りに仲間の人間との繋がりを取りもどそうとする「私」は、帰るべき故郷を奪われた状態に陥ってゆきます。そして、そうした極限状態に置かれた「私」は、はるか彼方に人間生活を思わせる「野火」を望みながら、「人肉食い」の誘惑とそれに対する反発にさいなまれ、幻覚に陥って、人間の究極的な存在をめぐって思い悩むのです。

■思わぬ国の思わぬ作家に傑作を生み出させる外国文学の影響

最後に、もう一言。大岡自身が認めている『野火』の全体のワク」となっている『ゴードン・ピム』の後世への影響です。この長篇は、すでに述べましたように、ポーの作品としては異色作でありますし、読者の記憶に残る場面も少なくないのですが、研究者たちの評価はそれほど高いとはいえないようです。しかし、それにもかかわらず、若い頃これを読んだ大岡は、第二次大戦後の日本文学を代表する一篇の傑作を書くことになります。

文学作品は、その書かれた国での評判がいま一つであっても、思わぬ国の思わぬ作家に予想を超えた大きな影響を及ぼし、それがこれまた途方もない傑作を生み出すきっかけとなることがあるのです。大岡の『野火』は、そうした影響の典型的な例といってよいのではないでしょうか。

2

次つぎと立ち現われる永遠の少女アナベル・リー——不在によって証明されるわれわれの実在性

エドガー・アラン・ポー「アナベル・リー」と、
大江健三郎『臈《ろう》たしアナベル・リイ 総毛立ちつ身まかりつ』

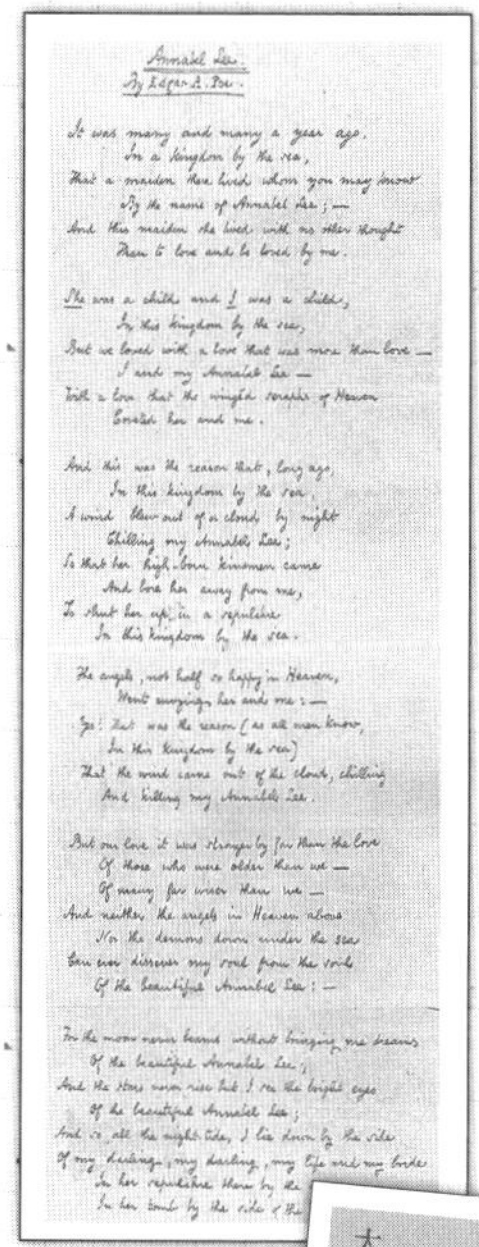
Annabel Lee.
By Edgar A. Poe.

It was many and many a year ago,
In a kingdom by the sea,
That a maiden there lived whom you may know
By the name of Annabel Lee;—
And this maiden she lived with no other thought
Than to love and be loved by me.

She was a child and I was a child,
In this kingdom by the sea,
But we loved with a love that was more than love—
I and my Annabel Lee—
With a love that the winged seraphs of Heaven
Coveted her and me.

And this was the reason that, long ago,
In this kingdom by the sea,
A wind blew out of a cloud by night
Chilling my Annabel Lee;
So that her high-born kinsmen came
And bore her away from me,
To shut her up in a sepulchre
In this kingdom by the sea.

The angels, not half so happy in Heaven,
Went envying her and me:—
Yes! that was the reason (as all men know,
In this kingdom by the sea)
That the wind came out of the cloud, chilling
And killing my Annabel Lee.

But our love it was stronger by far than the love
Of those who were older than we—
Of many far wiser than we—
And neither the angels in Heaven above
Nor the demons down under the sea
Can ever dissever my soul from the soul
Of the beautiful Annabel Lee:—

For the moon never beams without bringing me dreams
Of the beautiful Annabel Lee;
And the stars never rise but I see the bright eyes
Of the beautiful Annabel Lee;
And so, all the night-tide, I lie down by the side
Of my darling, my darling, my life and my bride
In her sepulchre there by the
In her tomb by the side of the

■アメリカ文学と日本文学の奇妙な影響関係

本章では、「小説」ではなく「詩」、エドガー・アラン・ポー（一八〇九―一八四九）の「アナベル・リー」という短い詩、短いがアメリカ詩の中でもっとも有名な詩の一つといってよい詩と、大江健三郎（一九三五―　）が、二〇〇七年に発表した『臈《らふ》たしアナベル・リイ　総毛立ちつ身まかりつ』（以下『臈たしアナベル・リイ』と略称〔文庫化の際に『美しいアナベル・リイ』に改題〕）を比較して、アメリカ文学と日本文学の複雑な影響関係を考えたいと思います。

大江の小説の標題に「アナベル・リイ」とあることから、ポーのあの有名な詩と関係があることは言うまでもないと思いますが、あとに続く「総毛立ちつ身まかりつ」、これもポーの詩から取られています。しかし、日本語としては、かなり文学的で、また古風な表現なので、これが昭和・平成の小説家である大江の訳でないことはおわかりかと思いますが、その通り、これはポーの詩を、こうした文語体の、文学的で格調高い日本語に翻訳し、日本の読者にポーの存在を印象づけた、ご存知でしょうか、日夏耿之介（一八九〇―一九七一）の訳なのです。

この日夏訳は、現代の若い読者には、もはや理解のむずかしいものになっているかもしれません。「総毛立ちつ身まかりつ」、意味はおわかりでしょうか。念のため申しますが、「総毛立つ」というのは、「体の毛がすべて寒さ、恐怖で立って、凍りつく」ということであり、「身まかる」は、これはおわかりかと思いますが、「死ぬ」ということです。そうなると、この小説の標題は（「臈たし」も説明が必要かもしれませんが）、「美しく気品のあるアナベル・リーが、冷たく、凍りつくように死んでいった」ということになります。そして、これは原詩の“the beautiful Annabel Lee,”“Chilling and killing my Annabel Lee”に対応します。beautiful も、chill, killもごく普通に使われる単語です。

　ということで、今回はアメリカの十九世紀中葉の詩人であるポーの詩と、現代日本の小説家である大江の小説を比較しますが、二人の直接の影響関係というよりは、その間にもう一人翻訳者である日夏耿之介の訳詩が入り込んでくるという、複雑な関係を考えることになるでしょう。

■アメリカにおけるポーの評価

　エドガー・アラン・ポーは、日本では広く読まれ、愛読者というより、「ポー・オタク」と呼びたくなるような心酔者がいるようですが、アメリカでは、無条件に一流の（major）詩人とは必ずしも見なされず、文学をまだよく知らない若い読者を惑わす、見かけ倒しの、胡散臭い、山師的な詩人・短篇小説家と否定的な評価をする研究者が少なくないのです。さらに言いますと、ポーは、英語圏、自国アメリカやイギリスでは、必ずしも高く評価されていないのですね。ところが、英語圏外、たとえば、フランスや日本では、そうした英語圏の国よりはるかに高い評価を受け、愛読者も多い不思議な詩人なのです。それにはそれなりの理由があって、そのことはこのあと少し説明しようと思いますが、まず、ポーに否定的な学者を一人紹介しましょう。アメリカ文学研究の基礎を築いたことで知られるヴァーノン・ルイス・パリントンという文学史家です。

　パリントンはアメリカ思想の専門家で、『アメリカ思想の主流』（全三巻、一九二七—三〇）という、一時代を築いた壮大な文学史を書いています。この文学史は、現在でこそ一昔前の文学史と見なされているようですが、私たちの先生にあたる世代の日本のアメリカ文学研究者には大きな影響をあたえたようです。ところが、パリントンは、この一二〇〇ページを超える大型の文学史で、詩人ポーには何と二ページ半のスペースしか割いていません。もちろん、それにはそれなりの理由があってのことです。文学作品と社会の関係を重視し、文学を生み出した社会を反映する限りにおいて文学作品を評価するパリントンは、ポーの詩や短篇には彼の時代のアメリカがほとんど描かれていないという理由で評価しなかったのです。社会意識の強いパリントンによると、アメリカ社会は、封建的で貴族的なヨーロッパとは対照的に、一般庶民を中心とする革新的なデモクラシー（彼の場合は「ジェファソニアン・デモクラシー」）、そういったものに基づいており、文学はよくも悪くも、アメリカ社会の特徴を反映していなければならないと考えたのです。

■国籍不明で、幻想なのか、現実なのか、それさえはっきりしないポーの文学世界

ポーの作品には、まず現実の社会が十分に描かれていないだけでなく、背景となっている社会も、アメリカなのか、ヨーロッパなのか、よくわからない、国籍不明である、しかも、幻想の世界なのか、現実の世界なのか、それさえはっきりしません。ポーの文学には、パリントンがこの文学史で跡づけようとしたようなアメリカの現実の社会、現実の人間が描かれていないというのです。確かに、事実問題として、これは否定できません。ポーの文学は、現実そのものではなく、現実の社会や人間を化学的に純粋といってよいエッセンスに還元し、抽象的な観念として扱っているところがあります。彼が描く女性も、実際に生きている、現実に目の前にいる美しい女性ではなく、美女という抽象化された存在、現実にはどこにもいない、ただ観念の世界にのみ見られる美女なのです。今回とり上げますアナベル・リーも、まさにそのような女性です。ポーはそういった理想化された女性を社会的な背景なしで描きます。女性だけではありません。彼がしばしば短篇小説などで扱う「恐怖」「憂鬱」といった人間の心理状態も、そのエッセンスを抽出し、不純物すべてを取り除いてしまった人工

的な、そして自然に反するという意味では不自然な印象をあたえかねない形で描かれます。そうした、たとえば、純粋化された「恐怖」は、文学作品で読者に強烈な衝撃をあたえますが、それが強烈であればあるほど、何となく現実離れした幻想の産物という印象をあたえてしまいます。したがって、パリントンが、アメリカ社会を反映するアメリカ文学の伝統からポーを除外したのはそれなりの理由があってのことだったのです。

その結果、ポーの読者は、彼を天才と見なす人と、文学的な山師（英語ではcharlatan）と見なす人に分かれてしまうのです。たとえば、十九世紀、ポーとほぼ同時代のアメリカ文学を代表する詩人で批評家だったジェイムズ・ラッセル・ローウェル（彼はニューイングランドの名門出身で、東部のアメリカ文化を代表し、当時、もっとも権威ある文人と見なされていました）は、ポーを五分の三は「天才」（genius）、残りの五分の二は「まったくのまやかし」（sheer fudge）だと言っています。そのような見方、評価は、現在もアメリカに残っています。一方で、ポーと同じ年に生まれたイギリスを代表する十九世紀の詩人アルフレッド・テニソンは、彼を「もっとも独創的なアメリカの天才」（the most original American genius）と絶賛しました。

■文学的な催眠術師として読者を結末まで誘導するポー

先ほど、ポーの作品は、雑然として混沌たる現実に対して、人工的で不自然な、幻想の産物と思われる世界を示していると言いました。そして彼の文学は、作品に現実の社会が描かれていないというこの批判と同じように、あるいはそれ以上に、現代の文学理論からも批判されることになります。それもここで少し触れておきたいと思います。

文学作品は、「単一の効果」「一つの狙った主張」をもっていなければならない、という有名な理論をポーは残しました。彼は文学理論家でもあって、いくつか短篇小説論を書いていますが、それによりますと、詩人や小説家は、前もってその作品によって読者にあたえたい効果、あるいは、伝えたい内容を考え、それが読者に間違いなく伝わるように作品を計算し、構成しなければならないというのです。

したがって、文学作品は出だしの最初の文章から、最後の結末の文章まで、一糸乱れず、結末に向かって展開するよう、読者にその内容が的確に伝わるよう、構成されていなければならないのです。つまり、文学者は読者を支配する、いってみれば催眠術師であり、催眠術師として読者を最後の結末に誘導していかなければならないのですね。したがって、あまりにも長い作品は、それを読んでいるあいだに、読書とは無関係な、たとえば、日常生活の雑用などが入りこんできて、読書を中断せざるをえなくなる、それを避けるために、すべからく作品は短いものでなければならない、というのです。事実、彼の作品は、一篇（本書の第1章で取り上げました『アーサー・ゴードン・ピムの物語』）を除いて、すべて、短時間に読める短い詩、あるいは小説になっています。こうしたポーの文学理論に対して、その後、疑問と批判が呈されることになります。

■ポーの意図を超えた現代の新しい解釈

しかし、こうした批判にもかかわらず、ポーの文学はいまなお世界的に広く読まれてきたという歴史的な事実もあります。そうなると、彼の文学には、彼自身も気づいていない、そして、過去の読者、研究者も見落としてきた現代的な新しい魅力、あるいは偉大な何かがあるといわざるをえないと思います。つまり、ポーの作品には、彼自身が意図した一つの解釈だけでなく、それを超える、おそらく自分でも気づいていなかった、予想もしていなかったものが、直感的に捉えられていて、その意図とはまた違った新しい解釈が後の新しい読者によって明らかにされるのです。そうした解釈が可能であるということは、ポーの理論によると、作者の意図がそのまま伝わらなかったという意味で失敗作ということになりますが、そうでなく、彼の作品は、一見、単純そうに見えながら、実は奥深いところがあるのです。そういう意味で、ポーはやはり天才なのですね。

ポーの理論によりますと、文学的な体験において、作品解釈における決定権を握っているのは、読者ではなく、作者なのです。作者は、ある意味で、すでに言ったように、催眠術師であり、自らの催眠術によって思いどおりに読者を操ります。そして、繰り返し言いますが、ここには複数の解釈の可能性はまったく想定されておらず、作者の意図がそのまま読者に伝わると信じられているのです。ところが、現代の文学論では、文学作品の意味を最終的に決定するのは、必ずしも作者ではなく、読者ではないかという考え方も有力になっています。

ポーは、楽観的に、作者である自分の意図がそのままストレートに読者に伝わることを期待し、それが作品の唯一の意味であると主張します。そのような主張に対して、現代の研究者は（もちろん、すべての研究者ではありませんが）、そこに彼の限界があるというのです。

■ 永遠の少女アナベル・リー

こうしたポー文学の問題は抽象的に論じても意味がないと思われますので、「アナベル・リー」そのものを具体的に見てみましょう。散文的に要約しておきます。

遠い昔、海のほとりのある王国に、アナベル・リーという美しい少女がいて、その少女と、この詩を書いたほんの少年だった「僕」（おそらくポー自身かと思われます）は、愛を超えた愛でおたがい愛し合っていました。

ところが、ある日、天上から冷たい風が吹いてきて、彼女は冷たくなってしまいます。すると、親族が現われ、彼女を「僕」から引き離し、海のほとりの王国の墓地に彼女を閉じ込めてしまいます。ある夜、また雲の間から冷たい風が吹いてきて、彼女はさらに冷たくなり、死んでしまいます。しかし、「僕たち」二人の愛は、知恵の勝った年長者たちの愛よりも強く、天上の天使たちも、海底の悪魔たちも、二人の魂を切り離すことはできません。「僕」は、月の明るい夜、自分の愛するアナベル・リーを夢に見るとともに、星の輝く夜は、そこに彼女の目を感じます。そして、「僕」は、潮騒の響く海のほとりの墓に眠る「僕」の生命であり、花嫁でもある永遠の女性アナベル・リーの傍らに夜通し横たわるのです。

このように、語り手である「僕」は少年時代の不幸な愛をうたいます。そうした詩としては、他に類を見ない極め付きの絶唱といわれています。これはこれで、一見、何も問題はないように思われるかもしれませんが、何人かの研究者は、伝記的に、このアナベル・リーという女性は、彼とどのような関係があるのか、モデルは誰なのか、またアナベル・リーという女性名の連想は何であるのか、そういったことをこと細かく穿鑿《せんさく》しています。もちろん、ご存知でしょうが、Anna は Grace（神の恩寵、恵み）、Bel は「美しい」を意味し、Lee は、南北戦争の南軍の将軍 Robert E. Lee や、綴りは違いますが、イギリスの女優ヴィヴィアン・リー（Vivien Leigh）もそうで、「野原、牧場」を意味します。「野原」に何か意味があるのか、ただ音の響きのよさでこの名前が選ばれたのか、よくわかりません。そうしたなかで、愉快なことは、出版当時から、アナベル・リーのモデルは私だと名乗り出た年配の女性が何人かいたことです。少女時代に死んだはずなのに、です。少し、余計なことを申しました。

■永遠に変らず、記憶に残り、その後の人生のあり方を決定する少年時代の体験

そんなことよりも、ここで問題になりますのは、すでに言いましたように、この詩がアメリカの特定の土地と全然関係がないということです。「海の辺りの王国」(a kingdom by the sea) とありますが、どこかヨーロッパの王国というのでもありません。つまり、まったく抽象的で、どこでもない、しかしどこであってもおかしくないロマンティックな場所が背景となっているのです。そして、時間的には「何年も何年も前」(many and many a year ago) となっていますが、いつのことかはわかりません。それだけでなく、この詩では、第五スタンザの前半までは、全部過去形となっていますが、突然、"And neither ..." から最後の十二行は、すべて動詞が現在形となっています。そうなると、この詩の "I" (私は「僕」と訳しましたが、日夏は「われ」と訳しています) は、どの時点でこの詩を書いているのでしょう。「僕」あるいは「われ」は、この時何歳だったのでしょう。

そして、最後のスタンザは "I lie down by the side of my darling, ..." と現在形動詞で表現されていますが、この現在形動詞は、時間的な要素のない「横たわっている」事実そのものを述べていると思います。そして、この詩は、少年時代の美しい女の子を愛した純粋な恋愛そのもの、つまり、過去の体験をうたっているようですが、それ以上に、そうした体験は永遠に変わることなく、「僕」の記憶と意識に残り、「僕」のその後のあり方、生き方を決定することになったというのです。この少年時代の体験は過去になったにもかかわらず、存在しないアナベル・リーは、「僕」の記憶の中で永遠の生命を保ち、おそらく彼は現在形の記憶の中で彼女の墓の傍らに毎夜横たわっているのでしょう。

先ほど、「アナベル・リー」は、時間的に、どの時点で書かれたのかという問題を出しましたが、伝記的に言いますと、この詩が発表されたのは一八四九年で (この年にポーは死んでいます)、したがって、ポー最後の

作品となります。その時、彼はちょうど四十歳。思わぬ不可解な死を遂げた彼は、もちろんこれが自分の最後の詩になるとは夢にも思っていなかったでしょう。しかし、いま言ったように、「アナベル・リー」は、ある年齢になった時に過去の体験を振り返る、自分の現在の意識、記憶をうたった詩なのです。そして、この点は、私の解釈では、大江の小説と関連してくる重要なポイントになります。

■読者の想像力によって、時間と空間を超えて再現されるさまざまなアナベル・リー

生きて現実に存在するもの、たとえば女性は、どれだけ美しい女性であっても、時間とともに変化し、美しさを失い、最後は死んでゆきます。ところが、少女時代に、美しい姿のまま現実の世界から失われてしまった女性は、現実の世界から失われることによって、永遠に失われず、永遠の命をもつようになります。つまり、現実には存在しなくなることによって、永遠に美しさを保って存在しつづけるのです。というよりは、逆説的な言い方になりますが、永遠に存在するためには、存在しなくならなくてはならないのです。「アナベル・リー」という詩は、そのような逆説をうたった詩だと私は思っています。そして、それがこの詩の本当の意味ではないでしょうか。変化する時間に制約されず、時間と空間の制約を超越しているがゆえに、この詩は、時間と空間を超えて、別の時代、別の国の読者にも訴えてくるのです。そのことは日本の日夏、大江のポー体験によって証明されます。

こうして、時間的な制約を受けないために、この詩を読んだ読者は、自由に、作者ポーの意図にとらわれることなく、自らの想像力によって、もう一人の自分なりのアナベル・リーを作り出すことになるのです。日夏の訳もぜひ読んでいただきたいと思います。かつて「超訳」という言葉が流行ったことがありますが、この日

夏訳は、まさにその先駆けといえるものかもしれません。この日夏訳には、ポーの詩の訳として多くの問題をはらんでいます。たとえば、日夏は、現在ほとんど使われない文語体、あるいは雅語を使っています。大半は現代の若者もわかると思いますが、「うなゐ」「うから」などおわかりでしょうか。「アナベル・リー」にはむずかしい単語としては「帝郷羽衣の天人」「天祉」「明眸俤にたつ」などしかありません。日夏はポーのもう一つの代表的な詩「大鴉」も訳していますが、これはもう極め付きの創作的翻訳で、こちらもぜひ読んでいただきたいと思います。

ともかく、こうした関連で指摘したいのは、意外に思われる方もいらっしゃるでしょうが、ポーがこの詩で使っている英語はいずれも音楽的な響きをもった綴りの長いラテン系の言葉でなく、普通に日常生活で使われている綴りの短いゲルマン系の言葉であるということです。日夏の大和《やまと》言葉、雅語、難解な漢語、つまり文学的な連想を伴った表現とは、正反対のものです。したがって、日夏訳は、英語の解釈的レベルでは大変な誤訳で、もはや翻訳とはいえない、ポーの作品に触発されて書かれた日夏自身の完全な創作なのです。しかし、これは当然のことかもしれません。というのは、すでに言いましたように、ポーの詩には、時間的・空間的な特定化がなく、彼の心に残っている抽象化された純粋な永遠の少女のイメージ、その少女のエッセンスのみが表現されているので、その詩を読んだ読者、ことに、外国の読者は、ポーの言語的な表現にとらわれず、自由に、自分の想像力に従って、永遠の女性の姿を自分自身の言葉で再現する誘惑にとらわれるからです。

■日本でアメリカ人情報将校によって映画化された「アナベル・リー」

ここで、ようやく、大江の小説に入ります。大江は高校生の頃に、ポーの詩を読んで、どうやら生涯にわたる影響を受けたようです。彼自身、そう言っていますし、小説『臈たしアナベル・リイ』からもそれは裏付けられるでしょう。しかし、大江が英語のポーの詩から直接影響を受けたのか、日夏の訳詩に魅了されたのか、いま一つはっきりしません。大江自身は英語で読んだと言っていますが、この小説の標題は日夏訳によっていますし、小説の中で数回引用される詩も日夏訳です。最終章では（全体は四章からなっていて、それに序章と終章が付いていますので、事実上、六章です）、章題にこの詩の最終スタンザの最初の四行がそのまま使われ、章の中では、同じスタンザの最後の四行が（ただし、日夏訳の「わたつみの水阿《みさき》の土封《つむれ》」が「鬱林のもなかの土封《つむれ》」、「うみのみぎはの」が別の版では「木立のきはの」となっています）日夏の別の訳から引用されています。このように、大江が影響を受けたのは、日夏訳ではないかと思われますが、もちろん、その背後には、高校時代に英語で読んだというポーの詩があるのでしょう。

ポーと大江の繋がりといいますと、実は、それだけではありません。『臈たしアナベル・リイ』によりますと、四国の松山に生まれた大江は、そこで高校時代も過ごしていますが、その頃、松山にはアメリカの文化センターがあって、そこの情報担当のアメリカ人将校が、一人の日本人少女を使って「アナベル・リー」を映画化していたそうです。大江がポーの詩を知ったのは、その映画を見たのがきっかけで、早速、原詩「アナベル・リー」を読んだそうです。そして、この映画でアナベル・リーを演じたのが、この小説に「サクラさん」という名で現われる女性でした。大江は（この小説は自伝的な要素が強く、彼自身もローマ字の kenzaburo だとか、片仮名の「ケンサンロウ」だとかの名前で現われます）、その後、国際的な女優となったこのサクラさんと、ある国際的な映画製作で関係ができます。作者の大江はシナリオを担当することになっていたようです。

この数カ国が協力して作ることになっていた映画の計画（「M計画」と呼ばれます）はいろいろな事情から失敗に終わりますが、サクラさんは映画で重要な役を演じることになっていました。そして、この国際的な女優になった彼女こそ、小説の中の大江にとってのアナベル・リーでもあったのです。こうして、アナベル・リーという少女は、この小説に姿を見せる少女だけでなく、ポーの英語の原詩にうたわれた少女、日夏が訳した少女、高校時代の大江が映画で見たサクラさんによって演じられた少女、そして、その後、国際女優となった現在のサクラさんとして、さまざまな姿で現われてきます。そして、年齢《とし》を取り、年相応に老けたサクラさんを別にしますと、このアナベル・リーは、七十歳を超えた作者、大江の記憶の中では永遠に年齢を取らない少女となるのです。もしポーの詩「アナベル・リー」がなかったら、また、大江が、高校時代、映画化された「アナベル・リー」を見ず、したがって、「アナベル・リー」というポーの詩を、原作であれ、日夏訳であれ、読まなかったら、現在の小説家、大江はいなかったかもしれないし、また、この『臈たしアナベル・リイ』という小説も存在しなかったと思われます。

■七十代の老人となった大江の過去の記憶をめぐって展開する物語

ところで、この小説は、標題からしますと、アナベル・リーという一人の架空の少女を描いた小説のように思われますが、それよりも、アナベル・リーをめぐる七十代の老人となった大江の過去の記憶をめぐって展開する物語といったほうがよいように思われます。少なくとも、私はそのように読みましたし、大江自身も「老齢」がこの小説のテーマの一つであると、どこかで言っていたように思います。さらに、この小説は、題名からして妙なところがあるのですね。すでに申しましたように、標題は、「美しく気品のあるアナベル・リーが、冷たく、凍りつくように死んでいった」という意味で、死んだ、現実には存在しない女性についての物語と読めますし、また、仮にある一人の少女を扱った小説であるとしても、標題で早くもその死がはっきりと記されているのです。そして、「﨟たしアナベル・リイ」はすでにポーの原詩で死んでいるだけでなく、大江の小説でも死んでいて、実在するわけではないので、そうなると、大江にとって、彼女は二重に死んだ少女となります。そして、現実には存在しない少女のほうが現実に存在する少女よりも大江に決定的な影響を及ぼし、彼の存在のあり方をも決定するのです。

『﨟たしアナベル・リイ』は二〇〇七年十一月に刊行されましたが、その当時の新聞や文芸雑誌を見ますと、大江が「初めて女性を中心に」書いた小説であると紹介されています。「女性を中心に」であって、「女性を」でないので、それはそれでよいと思いますが、それでも、こうした紹介では、大江がはじめて「女性」を描いたかのような印象をあたえます。しかし、私には、むしろ「女性」をとおして、作者自身の老齢を描いた小説であるように思われました。「女性」は目的そのものというより、大江の存在を浮き彫りにする語りの手段として、補助線的な役割を果たしているのですね。ただし、そうした新聞や文芸雑誌の紹介には、「悲嘆と憤怒を超え再生の道を描く」作者とも書かれていて、失われた自分の「若さ」にこだわる大江自身の「老齢」の意識（「悲嘆と憤怒」）と「再生」を扱っていることは疑いないように思われます。

■「老年の窮境」にあって孤立した大江、自分の「初孫」に希望をつなぐ

この小説は、最初二〇〇七年の『新潮』六〜十月号に連載されましたが、それに先立って同誌一月号に、大

江は「詩集『形見の歌』より二篇」と題した二篇の詩を発表しています。そこで、彼は「気がついてみると、／私はまさに老年の窮境にあり、／気難しく孤立している。／否定の感情こそが親しい」と言っていました。同じようなことを、大江は『﨟たしアナベル・リイ』の中でも、大学時代の古い友人木守有《こもりたもつ》にこの詩を引用させて（「序章」2）、自分が老境にあることを早々と示唆します。また、大江はウラジーミル・ナボコフの『ロリータ』の新訳のために書いた自身の解説でも触れていますが、この『ロリータ』もポーの「アナベル・リー」に触発された小説で、老眼鏡姿の木守はその「触り」を読み上げることになります。ともかく大江は、作品の最初から、自分が「老年の窮境」にあって、「孤立」し、「否定の感情」にとらわれていることを強調します。小説は「肥満した老人」で始まり、その老人を「私だ」と限定し、息子の「中年男」に「パパがもう百歳かと思っていた」学生がいたと言わせているほどです。

未来は見えてこない。しかし、その「老年の窮境にあ（る）」大江は、生まれてまだ一歳の「初孫」に自分自身の幼い頃を見いだし、そこに感じられる未来の可能性に希望をつなぐことになります。ある新聞の紹介にあった「悲嘆と憤怒を超え（る）再生の道」は、そのように「新しい」（若い）生命の中に「古い」（年齢を取った）自分を見いだす逆説的な関係によって可能になるのです。大江はこの二篇の最初の詩の標題として「私は生き直すことができない。しかし／私らは生き直すことができる」と、単数の「私」と複数の「私ら」、つまり単独の彼自身と、彼と初孫の二人を使い分けて、未来の可能性を肯定します。このように、新しい生命の中にかつての若かった自分を見いだすこと、実は、そこには、奇妙な逆説が潜んでいるのです。つまり、私たち個人の過ぎ去った「古い」過去は、自分の「若い」「新しかった」幼い時代であり、これからやってくる「新しい」未来は、自分の「古い」「老齢」の時代でしかないのです。

過去の「古い」自分自身、つまり、若かったかつての自分自身を「新しい」生命の中に見いだすこと、それがこの『﨟たしアナベル・リイ』の最終的なテーマではないでしょうか。そして、大江は、そうした自分を一歳の初孫の中に見いだすとともに、少年時代の失われた自分自身の過去を永遠に変わらぬ少女アナベル・リーとの「繋がり」によって確認するのです。そして、大江は、彼自身と同様、老年に近づいているサクラさんの中にもかつての少女時代のアナベル・リーを見いだします。

■三十年ぶりに再会した木守と「私」の関係

粗筋も紹介しないで、結論めいたことを先に述べてしまいましたが、ここで、粗筋の粗筋のようなものをごく簡単にまとめておきましょう。

物語は、現在の大江といってよい「肥満した老人」となった「私」が、知的障害のある息子「光」と成城の西にある野川(小説では「運河」となっています)を散歩している場面から始まります。そこで、「私」は、思いがけず、駒場の東大教養学部で同級生だった木守有と、三十年ぶりに再会します。友人木守は、大学卒業後、国際的な映画プロデューサーとなっていました。「私」は、この木守と、三十年前、ドイツの作家クライストの生誕二百周年を記念して、クライストの代表作『ミヒャエル・コールハースの運命』という小説を、世界の複数の国が協力してそれぞれ映画化するインターナショナルな計画(「M計画」と呼ばれます)に加わっていました。そして、「私」はそのシナリオを担当することになっていたのです。しかし、いろいろな事情があって(その一つが、フランス版のスタッフが少女ポルノ映画の製作と関係していて、それが問題になったのでした)、この計画は「大失墜《フィアスコ》」に終わります。したがって、「私」と木守との関係は、学生だった二十代、映画製作の四十代、現在の七十代と、人生の三つの時期にまたがっています。

■「白い寛衣」をまとってアナベル・リーを演じたサクラさん

その映画で日本版の主演女優を演じることになっていたのが、すでに紹介しましたサクラさんで、彼女は現在国際女優として、アメリカに住んでいます。最初はわかりませんが、読むに従って、彼女が、少女時代、松山で、アメリカ文化センターの情報担当だったアメリカ人将校が映画化した『アナベル・リー』に「白い寛衣」をまとってアナベル・リー役で出演しており、また「私」は、高校時代、その映画を見ていたことが明らかになります。そして、「私」は、ただその映画を見ただけでなく、真っ白な衣裳で映画に出ている彼女に何かセックスに関する不透明なものを感じ、それにこだわることになります。それは、結局、彼女が、映画を作ったアメリカ人将校によって肉体的に犯されていたことと関係していたようです。そして、彼女には、そのことが心理的なトラウマとなってゆきます。ただ、それが、その後、その将校と結婚して、アメリカで生活し、彼女の国際派女優となるきっかけになります。映画化が失敗に終わったクライストの『ミヒャエル・コールハースの運命』という小説は、封建君主に対する農民たちの反逆を扱っており、大江の小説にこれまでも度々描かれてきた四国での農民一揆とも絡んでいます。そして、「私」と、木守と、サクラさんは、もう一度、新しい映画を一緒に製作しようとしていて、そこからまた物語は新しい展開を見せます。このように、いくつかの縦糸が絡みあった物語で、大江の小説にしては、ストーリー性に富んだ、文体的にも少し読みやすいものになっています。

しかし、私が興味をもったのは、特にポーの「アナベル・リー」との関係で、先に結論として言いましたが、彼女に関する大江の記憶が、老齢期にさしかかった現在の大江の存在を支えているさまざまな意識になっている、それが彼のアイデンティティの奥底にあって、その存在を支えるきわめて重要な意味をもっているという、この小説を読むまで、思ってもみなかった、作家大江健三郎の伝記的事実に関することです。そして、そういった過去の記憶は、通常、意識に上らず、忘れられているかもしれませんが、ある瞬間、突然、甦ってきて、その人の存在を確認するきっかけや根拠となるのです。

これから、そうした問題を作品に則して少し考えてみようと思いますが、これは、「私」とサクラさんとの関係だけでなく、もっと一般的な問題とも関係してきます。序章（事実上の第一章）は、「なんだ君はこんなところにいるのか」という奇妙な章題になっています。大江は、英米の詩からの引用を多く使うことで知られていますが、これも、ご存知でしょうか、二十世紀英詩を代表するT・S・エリオットの『四つの四重奏曲』（一九四三）の第四部からの引用（英語では、"What! Are you here?"）で、偶然見かけたかつての師と思われる人が彼に向かって発する驚きの言葉なのです。そして、詩人は自分がかつての自分でなくなっていると感じながら、その出会いの瞬間、自分がかつての自分であるという意識をもつのです。

■三十年の空白にもかかわらず、瞬時に相手を認識、確認させるもの

映画製作の「大失墜」後、お互い連絡を取らずにいた三十年間、「われわれ」（「私」と木守）は、「自分らを私たちと呼べる感情的関係と、地理的位置にはいなかった、三十年もの間」と描かれるような「間柄」となっていています。あるいは、「おれは、君にとって三十年間まったくいなかった」といってもよい関係にさえなっていたのです。それが、突然、出会い、二人が顔を合わせますと、三十年間の空白にもかかわらず、なぜかおたがい瞬間的に認識、確認できるのです。どうしてでしょう。それは、彼らの場合、おたがい七十代になっていて、

外見的にはすっかり変わっているにもかかわらず、その変わってしまった顔の中にかつての相手の若き日の表情などが感じられるからなのです。つまり、現実に存在する人間は、時間とともに変わってゆき、若き日の姿、表情などは、当然、失われ、現実には存在しなくなっているのですが、それにもかかわらず、存在しないがゆえに、逆説的に、それは変化することなく、そのまま存在しつづけるのです。それで、二人は三十年ぶりに会っても、三十年前にあったあるものが相手の表情に感じられ、それでおたがい相手を確認できるのです。

その典型的な例が、新宿駅で「私」の息子「光」が「癲癇の発作」で「地面に倒れて」いた時に起こります。偶々《たまたま》、その場に居合わせた木守は「人だかりごしに」息子を世話している「年相応の風貌姿勢」をした「私」を認めます。一瞬、二人の視線が交差します。そして、その瞬間、「私」は、この「幻影のようなきれいな少年」のような老人から（その時はまだ木守であるとは認識していないようです）「老人でありながら少年、少年そのものでありながら老人という印象」を受けます。そして、帰途、タクシーの中でその瞬間を思い出し、その老人が木守であったこと、さらには、三十年前の「壮年の」彼だけでなく、駒場の東大教養学部で女子学生から“Petit prince”（星の王子さま）と呼ばれていた「美少年」の彼の面影を思い出すのです。現実の木守は、時の浸食を受けて変化し、老人となっています。しかし、記憶の中の学生時代の木守はそのまま変わらず残り、それが「私」の記憶の中にある学生時代の彼と合致するのです。それによって、彼は木守有であると「アイデンティファイ」されますが、これはおそらく単なる外見上の問題でなく、それが彼の「アイデンティティ」の基盤であり、現実の年齢と関係なく、ある意味で、彼という人間そのものの現われとなっていたのです。こうした時間と人間の関係は、小説のための予行演習のような『形見の歌』の一篇でも確かめられています。

■自分なりの「アナベル・リー」を創造したいという誘惑にとらわれる読者

『臈たしアナベル・リイ』の細部については、それぞれ小説を読んでいただくことにして、ここでもう少し一般的なことを話すことにします。すでに述べたことと重なるかもしれません。純粋な詩についてです。ポーの詩「アナベル・リー」が表面だけを読みますと、きわめて単純かつ純粋な詩であることはすでに指摘しました。「愛」と「死」という文学の永遠の主題を扱っていますが、現実の「愛」や「死」にまとわりつく不純物をすべて捨象し、エッセンスのみが残された抽象的な作品となっています。こうしたポーの詩の特徴について、イギリスの小説家で評論家オールダス・ハックスレイは、ポーの文学があまりにも「化学的に純粋である」として、その無色透明さを批判しました。「化学的に純粋で、透明である」といえば、「アナベル・リー」はまさにその典型といってよいでしょう。しかし、これだけ透明であると、読者、ことに想像力に恵まれた読者は、この詩を基にして自分なりのアナベル・リーを創造したいという誘惑にとらわれるのではないでしょうか。

つまり、別の喩えでいいますと、この「アナベル・リー」という詩は、塗り絵のようなところがあって、読者は、その明確に描かれた輪郭に、自分の色を塗りこんでゆきたくなるのです。そして、その結果の一つが日夏訳といってよいでしょう。日夏訳は、大江の小説の中で少なくとも十回紹介されています。その一つ、第四章「『アナベル・リイ映画』無削除版」では、サクラさんが主演した映画のある場面で、原詩の第一と第二スタンザが英語で朗読されているようです。ところが、語り手の「私」は、その場面を思い浮かべながら「私に浮かんで来るのは日夏訳だ」と言って、日夏訳を引用します。「をとめひたすらこのわれと/なまめきあひてよねんもなし。」そして、撮影者が、「このわれ」であるならば、「わたの水阿《みさき》のうらかげや/二なくめでしれいつくしぶ」。そして、「その少女は、そうしながらこのわれへの思いを表現しているのだろう」と作者大江はコメントを加えるのです。

■エロティックな連想の強い日夏訳の「アナベル・リイ」

ところで、日夏の日本語訳にある「なまめきあひて」ですが、これに対応する原語は"to love and be loved"で、両者の語感はかなり違っています。英語のloveという動詞は意味にかなり幅があると思いますが、ある英英辞典によりますと、基本的には、肉体的な欲望というよりは、異性に対する「優しい」(tender)、「愛情に満ちた」(affectionate)感情と結びついていて、どちらかといえば、「精神的」(spiritual)な面が強調されます。「肉体的な関係をもつ」という意味もないわけではありませんが、その場合は、ただloveではなく、make love toとなり、定義としては最後に置かれています。そのような意味で、ポーの詩には肉感的な連想はほとんどないと思われます。それは第二スタンザで、「彼女」も「ぼく」も「子供だった」(*She* was a child and *I* was a child)と、二人をイタリック体にしてそうした面を強調し、天国の天使さえ羨むほど純粋な愛であったことを示唆します。二人の愛はそれほど純粋だったのです。ところが、日夏はこの二人が子供であったという一行を、意識的だと思われますが、日本語訳では完全に削除しているのですね。

日夏訳のこうしたところをもう少し見てみましょう。たとえば日夏訳の「なまめきあふ」はどのような連想を伴うでしょうか。これは「なまめかしい」として、現代日本語でも使われ、「男性を誘惑するような色っぽい美しさをもった」ということだと思いますが、古語辞典では「若々しく、瑞々しい」「優雅で上品である」という意味もなくはなく、まさしく「臈《らふ》たし」に近いといってもよいでしょう。しかし、次の「二なくめでしれ」はどうでしょう。「めで」はもちろん「愛する」、「しれ」は、白痴の「痴」に「る」が付いた「愚かになる」という意味だと思います。英語にも"fool for love"という表現があります。そうなると、「愛する」がゆえに「愚かになる」ということになり、日夏訳は、原詩よりも、現実感、肉感的な連想が相当強くなっていると思われます。大江の小説の「私」も、「なまめきあひてよねんもなし」という日夏訳に「エロティックなもの」さえ感じています。そして、「私」が高校時代に見た映画では、少なくとも、「私」が記憶している場面では、サクラさんが演じた少女アナベル・リーは、「逃げまどい、走りまどう」と描写されています。何者かに襲われ、逃げまどっているのです。そして、押し倒され、画面に横たわります。そうした彼女の姿が、「私」の記憶に焼き付けられているのです。彼女のまとっている「白い寛衣」は何度も強調されますが、それさえ最後は剝ぎとられます。

■ポルノというしかない露骨なセックス描写

この裸にされた少女の場面を見ているのは、高校時代に「アナベル・リー」の映画をはじめて見た「私」ではなく、鎌倉に住む知り合いの柳夫人の家で同じ映画の「無削除版」を木守と一緒に見ている「私」ですが、かなり露骨な性描写が現われます。ポーの詩からはおよそ想像もつかない凄まじい現実の世界です。原作「アナベル・リー」の第三スタンザ、「アナベル・リイ総毛立ちつ」という行がある部分では、映画もそのようですが、大江の描き方にも、何か異様なことが起こる予感として、「頑丈な鉄兜を被り大きな軍用外套で鎧った兵隊の銅像」がスクリーンに大きく映し出され、原詩からは相当飛躍した場面につながってゆきます。そして、次の引用、題名にも用いられている「総毛立ちつ身まかりつ」のところですが、場面は大きく変わって、少女の「白い寛衣が白いのではない、小さな裸が白いのだ」という描写につながってゆくのです。

この「白い寛衣」は繰り返し現われるイメージで（ここでは傍点が付けられています）、「白」はアナベル・リーの純潔さを示すのでしょう。ところが、そのあとには、かなり露骨なセックス描写が続きます。原詩の「アナベル・リー」を、性的な面が浄化された純粋な少年少女の純愛の物語と見なす読者からは、あるいは作品に対する冒瀆だと非難を招いてしまうかもしれない、何とも露骨な描写となっています。見てみましょう。

痩せた下腹部から腿が、スクリーンいっぱいにクローズアップされる。それはスカートをはいていないが、記憶にあるとおり右足を外へ曲げて、股間に黒い点をさらしている。そして黒い点は、穴そのものとなる。そこに太い拇指がこじいれられる。指につながる手、手の甲につながる腕は、それ自体が剛毛を生やし厚手の外套をまとっている。カメラの角度が変る。外套が樹木の切株のようにズングリしたものに（人が前に屈むかたちのものに）かぶせられている。全裸の少女の股間をいじっていた兵隊が外套を脱いだのか？　ともかくその外套の背には、さきの銅像の翼が描かれている……

画面を、語り手「私」の視点から描いた部分で、かなり際どい描写となっていますが、興味本位で引用したわけではありません。少女アナベル・リーを描いたポーの原作の詩があまりにも純粋なために、かえってこのように正反対な場面を誘発する結果をひき起こす、その一例として引用したのです。この引用の直前で、日夏訳の「油雲風を孕みアナベル・リイ／総毛立ちつ身まかりつ」が、何か不吉な恐怖の物語を予感させますが、それにしても、ポーの原詩から、このようなポルノ風の描写が可能であるというところなどは、ポーの詩が他の詩人や小説家にあたえる強烈な刺激を思わずにはいられないでしょう。もちろん、この場面変更は映画そのものがそうなっているのか、映画を見てショックを受けた「私」の想像なのか、はっきりしませんが、ともかく、一つの作品が予想もつかないもう一つの作品を生み出す劇的な例として、注目すべきだと思います。

■読者の重層をなすアナベル・リー体験

こうして大江の『臈たしアナベル・リイ』は、さきの原詩と映画版だけでなく、そこに日夏訳の扇情的な邦訳が絡んできます。そして、すでに言いましたように、映画の中の少女アナベル・リーが肉体的に暴行を受けるだけでなく、その少女を演じたかつてのサクラさんも、この映画を作ったアメリカ人将校に無理やり犯されていたという背景があるのです。柳夫人邸で、この映画の無削除版を見る前、まだ高校生だった「私」はそうしたいかがわしい背景をほとんど知らなかったように思われますが、それでも、映画に現われるアナベル・リーから、直感的に、何か尋常でない、奇麗事ではすませない異様なものを感じとります。

それはともかく、私がここで指摘したいことは、そうした具体的な事実でなく、何度も言いますが、ポーの「アナベル・リー」という詩があまりにも純粋で、抽象的であるため、読者は、その詩に文字通り肉付けをして、アナベル・リーの新しい物語を作り出したくなるということです。作者大江健三郎は、その詩を独自の日本語で翻訳した日夏耿之介、彼女の映画を作ったアメリカ人将校、そして自らのアナベル・リー体験、こうしたものの記憶を膨らませることによって、現実と想像の重なり合った幻想的な別世界を作り上げます。そして、それを、私たち読者に大きな興奮をあたえつつ、提示してくれます。そうした重層をなす体験をとおして、大江はこの『臈たしアナベル・リイ』を書き上げ、私たちに読ませてくれているのです。

■『臈たしアナベル・リイ』の向こうに透けて見える無数のアナベル・リー

こうなりますと、これはもう単なる影響関係というよりは、現代文学理論でいう「間テクスト性」(intertextuality)の一例といったほうがよいでしょう。ご存知でしょうが、この「間テクスト性」といいますのは、基本的に、すべての文学作品は、まったくの空白状態、ゼロの状態から始まるのではなく、先行する他の文学作品と相互依存関係にあるという考え方です。孤立した文学作品(テクスト)は存在せず、すべての文学作品は、意識しようとしまいと、すでに存在する他の作品を何らかの形で吸収し、変形して作り出されたモザイク模様の引用でしかないのです。それは単に過去からの影響というよりも、過去の先行する作品に、遅れてやってきた作者が何か新しい要素を書き込んでゆく重ね書きなのです。一つの新しい作品の向こうには、すべて、もう一つの古い過去の作品が透けて見えるということです。現在の年齢を取ったサクラさんをとおして、アナベル・リーを映画で演じ、大江にはアナベル・リーと思われた少女時代のサクラさんが、そしてすべての出発点となったポーの詩のアナベル・リーが透けて見えるのです。もちろん、ポーのアナベル・リーの向こうにも、無数のそうした少女が透けて見えます。

同じように、この作品に現われる、現在は七十代になった語り手「私」である大江についても、友人の木守をとおして、青春時代、あるいは、それ以前の「私」の大江が透けて見えます。そして、それによって、七十代の大江の本当の姿、七十代の外見からではわからない、個人的な過去と歴史を伴った彼の全体像が見えてくるのです。あるいは、これから成長してゆく幼い赤ん坊の中にかつての失われた自分の姿を認めることになるのです。それは、『形見の歌』の第一篇に描かれているように、「老年の、私自身が、／赤んぼうの扮装で／泣き叫んで、いるではないか」ということになります。赤ん坊の扮装の中に見え隠れする老年の大江。大江は、こうして、老齢の自分の向こうに、かつての自分、赤ん坊だった自分自身を認めるのです。さらにいえば、最初のアナベル・リーがいなかったら、七十代の大江の意識にあるアナベル・リーは存在しなかったでしょう。そして、これは、存在するかしないかといった問題ではなく、大江という一人の作家の存在は、もはや現存しない、ただ記憶に残っているだけの存在によって、決定されるとともに、確認されているのです。

■「現在」の文学作品を決定する幻のような「過去」の文学作品

客観的に目に見えるものだけが実在すると常識的に考えたら、記憶の中にある、幻のようなものは存在しないといってよいでしょうが、しかし、現実には、実在しないもの、この場合はアナベル・リーという儚《はかな》く死んでしまった過去の少女、それが現在の実在する大江健三郎という日本の小説家に決定的な影響を及ぼし、彼の存在のあり方そのものをも決定し、その結果、さらに実在するもの、つまり『﨟たしアナベル・リイ』という新しい小説、そして、その小説に現われるこれまでにない斬新なアナベル・リーを生み出すのです。

現在の文学作品を決定するのは、現在ではなく、幻のような過去の文学作品なのです。これは文学作品だけのことでなく、実在する私たちも、もはや失われて実在しない、しかし、失われながらも記憶に残っている過去の自分によって決定され、生み出されているのかもしれません。あるアメリカの小説家によると、人間はその人間の過去の堆積にすぎないといいますが、現在の自分は現在の自分が作り出したものではなく、もはや自分ではない、自分とは別物になってしまった過去の自分によって生み出されているのです。

アナベル・リーという少女は一人ではありません。これまで見てきましたように、少なくとも六人のアナベル・リーが次つぎと立ち現われます。まず一人目は、ポーが創造した、ひたすら一人の少年を愛し、彼に愛されることのみを願って儚くも世を去った純真無垢なアナベル・リー。次に、わが国の日夏耿之介の翻訳によって再現された、小説の「私」に言わせますと、ある「リアリティ」をあたえられた「なまめきあひてよねんもなし」というアナベル・リー。三人目は、「アナベル・リィ映画」（無削除版）に現われ、凌辱されたあと、堀端の芝生の上に寝かされている「白い寛衣」をまとったアナベル・リー。四人目は、それと関連して、公開された映画に何か異様なものを感じとった高校時代の大江の記憶に残る、これまた、「白い寛衣」のアナベル・リー。五人目は、『﨟たしアナベル・リイ』にも、一か所ですが言及がある、ナボコフの『ロリータ』に現われる現代アメリカのアナベル・リー。この小説『ロリータ』を読む読者は、現代アメリカの少女を思い浮かべるでしょう。その意味で、五人目となります。そして、最後は、これらのアナベル・リーから自分なりの彼女を思い浮かべる読者一人ひとりのアナベル・リー。

読者のみなさんは、どのようなアナベル・リーを思い浮かべるでしょうか。

3

無限に広がる真っ白な虚無の世界と
落日に真っ赤に染まった
西方浄土を思わせる世界

ハーマン・メルヴィル『白鯨』と、
宇能鴻一郎『鯨神』

■想像を絶する「雄大な」主題を扱った「雄大な」小説『白鯨』

ハーマン・メルヴィル（一八一九―一八九一）の『モービー・ディック』（一八五一）は、日本では一九四一年、約七十年前ですが、小説家阿部知二によって翻訳されて以来、『白鯨』という標題が定着しています。それで、本章では、『白鯨』を題名として使い、このアメリカ文学最高の傑作として知られる長篇大作を取り上げます。作者メルヴィル自身は、作品の中で、「雄大な書物を書くには、雄大な主題を選ばなければならない」と言っていますが、その通り、この『白鯨』は想像を絶するといってよい「雄大な」小説で、鯨そのもののような「雄大な主題」を扱っています。一年間の大学での演習授業で読んでも、ていねいに読みますと、この鯨の尾の部分さえ捉えることすら怪しく思われる巨大な作品です。

■『白鯨』を意識して書かれた宇能鴻一郎の『鯨神』

ところで、このメルヴィルの『白鯨』と比較しようと思っています日本の小説は、スケール、その他からいって、失礼ながら、これはもう全然比較にならないかと思いますが、昭和三十六年（一九六一）に発表された宇能鴻一郎の『鯨神《くじらがみ》』です。宇能鴻一郎（一九三四―　）、ご存知でしょうか。最近はあまり話題にならないようですが、かつては週刊誌やスポーツ紙などに、官能小説――いわゆるポルノ小説でしょうか――の連載を何本ももつ作家として、広く知られていました。もちろん、最初からそうしたジャンルの作家として登場したのではなく、デビュー当時は本格小説家として文芸雑誌に作品を発表していました。この『鯨神』を書くにあたり、彼がメルヴィルの『白鯨』を意識していたかどうかはわかりませんが、標題からしても、その影響は疑いないように思われます。事実、このあと、『群像』の「創作合評」で、その担当者の一人は、『白鯨』を引き合いに出して、宇能鴻一郎が『白鯨』を意識して書いたと思うとはっきり言っています。

その人物は、また、彼に日本の『白鯨』を目指したとしても、結果は足もとにも及ばないだろうとまで言っています。もちろん、ここではこの二つの作品を比較し、その優劣を論じようというつもりはありません。『白鯨』を日本の社会環境に置き換えると、文化の違い、国民性の違いなどから、どうしても扱えない、うまくゆかないという問題があります。したがって、そのようなアプローチではなく、この両作品を文化、国民性の違いから検討してみたい、そう考えています。宇能鴻一郎はこの『鯨神』で昭和三十七（一九六二）年に芥川賞を受賞していますので、『鯨神』はけっして際物の小説などではないと私は思っています。

■『（週刊）少年マガジン』に連載された『白鯨』の劇画版

ところで、この『白鯨』は、また日本で思わぬところで思わぬ影響を及ぼしているようです。梶原一騎は、『巨人の星』や『あしたのジョー』などの少年向き劇画で大変なブームを巻き起こした方ですが、その梶原が構成を担当し、影丸穣也という、これまたこの方面では人気抜群の画家が挿絵を担当した、少年版の『白鯨』が刊行されているのをご存じでしょうか。最初、『（週刊）少年マガジン』（一九六八）に連載され、その後、少年画報社から「20世紀漫画叢書」の一冊として再録出版されています。

■『白鯨』に挑戦した二人の若い日本の高校生

この再録版には影丸穣也自身と、当時の『（週刊）少年マガジン』の編集者だった宮原照夫が、解説といいますか、当時を回顧する興味深い文章を書いています。その宮原によりますと、彼は高校生時代、トルストイの『戦争と平和』を読み出したが、これは途中で挫折したそうです。宮原が同じように挑戦した外国文学の中に、この『白鯨』があって、これは通読したとのことです。高校生で『白鯨』を、たとえ翻訳であろうと、当時ですから、岩波文庫に入っていた阿部知二訳だと思いますが、ともかく最後まで読み通したとなると、これはそれだけでも立派なことだと思いますが、その宮原によりますと、このように読んだ本は、「全部、私が小学校にあがる前に他界した父が揃えていた蔵書で、それがなかったら私の青少年時代の読書は、微々たるものに終わっていて、文学に対する憧憬など持てなかったに違いない」と言っております。

宮原はのちに『（週刊）少年マガジン』の編集者となりますが、少年時代の読書歴を踏まえて、この少年向け週刊雑誌に文芸路線を採り入れることにしたそうです。そして、ちょうどその頃、芥川賞を取った『鯨神』を思い出し、『大魔鯨』（原作・高森朝雄／漫画・川崎のぼる）という劇画を『（週刊）少年マガジン』に連載、それが評判となりました。それを受けて宮原は、「ここまで来たらどうしても取り組んでみたいと考えたのが『白鯨』だった」と、当時のことを語っています。それには、アメリカで映画化された『白鯨』の影響もあったようです。この映画は、監督ジョン・ヒューストン、主演はグレゴリー・ペックで、一九五六年に日本でも公開され、評判になっています。こうして、昭和四十三（一九六八）年夏、『（週刊）少年マガジン』の『白鯨』連載が始まります。そして、宮原は、最後に「世界文学史上の名作を汚すことなく、読者に大きな感動を与えられたと思っている」と言って、この文章を締めくくります。

また、ジャーナリスト、評論家として知られ、梶原一騎の伝記も書いていています斎藤貴男も、中学生の頃、この梶原一騎・影丸穣也コンビの『白鯨』を『（週刊）少年マガジン』で読んで大きなショックを受け、その感動がさめやらぬうちに、原作者メルヴィルの世界にぜひ触れたいと思い、母にねだり岩波文庫版の『白鯨』全三巻を買ってもらい、この大作を読むことになったそうです。むずかしいのを我慢しながら懸命に読み、狂言回しのイシュメイルに自分を重ね合わせながら、作品に現われる個性的な登場人物、エイハブや、クイークェグなど、男たちの人生、情念を知ったとも言っております。それでも、どうやら最後までは読み通すことができず、挫折感も味わわされたそうですが、その後、高校生になったかならぬかの頃、ともかく『白鯨』を読み通すことで、自分の知的成長を確認したと言っています。そして、最後に、「梶原・影丸コンビによる『白鯨』がなかったら、原作を読むこともなかったに違いない」と認めます。

宮原、斎藤、この二人が翻訳の『白鯨』、あるいは劇画化された『白鯨』に何を読み取ったのか、これだけではわかりませんが、メルヴィルの巨大な小説が、オリジナルの原文でなくとも、翻訳、あるいはそれをビジュアル化した劇画によって、わが国の読者に強烈な印象をあたえた例としてここに紹介しておきます。そしてまた、この二人の証言によって、原作とその少年向きの劇画の間に宇能鴻一郎の『鯨神』が介入していることも確認できます。

■粗筋ではその魅力が伝わらない『白鯨』

前置きが長くなってしまいましたが、この『白鯨』は、未読の人に、簡単に紹介するのが非常にむずかしい、ほとんど不可能といってよい不思議な小説なのです。もちろん、文学事典風に粗筋をまとめることは不可能ではありません。しかし、それでは、この小説の魅力、あるいは、その内容は、半分も伝わらないでしょう。しかし、未読の方のために、あるいは昔読んだ方には思い出していただくために、粗筋の粗筋とでもいうべきものを紹介しておきます。簡単に要約すれば、この小説は、真っ白な巨大な鯨「モービー・ディィック」に片足を食い取られた捕鯨船の船長エイハブが、いわば復讐の鬼と化して、この鯨を追いかけ、ついに発見し、三日三晩、死闘を繰り返し、最後はこの巨大な鯨に捕鯨船ごと海中に引きずり込まれて海の藻屑となってしまうという、海を舞台にした一大冒険小説ということになります。

■超越的な存在や、神秘的な自然に思いをめぐらせる哲学小説

ところが、この小説の中心が巨大な鯨と人間の戦いであるとしたら、この戦いを描いた場面は、全部で一三五章ある全体の最後の三章でしかないのです。もちろん、捕鯨船での体験のあるメルヴィルだけに、この場面は実にリアルに、読者の興奮を呼び起こす見事な三章になっていますが、それにしても、これが小説の中心であるとしたら、それまでの一三二章は何だったのかという疑問は拭いきれないのではないでしょうか。

もちろん、それまでがつまらないというのではありません。最後の三章で、巨大な鯨と人間が壮烈な戦いを繰り広げるということを知らずに、あるいは、粗筋などである程度予備知識をもっていても、そのようなことを忘れて、メルヴィルの鯨や捕鯨業に関する蘊蓄、船長をはじめ、人種も違えば、過去の経験、思想、宗教も違うさまざまな乗組員に関する情報、人間社会から切り離された密室とでもいうべき捕鯨船の中での状況（人間社会から切り離されたといま言いましたが、捕鯨船には、逆に、外界から切り離されることで、人間社会の縮図というべき濃密な人間社会が出現しています）について、果てることなく聞かされます。さらには、人間を支配し、人間存在のあり方を決定する超越的な存在、哲学的、宗教的な次元で、神の存在とか運命とか、形而上学的な思考、危険な海上だけに不安、あるいは人間の想像力などはるかに超えた荘厳な大自然の神秘的な世界、そうしたものに思いをめぐらすことになります。あるいは、人間の邪悪な、キリスト教でいう、アダム以来の堕落

した原罪を思わせる、自己中心的な欲望、サディスティックな残酷さ、そういったものを目のあたりにします。

このようなありとあらゆるものが膨大に盛り込まれた『白鯨』は、巨大な真っ白な鯨を追いかける海洋冒険小説であるのは表面上だけのことです。極端な言い方をしますと、最後の三章は、語り手のイシュメイルが、捕鯨船に乗り込むまでの事情をややコミカルに語る冒頭の数章と呼応して、小説の「額縁」の役割を果たしているとさえいえるのです。

■ いつまでも物語に顔を見せない主人公のエイハブ船長

このように、『白鯨』は実に不思議な小説で、鯨の全貌を捉えることが困難であるように、ここまで述べてきたこともこの小説の異様さのほんの一部にすぎないのです。先ほどの説明では、この小説の主人公、英語で言えばhero（「文学作品」の「主人公」であると同時に、「英雄」も意味します）は誰かと言いますと、おそらく船長エイハブだと思いますが、実は彼は主人公でありながら、およそそれらしくないところが少なからずあるのですね。たとえば、普通の小説でしたら、主人公はまず最初に姿を見せると思いますが、『白鯨』では彼はなかなか登場しません。捕鯨船の船長エイハブの名は何度か言及されますが、それだけで、本人は一向に現われません。読者はじれったい思いをするのですが、突如、思わぬところで現われて、読者は彼に強烈な印象を受けることになります。

もちろん、これはある意味ですばらしい小説の語りの手法だと思います。エイハブが姿を見せますのは、「ナンタケットの港を出てから数日間、甲板の昇降口の上にエイハブ船長が姿を見せることはまったくなかった」と始まる第二十八章「エイハブ」と題された一章においてです。港を出たのはクリスマス当日で、船は肌を刺すような北極圏の寒さの中を進んでいましたが、進路を南にとっていて、緯度が一度変わる毎に無慈悲な冬は遠ざかり、耐えがたい天候も和らいできます。そして、ある灰色の陰鬱な夜明けのことです、甲板に出た語り手イシュメイルが何気なく目を船尾手擦りの方に向けた瞬間、彼はある前兆を伴った戦慄が全身を走るのを感じます。次の瞬間、現実が不安に先立って現われます。エイハブ船長が後甲板に立っていたのです。

■自殺代わりに捕鯨船に乗り込んだ語り手イシュメイル

一方、語り手のイシュメイル（彼が何歳であるかは明記されていません。一人称の語りですので、改めて自分の年齢を明らかにはしませんが、作者メルヴィルの体験などから推察しますと、二十二、三歳だと思われます）は、持ち金もなく、陸上の生活に疲れ果て、海上での船乗り生活をしてみようかと思い、捕鯨船に乗り込みました。しかし、そうした海上での生活は、彼に言わせますと、陸上生活に行き詰まった者にとって、自殺代わりといってもよい最後の選択でした。ところが、イシュメイルが乗り込んだこの捕鯨船は、巨大な鯨を追い詰めながら、最後は鯨の逆襲に遭って、捕鯨船ごと乗組員は一人を除いて全員死ぬことになります。そして、何とも皮肉なことに、その一人が、自殺を志願したイシュメイルなのです。彼は、仲間の銛撃ちのクィークェグというポリネシア系の原住民が、多分、自分のために作っておいた棺桶にしがみついて、近くを航行していた捕鯨船（これについては、のちに紹介します）に救助され、のちにこの物語を語ることになるのです。そういう意味で、この物語は全体的に何とも皮肉な展開を見せます。

すでに述べましたように、捕鯨船ピークォッド号に乗り込んだイシュメイルは、乗船前から、エイハブ船長についていろいろなことを聞かされていましたが、この人物が現実に姿を見せるまでには三十章近くもかかります。したがって、何も知らない読者は、狂言回し役のイシュメイルが、語り手であるだけでなく、主人公でもあるのではないかと思うかもしれません。そういえば、この小説の、人間ではないが、もう一人の主人公といってもよい巨大な鯨「モービー・ディック」が読者に紹介されるのは第四十一章で、さらに十章待たなくてはなりません。そして、この鯨が本当に姿を見せるのは、先ほど申し上げました、小説の終わりに近い「追跡　第一日」と題された第一三三章なのです。なんとも不思議な構成をもった不思議な小説です。しかし、それでもそこまで読む者を引きずってゆく、その語り口はおよそ尋常ではなく、やはり世界有数の傑作古典といえるでしょう。

■棺桶にしがみついて救助された自殺志願のイシュメイル

ピークォッド号は、海上で、何隻もの捕鯨船に出会います。エイハブ船長は、そうした捕鯨船から、モービー・ディックの情報を集めようとします。

そうした捕鯨船をいくつかあげます。たとえば、捕鯨を終え、鯨油を満載してアメリカにもどる「独身者号」(the Bachelor) は、乗組員たちと駆け落ちしてきたポリネシアの若い女性が甲板上で騒いでいます（第一一五章）。自分を大天使ガブリエルだと思い込んでいるクエイカー教徒の狂信者が乗っている捕鯨船（しかも、船上では悪性の伝染病が発生しています）にも出会います（第七十一章）。この狂信者は、船上で、自分が救世主であるかのように振る舞い、「白鯨」は神の化身そのものだ、と言います。また、結末近くの第一二八章で、ピークォッド号は、レイチェル号という捕鯨船に出会います。「レイチェル」(Rachel) という名前も、聖書に由来する名前で（聖書では「ラケル」)、彼女はヤコブの妻であり、ヨセフとベニヤミンの母です。レイチェル号は、白鯨追跡中、捕鯨ボートが転覆し、船長の十二歳の息子が海に投げ出されます。船長はエイハブに捜索と救出を依頼しますが、彼はそれを断ります。ここでもエイハブ船長の非人間性が描かれるのですが、この事件は、作品全体の伏線となります（伏線といっても、残りは七章しかありません）。最後、海に放り出されたイシュメイルは、一昼夜、海上をクイークェグの棺桶にしがみついて漂っていましたが、そのイシュメイルを見つけ、彼を救助したのは、何とその近くを航行して、失われた息子を探していたレイチェル号だったのです。こうして、この雄大な物語は、「自分の失われた子供たちを探してもどってきたレイチェル号は、もう一人の別の孤児を見つけるだけに終わった」（It was the devious-cruising Rachel, that in her retracing search after her missing children, only found another orphan.）という文章で終わります。

■ 人種的に「世界の縮図」のようなピークォッド号

そして、捕鯨船ピークォッド号には、世界の縮図のように、さまざまな人種の人間が乗り込んでいます。クイークェグはすでに紹介しましたが、他にもフェダラーという名の拝火教徒がいます。ペルシアン（現在のイラン）か、インド出身で、エイハブの捕鯨ボートの銛撃ちを務めます。フェダラーはエイハブ船長に悪霊のようにまとわりつき、船長は不死身であると予言します。しかし、最後は巨大な鯨と格闘する中で、エイハブ船長を海中に引きずり込むようにして死んでゆきます。またエイハブ船長は、乗組員から孤立して君臨していますが、一人可愛がっている者がいます。ピップという黒人少年です。

ピップ少年も鯨を追跡中海に投げ出され、一晩放置されながら、かろうじて翌日救助されますが、その恐怖の体験から半ば気が狂ってしまいます。しかし、この少年はエイハブ船長との関係で無視できない不思議な存在でもあります。こうして気が狂ったヒップ少年のほうが、狂ったかのように白鯨を追跡するエイハブ船長より、まだ正常であるように思われるのです。そして、申しあげた通り、正確にどれだけ時間が出港後経っているかはっきりしませんが、第一三三章でついに白鯨が発見されます。その前後は、この長大な小説の中でも、特に印象的な部分で、「あそこだ！潮を吹いてる！――潮を吹いてるぞ！雪山のようなこぶ！モービー・ディックだ」という見張りの一言で、それまで読者の内部に鬱積していた苛立ちが一気に解消します。とりわけ海中から浮上してくる白鯨の白さは印象的です。

■超自然的な何ものかを直感させる"ambiguous"な「白」という色

こうして、三日三晩の壮烈な追跡が始まります。もしこれが鯨との戦いを描いた海洋冒険小説であれば、いよいよその戦いが圧縮されて展開するわけです。この最後の三章で注目すべきことは、「白い」（white）という形容詞が何度も使われ、しかも、白鯨の出現を"apparition"と表現していることです。これはもちろん「出現」を意味しますが、それ以上に、思いがけない、まれにしか現われることのないものの出現、たとえば、亡霊など、超自然的なものが出てくることを連想させます。場合によっては、「幻影」でもあります。「出現した」この鯨は、確かに無気味な「白」鯨ですが、これはあくまで自然界の突然変異であり、超自然なものではないかもしれません。しかし、この「白」は、日本でも、白い蛇、白い馬のように、神秘的な連想を伴い、神聖視されます。

この「白」という色、これはこの小説の中核をなしている色彩なので、ここでこれについて、少し考えてみましょう。『白鯨』の魅力は、粗筋だけでは半分も伝わらないと言いました。第四十二章「モービー・ディックの白さ」（"The Whiteness of the Whale"）などは、粗筋からすれば、まったく脱線でしかありませんが、それでもこの章は、小説全体の素晴らしさを証明する力を備えています。宇宙の究極的な謎は、論理的に、あるいは論理的な言葉では説明できない、英語で言いますと"ambiguous"な（これは「曖昧な」と訳されたりしますが、文学批評では、多義性の、いろいろな意味が、時には正反対な意味さえそこに含まれていることを示します）謎です。そして文学者は、それを世界の究極の言葉として用います。メルヴィルと親交のあったナサニエル・ホーソーンは、代表作『緋文字』（『白鯨』の前年一八五〇年に出版）で、ヒロインのヘスター・プリンが胸に付けている「A」という大文字の「赤」をそのように使っています。この「赤」は、「血液」や「火」との連想から、一方では人間にとって望ましい「生命力」「文明」の象徴となります。しかし、同時に、「流血」や「火災」といった「危険」や「破壊」ともつながってゆきます。ホーソーンは、こうした曖昧な「赤」の連想、象徴を『緋文字』の中心に据えました。

同じように、メルヴィルは『白鯨』で、「白」という色がもつ"ambiguous"な効果を発揮しています。メルヴィルとホーソーンは親しい友人関係にあり、創作活動に関して意見交換をして、おたがい刺激し合っていました。直接『緋文字』からヒントを得たというのではありませんが、メルヴィルは同じように色彩を通じて宇宙の神秘を捉える手がかりを得ようとしたと思われます。そして、この「白」という色は、結論的に言いますと、一方では、神聖さ、高貴さ、穢れのなさ、純粋さを思わせます。メルヴィルは、十ページにも及ぶ「モービー・ディックの白さ」で、蘊蓄の限りを尽くして、古今東西の文献を調べ、白という色のさまざまな連想を確認してゆきます。たとえば、多くの自然物の場合、大理石、白椿、真珠のように、高貴な連想を伴います。シャム王は白象、ドイツのハノーヴァー王家は白馬を一族の象徴としていました。ローマ人はこの「白」を祝祭の色としました。花嫁のウェディング・ドレスも純白であり、裁判官、法王の衣裳も白とされます。

■超自然的恐怖感を引き起こす真っ白な虚無の世界

しかし、同時に、「白」はある捉えがたい、背筋の凍りつくような恐怖感を引き起こします。メルヴィルは、極地の白熊、熱帯の海に現われる白鮫などの例を引いて、その超自然的な恐怖感を語ります。また、崇拝の念を伴いながら、恐怖感を引き起こす、アメリカ・インディアン伝説に現われるという大草原の聖なる白馬にも言及しています。そして、この「白」は自然の事物だけでなく、死（death）と結びつくのです。死体が恐ろしいのは、死者の目に現われる大理石のような蒼白さを連想させるからです。死者がまとう経帷子も「白」となっています。日本の幽霊も、なぜか、白い衣裳を身にまとって現われます。色としては「黒」も不吉な色で、死と結びつきますが、恐怖感と言う点では、「白」のほうが断然上です。

語り手イシュメイルは、深夜、月光の下で、ただ一人、帆柱の上での見張中、水平線まで茫漠と広がる乳白色の大海原を目の当たりにした時に感じる異様な恐怖感を語ります（第1章で紹介したエドガー・アラン・ポーの『アーサー・ゴードン・ピムの物語』の最後の場面を思い出してください）。その恐怖感がどこからやってくるのか、その根源がどこにあるのか、それを指摘することはできません。しかし、そうした恐怖感を引き起こす何ものかがこの世界のどこかに潜んでいること、これを疑うこともできないのです。昼間の世界に対して、もう一つの世界、暗黒の世界ではなく、白々とした、空漠とした、虚無の、空白であり存在するはずのない、しかし、虚無、空白として存在するもう一つの世界を思わずにはいられなくなります。この白い空白の虚無の世界の存在に気づいた人間は、その瞬間、虚無そのものによって背中から一突き刺されたかのように感じると言います。そして、この真っ白な巨大な鯨「モービー・ディック」はこうしたものすべての象徴に、神のごとく神聖かつ清浄であると同時に、不吉きわまりない謎の存在、人間に畏怖の感情を引き起こす無気味な存在となるのです。

こうして、小説『白鯨』の意味、魅力は、リアリスティックな海洋冒険小説としてではなく、観念的な哲学小説として読んでこそ理解できるのです。ここで『白鯨』についての考察を終了し、宇能鴻一郎の『鯨神』に移ることにします。

■メルヴィル、ヘミングウェイの海を扱った作品を連想させる『鯨神』

『鯨神』は昭和三十六（一九六一）年七月の『文學界』に発表され、同年下半期の芥川賞を受賞し、その後、昭和五十六（一九八一）年に中公文庫版が刊行されました。『文學界』発表の翌月、すでに紹介した通り、『群像』の「創作合評」で取り上げられ、安部公房は「どうしてもメルヴィルの『白鯨』とくらべてしまうね」と言っています。もう一人の評者、庄野潤三は「ぼくはヘミグウェイの『老人と海』を思い浮かべました」とも言います。

■身内三人の報復を求める『鯨神』の若者シャキ

『鯨神』の粗筋をごく簡単に紹介しましょう。舞台は長崎県（小説では、最初、肥前となっています）平戸島和田浦という海岸の「部落」で、そこの旧家に残されていた「鯨絵巻」から物語は始まります。それは、巨大なセミ（背美）鯨を追い求める勇壮な捕鯨の情景を描いた江戸時代の絵巻物です。その家の当主は、語り手の「私」にその絵巻物を見せながら、集落に伝わっている伝説化した一人の若者と巨大な鯨にまつわる物語を語って聞かせます。この物語が小説の中心部を形成します。この若者は、祖父、父、兄の三代の身内の命を奪った巨大なセミ鯨を捕らえようとして、逆にその鯨に命を奪われたシャキという名の「銛討ち」（小説では「刃ザシ」と呼ばれます）で、セミ鯨を捕らえ、その鯨に鼻綱を付けて連れ帰る、場合によっては、鯨と刺し違えて死ぬことさえも辞さない覚悟で身内の三人の報復をしようとしています。その点では、エイハブ船長と似ていなくはないところがあります。

また、この「部落」には、『鯨名主』という部落の有力者がいて、鯨を捕らえて、それに鼻綱を付けて港まで連れ帰った若者には、自分の娘と「家屋敷田地名主名跡」すべてをあたえると若者たちにけしかけています。そうした中で、紀州から流れ込んできた屈強な男が、シャキのいわばライバルとして現われ、彼と争うように鯨を追いかけます。しかし、この紀州男は鯨の逆襲に遭って海で死にます。それに対して、シャキは鯨を仕留めます。

ところで、このシャキにはエイという恋仲の若い女がいましたが、彼女は父親のはっきりしない子供を出産します。その後、この子供の父親は紀州からやってきた男だったことが明らかになりますが、シャキはこの愛人エイと鯨名主の娘トヨとのあいだにあって、どちらを選ぶか、選択を迫られ、結局、昔馴染みのエイとの関係を優先させるといった、鯨と関係する中心主題からは少しはずれた男女関係が入ってきます。

■鯨と人間が一体化して幕を閉じる『鯨神』

問題のセミ鯨を何とか仕留めはしましたが、シャキ自身も鯨の逆襲に遭って重傷を負い、意識を失ってしまいます。意識を失ったシャキは仲間に救助され、和田浦の港に帰還します。仕留めた鯨とともに大きな流木でできた「寝棺」に入れられていた彼は、「寝棺」の中で意識を取り戻し、鯨の巨大な頭部と向き合っているうちに自分自身が鯨となって広大な海を泳いでいる幻想をいだくようになります。この最後に近い部分では、この巨大なセミ鯨は、ただの海の生物ではなく、「鯨神」と呼ばれるように、メルヴィルの白鯨同様、超自然的な存在となります。そうした、日常生活を超越した幻想的な場面に加えて、エイが生んだ子供の父親がシャキでなく、例の紀州男であったことが彼女の口から明らかにされます。作者は現実世界との繫がりを明らかにしたかったのでしょうが、人間と超越的な自然との壮絶な闘争という主題からすると、焦点がいささかぼけてしまうようにも思われます。

そして、その後に、ある意味では、この小説のクライマックスというべき部分が描かれます。

［……］おれは自分が鯨神そのものに変身するのを感じる。おれはそのまま目のまえの頭骨になり、おれの肉体は島のような大きさにふくれあがり、おれの皮膚はぶあつい脂肪と黒色の表皮にかわり、［……］そのままおれは夕映えの海を落日へ、落日へとむかって力づよい尾で波をうちながら悠々と泳ぎすすんでゆく。そうだ、おれは鯨神だ。鯨神はおれだ。おれが鯨神だ。鯨神がおれだ。おれこそ鯨……

この場面が、事実上、小説の最後のように思われますが、このあとさらに、もう一つ、一ページほどの最後があって、そこで次のようにつづられます。

鯨神はおれから離れてふたたび目のまえの、夕陽に彩られた巨大な頭骨だけの姿にもどり、背後にながながと影をひきながら、鼻さきを海にむけて沖を凝視している。また風がおこって吹きすぎ、死がさらに一歩ちかく訪れてきているのをおれは感じ、はればれとした気分でおれは、鯨神の白骨に話しかけた。／「お前らは、実にすばらしか奴じゃ」／すると鯨神はたしかに、あたりを響かすほどの声ではっきりと答えた。／「お前らも、実にすばらしか奴じゃ」

最後は、このように、鯨と人間が一体化して『鯨神』は幕を閉じます。

■『白鯨』と『鯨神』の四つの決定的な相違点

こうした粗筋の紹介だけでは、『白鯨』と『鯨神』両作品の共通点、相違点は必ずしもはっきりしないかもしれません。もちろん、巨大な鯨に報復を加えようとした人間たちが、鯨の逆襲に遭って、あえなく命を失ってしまうといった共通点はありますが、両者には決定的な違いもあります。日本の社会と関係した違いです。そうした点を四つ指摘しましょう。

第一は、中心となる人物の社会との関係です。『白鯨』のエイハブ船長は、社会、家庭から完全に孤立した人間として描かれます。出身地はどこなのか、結婚しているのか、子供がいるのか、祖先、両親はどのような人間なのか、捕鯨船に乗り込む以前は何をしていたのか、そうした具体的なことは最後の三章直前の第一三二章まで明らかにされず、またそうしたことはそれほど意味をもたないかのように描かれます。エイハブ船長の場合、意味をもつのは、彼と「モービー・ディック」という巨大な鯨のみといってよいのです。

それに対して、『鯨神』では、背景は肥前平戸島和田浦という特定の土地であり、鯨との関係も、絵巻物をとおして、江戸時代にまで遡ります。シャキは祖父、父、兄の三人を鯨との闘いで失っていますが、鯨を仕留めることには、村の有力者、鯨名主の娘との結婚や、資産を相続するといった現世的な利害関係が絡んでいることが明らかになります。

『白鯨』では、捕鯨業の歴史・現状、あるいは、鯨に関する生物学的な情報も盛り込まれていますが、それはエイハブ個人とはほとんど関係のない百科事典的な情報です。そして、こうした孤立した孤独な人間、これこそがアメリカ文学の典型的な「ヒーロー」なのです。

過去からの長い伝統をもち、文化的に成熟したヨーロッパあるいは日本などとは異なり、アメリカ文学に描かれる人間は、旧世界の故郷から移民することによって、過去の積み重ねられてきた関係、すなわち、よくも悪くも個人を束縛する社会的な絆から切り離されている、いわば、根無し草のような存在です。アメリカ人は、社会的な存在として、つねにいま言ったように根無し草的な不安につきまとわれていて、その結果、救いようのない孤立感、疎外感にさいなまれます。

その意味で、エイハブ船長も、語り手のイシュメイルも、宿命的に社会から孤立した存在であり、典型的なアメリカ人の象徴です。こうしたアメリカ文学に繰り返し現われる孤独な人間は、社会の中ではなく、社会から孤立した状況でたった一人自分自身と格闘するのです。

そうしたアメリカ文学に描かれる典型的な登場人物と比べますと、『鯨神』のシャキは、狭い集落の中で、歴史的にも、また現時点でも、社会的な繋がりをもち、というよりは、そうした繋がりから抜け出せません。

■大文字で書かれる西欧の唯一の「神」と日本の「八百万」の神々

次に指摘したい両者の相違点は、「神」に関する理解の違いです。言うまでもなく、キリスト教では、神は唯一の存在であり、大文字でGodと書かれます。『白鯨』でも、「神」は、大文字でGodと書かれています。確かに、巨大な鯨「モービー・ディック」は「神」になぞらえられることもありますが、鯨それ自体が「神」

なのではなく、「神」はその巨大な生物の背後に存在する、人間の理解を超えた究極の謎のような存在とされます。その他、拝火教徒や、南太平洋の邪教の神も描かれますが、こうした神と称される存在は、真の意味での「神」ではありません。そして、「人間」と「神」の間には絶対的な断絶があり、エイハブ船長については、「神に逆らう、神のような」(ungodly, god-like) という形容詞も使われていますが、彼が「神」そのものになるようなことは絶対にありえないのです。「神のような」エイハブ船長は、「神」に反逆し、挑戦しますが、そうするだけで「神」の報復を受け、破滅します。それが彼の運命だったのです。一神教といわれるキリスト教の厳しさです。

それに対して、わが国は宗教的には多神教的であって、「八百万《やおよろず》」の神々というように、数え切れないほどの神が存在します。自然物、山であれ、巨木であれ、そういったものも神と見なされます。事実、『鯨神』では、海は「神」とされ、しかも「ソコツツノオ」「ナカツツノオ」「ウワツツノオ」の三柱の「海神」が海岸の中腹の古びた社に祭られています。海の「底」「中」「上、表面」がそれぞれ神と見なされているのです。異教徒の神であれば、『白鯨』にもさまざまな神が現われますが、自然界の生物である白鯨そのものが「神」として描かれることはありません。

一方、『鯨神』では、標題そのものがすでに示す通り、鯨は「神」と見なされているのです。この小説の最後のクライマックスでも、若者シャキは、幻想の中で、「自分が鯨神そのものに変身するのを感」じます。そして、「[……] そのままおれは夕映えの海を落日へ、落日へとむかって力づよい尾で波をうちながら悠々と泳ぎすすんでゆく。そうだ、おれは鯨神だ。鯨神はおれだ。おれが鯨神だ。鯨神がおれだ。おれこそ鯨……」と呟きます。メルヴィルの世界では、一人の人間でしかないシャキのような若者が、最後に神と一体化するようなことは絶対にないと思われます。

■印象的な『白鯨』の「白」と『鯨神』の「赤」の対比

第三に指摘したいのは、『白鯨』と『鯨神』の象徴的な色の違いです。『白鯨』の「白」についてはすでに指摘しました。それに対して、『鯨神』の支配的な色は何でしょうか。セミ鯨の表皮は黒く、白ではありません。鯨の頭骨や、死体の白骨、海鳥の翼、先祖の墓石などの「白」も印象的に描かれてはいますが、『鯨神』で圧倒的に多いのは「赤」であり、その「赤」は銛を突き刺された鯨から流れ、海面を染める血の「赤」です。そして、それ以上に周囲を真っ赤に染める夕日、落日の「赤」が繰り返し印象的に描かれ、それが海面を染める鯨の流す血の「赤」と重なってきます。そうした場面をいくつか引用しますと、

[……]砂浜は輝かしい赤さに染まり、言おうようない孤独な叫喚をあげてうちよせる波頭も同じ色に染まり、そのたびに砂にながながと曳かれる白い泡の尾も、いまはまたおなじ輝きに染めつくされている。

[……]海面にはすでに夕焼けの空の雲のように真紅の血がひろがっている。

血塊が、眼のまえのかたくしまった肉孔から、蛇のようにうねりながらゆっくりとおしだされはじめた。その蛇は海中で急速にふくれあがって、あたりを火災のような真紅のなかにとじこめ潮のおそろしいはやさにたちまち散って消えはてた。

白い巨大な鯨の頭骨は、［……］はげしく照りつける入陽に、これもかつて生きてあたたかい血にまみれていたときのように真紅にかがやいている。

死んだ鯨の白骨も夕陽に真っ赤に輝いています。この「赤」も、すでにホーソーンの『緋文字』との関連で説明したように、流血で示される危険や、破壊を示すと同時に、死からの再生、生命力といった相反する連想を伴っています。そして、神聖さ、清浄さと同時に、空白、虚無、死という多義性をもった白鯨とは正反対になっています。宇能鴻一郎が、意識的に、白鯨の「白」を拒否して、「赤」を基調に自然を捉えたのかどうかはわかりませんが、結果的に、この二つの鯨の物語は、基本的な色彩によって、対照的な印象を読者にあたえます。

■『鯨神』の世俗的な目的をもった鯨の追跡

そして、最後に指摘しますが、『白鯨』では、巨大な鯨の追跡はそれ自体が究極的な真理追求という目的となっている、つまり、世界の究極的な真理、神の摂理の解明に向けられているといってよいのですが、『鯨神』では、この「鯨神」の追求は、世俗的な目的の手段となっています。つまり、「鯨神」と呼ばれる巨大な鯨を仕留めることは、裕福な村の鯨名主の娘と結婚し、名主の家屋敷、財産のすべてを手にすることに通じるという意味において、一つの手段にすぎないのです。また、捕鯨は集落の祝祭、祭りごとのような意味ももっていて、捕鯨からもどってきた海の男たちは（傷ついて血まみれになり、意識を失って帰還したシャキを含めて）英雄として村人たちの歓迎を受けます。時間的にも、三代分、祖父の時代から数えて百年近い歴史が絡んでいます。

それに対して、『白鯨』では、そうした世俗的な事柄はほとんど問題になりません。もちろん、捕鯨業の意味、鯨油がもつ意味などは情報として提供されていますが、これはエイハブ船長、語り手イシュメイルの物語とは直接結びつきません。『鯨神』は、結局、人間社会内部の物語であって、そうした社会からはみ出し、神、自然、運命、何といってもよいのですが、そういった超自然的なものと対決する人間の生涯を描いたメルヴィルの『白鯨』とは次元が違うのです。

『白鯨』では、語り手イシュメイルは、最初から、現実的な社会生活に幻滅、絶望して、自殺代わりに捕鯨船に乗り込んだことになっていました。両作品とも、最後は主人公の死で終わりますが、エイハブの最後は実に凄まじいものがあり、敵対する白鯨と妥協したり、和解したりすることなく、最後は（第一三五章）、「ああ、孤独な生涯の果ての孤独な死よ！　ああ、おれの最高の偉大さはおれの最高の悲しみの中にある」（Oh, lonely death on lonely life! Oh, now I feel my topmost greatness lies in my topmost grief.）と、一瞬、自分の生涯を振り返り、同時に、襲いかかってくる巨大な白鯨に向かって、

貴様、すべてを破壊する力を振るいながら、征服力をもたない鯨よ、おれは貴様に襲いかかり、貴様と摑み合い、地獄の真っただ中から貴様を突き刺し、憎しみをもって貴様に最後の一息を吹きつけてやるぞ。［……］呪われた鯨め、おれは貴様に縛りつけられ、貴様を追跡し、最後は粉々に打ち砕けながら貴様を追い詰めるのだ。

と叫んで、銛の綱が彼の首に絡みつき、絞首刑で処刑された人間さながら、声一つ立てず、首に絡まった綱ごと海中に引きずり込まれ、最期を遂げます。まさに、英雄に相応しい死にざまです。悲惨極まりない死ですが、読者はある種のカタルシスを覚えます。

■鯨と一体化して、真っ赤な落日の西方浄土に向かう若者シャキ

これに対して、『鯨神』の最後はどうでしょう。すでに、引用した通り、意識を失っていた若者シャキは、夕映えのなかを落日、夕陽に向かって泳いでゆく巨大な鯨と一体化して、「おれは鯨神だ。鯨神はおれだ」という幻想をいだきます。そして、最後の最後、彼はそうした幻想から、村の女の子、彼が付き合っていたエイが歌う、鯨に身内を殺された者に捧げる復讐の歌で目を覚ますのです。彼の葬儀の日に歌う歌を、エイは赤ん坊を抱きながら練習していたのです。そして、彼はこれから何十年かののち、この赤ん坊がふたたび「鯨神」の仲間、同類に戦いを挑むことになると思うと、「さわやか」な気持ちとなり、静かに死を迎えます。シャキは「鯨神」に向かって「お前らは、実にすばらしか奴じゃ」と語りかけ、鯨も、同じように「お前らも、実にすばらしか奴じゃ」と答えます。おたがい死闘を繰り返しながら、最後は、人間と鯨は一体化して、落日の西の方角に向かって真っ赤に染まった大海原を泳いで、仏教でいうところの西方浄土に向かうのです。そして、両者は、最終的に、相手の存在を認めて和解します。恩讐の彼方という境地にいるのです。

そもそも、西欧では、人間と自然は別個の存在であって、両者が融和し、一体化するという考えはほとんどありません。宇能鴻一郎が、『白鯨』を意識して、それとは違った自然観を『鯨神』で表現しようとしたとまでは言いませんが、結果的には、東西の、対照的な自然観がこの巨大な、神を思わせる二つの鯨を扱った小説に表現されているように思われます。

4

二つの衣裳哲学

――「馬子にも衣裳」か、「襤褸《ぼろ》を着てても心は錦」か

マーク・トウェイン『王子と乞食』と、
大佛次郎『花丸小鳥丸』

■曇りのない少年の目をとおして堕落した大人の世界を描いたマーク・トウェイン

マーク・トウェイン（一八三五―一九一〇）の『トム・ソーヤーの冒険』（一八七六、以下『トム・ソーヤー』と略称）と、『ハックルベリ・フィンの冒険』（イギリス版一八八四・アメリカ版一八八五、以下『ハックルベリ・フィン』と略称）は、少年小説の傑作として、広く世界中で読まれています。確かに『トム・ソーヤー』は極め付きの少年冒険小説です。しかし、その続篇である『ハックルベリ・フィン』はそうした少年の「冒険」を描いた少年のための小説であるだけでなく、曇りのない少年の目をとおして堕落した大人の世界を描いた大人のための本格的な小説でもあります。

少年冒険小説『トム・ソーヤー』では満足できなかったマーク・トウェインは、『トム・ソーヤー』出版後、ただちに続篇として『ハックルベリ・フィン』を書き始め、途中、何度も行き詰まりながら、八年という長い歳月をかけて完成させました。しかし、アメリカの深刻な社会問題である人種問題、奴隷制問題を少年の目をとおして描いたこともあって、結末をどのようにするか、少なからず迷ったようです。最終的には再びトム・ソーヤーを登場させて結末をつけましたが、これに不満をいだく読者も少なくなく、その一人があの有名なアーネスト・ヘミングウェイで、彼は「すべての現代アメリカ文学は『ハックルベリ・フィン』というマーク・トウェインの一冊の本に由来する」と絶賛しながらも、その結末にはかなり厳しい留保条件を付けています。

■少年の目から「大人」を描いた「大人」のための『ハックルベリ・フィン』

『ハックルベリ・フィン』では、孤児の白人少年、通称ハック・フィンが世話になっていたダグラス未亡人の家からミシシッピ川に逃げ出し、そこで黒人奴隷にとっての「地獄」と思われていた深南部に売られそうになった知り合いの黒人奴隷ジムとめぐり合います。そして彼は、筏の上でジムと生活を共にして、当時（一八四〇年代）、家畜同然と見なされていた黒人奴隷が、堕落した白人たちより人間的にすぐれていることを知るのです。それでハックは、逃亡奴隷ジムを追跡してきた白人奴隷捜索隊に対し、筏の上にいるのは天然痘にかかった自分の父親だと嘘をついて捜索隊を追い返し、ジムの逃亡に協力します。当時のアメリカ南部では、主人の許から逃げてきた黒人奴隷の逃亡を援助することは、殺人以上に社会的に許せない最悪の犯罪と見なされており、また宗教的には、そのような犯罪を犯した人間は、死後、地獄に堕ちて永遠の苦しみを受ける、と教会の牧師たちは教えていました。そうした社会の中で、ハック少年は、たとえ自分は地獄に堕ちることがあっても、最後までジムの逃亡と、その自由獲得のために協力しようと決断します。

そして、このハックの決断は、学校教育を受けていない、教会にも行くことのない野育ちの自然児であったからこそ可能でした。もちろん、そのような決断をするまでに、いくつかのドラマティックな事件、悩みがあり、最後の最後で「いいよ、それだったら、地獄に堕ちたってかまわしねえ」（"All right, then, I'll *go* to hell."）という有名な言葉を放ち、ジムを救います。これが小説の最大の山場、クライマックスです。もしこの小説が、ミシシッピ川を背景にした少年ハックルベリ・フィンの単なる「冒険」小説でなく、人種問題をテーマにしたシリアスな小説であるとしたら（そして、現在では、そのように解釈・評価されるようになっています）、この小説の中心は二人の筏の上での生活であるべきであって、そのように考えたヘミングウェイは、小説の結末に注文をつけたのです。つまり、彼によると、白人の悪漢どもによって白人に「汚ねえ四十ドルで」（ハック自身の言葉）売り飛ばされ、その白人の屋敷の庭の小舎に押し込められているジムを、ハック・フィンがトム・ソーヤーに縋《すが》って救出する最後の場面は、まったくのドタバタ喜劇にすぎない、と断定したのです。確かに、『ハックルベリ・フィン』の最後の十二章は、少年の「冒険談」としては楽しく読めるかもしれませんが、どう考えても、前篇『トム・ソーヤー』の延長でしかなく、続篇を書き始めた時の作者の意図とは違っています。

要するに、ハック・フィンのこの物語は、十九世紀中葉、アメリカ南部の白人の大人たちが当然視していた社会制度と奴隷制度の矛盾を、教育を受けていない（というよりも、黒人でこそないが、白人社会の最下層に生きる）浮浪児の少年の目をとおして、マーク・トウェインは批判したのです。そのことは、彼自身もはっきりと意識していて、『ハックルベリ・フィン』を書き上げたあと、前作『トム・ソーヤー』との違いについて、『トム・ソーヤー』が「大人」の目から「少年」の世界を描いた少年のための小説であるとしたら、『ハックルベリ・フィン』は「少年」の目から「大人」の世界を描いた大人のための小説であると明言しています。

■『王子と乞食』の副題 "Young People of All Ages" の曖昧さ

今回取り上げます『王子と乞食』については、まだ何も説明していませんが、その基本は、ご存知の方も多いでしょう。双子のようにおたがいそっくりな英国の王子（皇太子）と乞食の少年が（二人はまた同じ年の同じ日に生まれています）、ある時、宮廷の正門前で出会い、冗談半分に着ている衣裳をとり替え、その結果、王子は乞食の少年となって貧しい一般庶民の悲惨な生活を体験し、反対に、乞食の少年は窮屈な宮廷の生活を押しつけられることになるのです。そして、乞食の少年の目をとおして、王侯貴族の考え方や生活様式がいかに形式にこだわり、ばかげたものであるかを暴露するとともに、乞食の生活を余儀なくされた王子をとおして、一般大衆の生活がいかに悲惨であるか、そして上流階級の大人たちがそうした現実に気づかず、また気づいていてもそれに目を向けようとしないことを明らかにするのですが、トウェインはそうしたことを、ある意味で、少年の「冒険」として描き出すのです。そうした点では、『ハックルベリ・フィン』と共通しています。そしてまた、この小説も、少年少女より、大人が読むべき大人のための小説なのです。

『王子と乞食』には"A Tale for Young People of All Ages"という副題が付いています。この副題は、日本の中学生でもわかるやさしい英語ですが、実は曖昧なところがあって、二通りに解釈できます。つまり、"of All Ages"が曖昧なのです。一つの読み方は、この Ages を「時代」と取って、「あらゆる時代の若い人びと」と解釈できます。つまり、出版された十九世紀末だけでなく、二十一世紀の若い少年少女にも楽しく読める物語だと取れます。もう一つは、Ages を「年齢」と取って、「すべての年齢的に若い人びと」つまり、気持ちや考え方の面で若さを失っていない人びとのための物語としても解釈できるのです。表向きは最初の意味でしょうが、マーク・トウェインの本音は、後者、年齢を取っても若者の柔軟性を失っていない大人の読者に読んでもらえるように願っていたと思われます。

■楽観的な文学者として出発した西部開拓地出身のマーク・トウェイン

ここで、マーク・トウェインの生涯と作品について、簡単におさらいしておきましょう。彼はヘミングウェイが言った通り、ヨーロッパ文学とは違った、いかにもアメリカ的なアメリカ文学の伝統を、『ハックルベリ・フィン』によって確立しました。長い伝統を誇る旧世界ヨーロッパの文化的影響の少ない西部の開拓地に生まれた彼は、アメリカ人独自の体験を自分たちが日常使っているアメリカ英語で描いた最初の文学者とされています。第一作のヨーロッパ旅行記、『無邪気者の外遊記』(一八六九、『赤毛布外遊記』などとも訳されています)によって、それまで成熟した文化として一方的に崇拝されていたヨーロッパの腐敗した現実をあるがままに描き出すとともに、文化的には未熟かもしれないが、健全で逞しいアメリカのデモクラシー精神などを擁護する国民的作家と認められました。十九世紀の後半のアメリカは、西部開拓の進展や産業化などによって、経済的に急速に発展してゆきますが、彼はそうした明るいアメリカを代表する楽観的な文学者として、人気抜群のベストセラー作家となったのです。それがマーク・トウェインの文学者としての出発点でした。

■ 晩年、救いようのない暗い厭世感にとり憑かれるマーク・トウェイン

しかし、この十九世紀の経済的に発展していったアメリカ社会は、結局は資本主義社会であって、期待された理想的な社会でないことが、南北戦争を境に明らかにされます。政府と大企業は癒着し、目に余る政治腐敗や汚職事件が頻発し、繁栄と腐敗が同居する混乱の時代となります。社会意識の強いマーク・トウェインは、やがてそうしたアメリカ社会に批判的な目を向け、一八七三年には、『金メッキ時代』と題した、アメリカ社会を風刺・批判する小説（C・D・ウォーナーと合作）を発表します。

しかし、そうした時代風潮に対して何もできなかった彼は、アメリカ社会と自分自身に幻滅を覚え、社会と人間に対して懐疑的になってゆきます。そして最後は、救いようのない暗い決定論的な厭世感、虚無思想にとり憑かれます。そうした思想は、最晩年に匿名で発表した『人間とは何か』（一九〇六）や、本書第6章で取り上げます未完の遺稿として残された『不思議な少年』（不完全な形で、死後の一九一六年に出版）などに表明されてゆきます。

■「楽観主義者」と「悲観主義者」の境目は四十八歳

つまり、マーク・トウェインは、三十代半ばに、アメリカ人の若々しい精神と逞しい生活体験を屈託のない新鮮な文体で謳歌する楽観的な作家として文壇にデビューし、アメリカの一般読者に熱狂的に迎えられました。しかし、四十代後半になると、ものの考え方に暗い影が現われてくるのです。その原因はさまざまに推測されていて、時代の影響だけでなく、西部開拓地出身でありながら、東部の裕福な名家の女性と結婚し、東部の保守的な社会に適応できなかった家庭生活や、貧しい家庭に育ち、一獲千金を夢見て、自動植字機などに膨大な投資をしながら、それが失敗に終わり、これまた膨大な借金を背負いこんだ不運な経緯などが指摘されています。そして、彼自身もそのことを意識していて、「四十八歳以前に悲観主義者である人間はあまりにもものを知り過ぎている、その年齢を過ぎてもまだ楽観主義者であったら、その人間はものを知らな過ぎる」(The man who is a pessimist before 48 knows too much; if he is an optimist after it, he knows too little.) と言っています。

なぜ四十八歳なのか、その根拠ははっきりしませんが、伝記的にいいますと、マーク・トウェインの四十八歳は一八八三年で、その一年前の一八八二年に『王子と乞食』が、一年後の一八八四年にはイギリスで『ハックルベリ・フィン』が発表されています。彼のいう「楽観主義者」と「悲観主義者」の境目の四十八歳は、この二つの作品の中間にあり、両作品にはこの二つの傾向が微妙に混在しているといってよいのです。『トム・ソーヤー』の出版は一八七六年で、ここには彼の楽観的な人間観がまだ現われていますが、その頃から人間に対して懐疑的になっていて、『トム・ソーヤー』では満足できなかった彼は、すぐにその続篇として『ハックルベリ・フィン』を書き始めたのです。同じく少年の「冒険」を扱いながら、両作品が質的に違っている、その理由がこれでおわかりかと思います。

また、最晩年のように、完全な悲観主義者でもなかったので、『ハックルベリ・フィン』を完成させるのに八年もの歳月を要したことも理解できます。今回取り上げます『王子と乞食』も、彼が言う「悲観主義者」となる直前の一八八一年、四十六歳の時の出版ですから、表面的には少年少女が読んで楽しめる小説でありながら、ただそれだけのものではなく、背後にどことなく人間の本質に関して、暗い思想が現われているようにも思われます。

■ロンドンの地名にもアイロニカルな意図が感じられる『王子と乞食』

そうした伝記的な背景を考慮しながら、これから『王子と乞食』を見てゆきます。まず、簡単な粗筋を最初にまとめておきましょう。時代背景は十六世紀のイギリスです。「王子」というのは、エドワード六世(一五三七—五三)、わずか十六歳で死んだ実在の王子です。彼は十歳で英国王位に就きましたが、六年後には世を去った薄幸な国王です。彼の在位は、文豪シェイクスピアが誕生した一五六四年の十七年前に始まり、六年しか続きませんでした。したがって、シェイクスピアとは重なりませんが、その頃のイギリスを想定すれば問題ないかと思います。物語は、すでに紹介した通り、このエドワード王子と、顔も姿恰好も瓜二つの乞食の子トム・キャンティが、王子に誘われるまま宮廷内に入り込んで、そこで半ば冗談に衣裳をとり替えることから始まります。

そして、乞食姿となった王子は、乞食の子として宮廷から追い出されます。その一方、トムは宮廷に連れ込まれ、自分は王子でないと言い張りますが、お付きの貴族たちは王子は気が狂ったと思い、自分たちの育て方に何か問題があったのではないかと大騒ぎします。乞食の子トムは、王子としてどのように振る舞ったらよいのか、皆目見当がつきません。そこにこの小説の一つの面白さがあるのです。一方、王子は何とかキャンティ家にたどり着き、自分は英国王子であるなどと言って、父親にひどく殴られ、庶民の生活の恐るべき現実を体験します。こうして、宮廷とロンドンの場末の双方で、悲劇とも喜劇ともつかない場面が繰り広げられるのです。キャンティ一家が住んでいるのは"Offal Court"といいますが、Offal というのは、動物のはらわた、屑肉で、それに続くCourt は「中庭」あるいは「路地」を意味し、ロンドンにはこのCourt の付いた地名が多くあります。同時にまたCourt は「宮廷」という意味もあり、そうなると、この地名は「屑肉宮廷」となり、そこにもマーク・トウェインのアイロニカルな意図が感じられます。ともかく、双方で意外な事件が面白おかしく描かれて、若い読者にも楽しく読め、それが世界中で少年少女たちに広く読まれる理由となっています。

■王子と乞食の子の体験をとおして当時の封建的なイギリス社会を批判

マーク・トウェインは、王子とトムが経験することをとおしてさらに厳しく社会を批判します。乞食となった王子は、事情があって宮廷を追われたマイルズ・ヘンドン卿という貴族に出会い、彼に連れられて、ロンドンの一般庶民の生活、国王や教会、支配階級の庶民に対する残酷きわまりない取り扱いを目撃し、それを身をもって体験します。たとえば、二人の女性は宗教的にバプティストであるという、ただそれだけの理由で火炙りの刑に処せられます。当時はカトリックが国教とされ、プロテスタントに対する迫害の激しい時代でした。一方、自分が王子として扱われていることに気づいた乞食の子トムは、一応、王子らしく振る舞いますが、おのずと現われる彼の庶民的な言動によって、国王や貴族たちの生活の愚かしさが明らかにされます。そうした点からも、当時のヨーロッパの封建主義と貴族階級に対するマーク・トウェインの批判的な姿勢が、自然と浮かび上がります。

■物語の最大の山場、乞食の少年の戴冠式をめぐって

そうしているうちに、父のヘンリー八世が崩御し、息子エドワード王子の戴冠式が迫ってきます。粗筋では簡単に迫ってくるとしかいいようがないのですが、ここでもマーク・トウェインは数々の愉快なエピソードを重ねて読者を楽しませてくれます。

戴冠式当日、何はともあれ、国王になることで本来の庶民である自分を忘れたトムは、偶然、群衆の中にいた自分の母親を見つけますが、彼は彼女を母親として認めない非人間的な態度を示します。王室にいると、庶民の親子関係が失われてしまう、とも取れる場面です。そして、王冠がトムの頭上に置かれようとしたまさにその瞬間、これも偶然といえば偶然ですが、式場のウェストミンスター寺院に、ヘンドン卿とともに、エドワード王子が現われ、自分こそ真の王子だと名乗り出て、これまた大騒ぎとなります。物語最大の山場といってよい場面です。

マーク・トウェインは、王子のアイデンティティを証明するいわば小道具として、国王の象徴ともいうべき「国璽」(the Great Seal)を利用します。こうした推理小説の種明かしのような場面は、マーク・トウェインが得意とするところで、読者に忘れがたい印象を残します。「国璽」というのは、ご存知でしょうが、国家の重要な文書に用いる王室でもっとも重要視されている神聖な印章です。庶民のトムは、それが何であるかわからず、胡桃割りの道具くらいに思っていました。そこにも、マーク・トウェインの英国王室に対する皮肉な態度が現われています。

そして、その「国璽」がどこに保管されているのか、そのありかがわからなくなっていたのですが、乞食姿でもどってきた王子は、その秘密の場所を明らかにすることによって、自分がまさしく王子であることを証明

し、物語はめでたく結末を迎えます。

■研究者の間で解釈が大きく分かれてきた、『王子と乞食』の結末

マーク・トウェインは、王子、すなわちエドワード六世が、この庶民の間での体験によって、まれに見る立派な君主になったといって、この物語の最後の幕を閉じます。単純化しますと、このように、瓜二つの身分の違う少年二人が、戯れに衣裳をとり替えたことから生じた混乱、誤解がめでたく解けて、めでたし、めでたしで終わります。

しかし、この物語の本当の魅力は、そうした結末ではなく、二人の少年がそれぞれ生まれとは違った社会環境で体験する予想もしない事件の積み重ねにあるというべきでしょう。確かに一見単純な物語ですが、読者や研究者の間でその解釈と評価が大きく分かれています。作者の表向きの意図は、小説の冒頭にあるシェイクスピアの『ヴェニスの商人』からの引用によって示されています。「慈悲」「憐れみ」(mercy)の「本質」(quality)に関する有名な四行で、「慈悲」は神によって二重に祝福されているというのです。

つまり、「慈悲」は、それを授ける人、受ける人、その双方に幸せをもたらし、王座についた国王にとっては王冠よりもっと似つかわしいものだというのです。そうしますと、この小説は、王位についた「王子」が「乞食」としての体験をとおして「慈悲」の心をもった英国王となり、彼自身も、国民も、共に幸せになったという物語になります。つまり、このシェイクスピアからの引用の「献辞」をそのまま認めますと、この小説は最終的には封建時代の王制を擁護、肯定するものになってしまいます。この結論は、最後の一章、「正義と応報」("Conclusion / Justice and Retribution")でも裏付けられています。最後は「エドワード六世の治世は、あの過

酷な時代にしては、非常に（singularly）慈悲深いものであった」となっています。そして、彼の名誉となることを忘れないようにしようというのです。原文を引用しましょう。

The reign of Edward VI was a singularly merciful one for those harsh times. Now that we are taking leave of him let us try to keep this in our minds, to his credit.

小説全体の結論として表面的に見ればその通りで、きわめて肯定的になっています。しかし、ここには翻訳ではわからない問題が実は一つあります。つまり、この singularly という副詞の意味です。これは「非常に」という強調なのか、それとも「奇妙にも」という条件を示す副詞なのか、おそらく両方の解釈が可能で、マーク・トウェインは、この一語でもって、当時の英国の王政に対する自らの両面価値的な感情、違和感を表明しているように思われます。

■人間の残酷性に対するマーク・トウェインの批判的な感情

しかし、それにしても、読者はこの最後の結論に納得するでしょうか。私の記憶に鮮明に残っているのは、「慈悲にみちた」国王などではなく、小説に描かれる農地を追われた小作人たちの悲惨な姿です。食べる物もない貧しい小作人たちは、地主に食べ物の施しを乞い求めますが、食べ物の施しを受けるどころか、血まみれになるまで鞭で叩かれ、足枷を嵌められ、片耳を切り落とされ、真っ赤に焼けた鉄で額に焼印を押され、あげくの果てには奴隷として売り飛ばされるという、実に悲惨な運命をたどるのです。まさに目を覆いたくなる光景です。マーク・トウェインも、子供の読者を考えてか、こうした残酷な場面は直接的な描写でなく、ロンドンの浮浪者たちが目撃した光景として間接的に描いています。そして、将来、王位に就く王子が、そうした残酷行為を禁止する法律を制定し、「慈悲に満ちた」(merciful) 政治を行なうきっかけとなったというのです。そしてこの場面を、王子の成長、変化を際立たせるためには必要な場面であると解釈することも不可能ではありません。ショッキングであればあるほど、それを乗りこえたという王子の変貌と成長が際立つからです。

■ 十九世紀アメリカの南部の黒人虐待と重なる十六世紀のイギリス社会

しかし、それにもかかわらず、結果的には、作者の意図とは別に、十六世紀イギリスの残酷さに加えて、人間の残酷性に対する作者の批判的な感情、怒り、さらには絶望感も、読者に伝わってきます。しかも、これは三百年前のイギリスだけのことではないのです。

アメリカ南部に育ったマーク・トウェインは、こうした場面を描きながら、おそらく少年時代に目撃したアメリカ南部の農場での黒人奴隷に対する白人によるリンチ事件などを思い出していたと思われます。また、サンフランシスコで新聞記者をしていた頃、彼は白人が中国系移民に暴行を加える似たような事件の現場をリポートし、東洋系移民擁護の論陣を張っていました。そうした伝記的な事実を考えますと、子供たちのために、表向きは、王子は少年時代、残酷な光景を目撃することで、「奇妙にも」(singularly) 情け深い国王になったという物語を書きながら、潜在的には、大人の読者に人間の残酷さに目を向けるように訴えていたのではないでしょうか。こうした場面は、ただ筋立て上で必要とされただけではなく、作品の主題に関わる目的そのものであったようにも思われます。

■双子のように似ている人間に異常な関心を示すマーク・トウェイン

いや、それだけではなく、『王子と乞食』には、マーク・トウェインが生涯をかけて追究したもう一つの重要な関心も隠されています。彼は双子、あるいは双子のように似ている二人の人間に異常な関心をいだき、人間の本質はそれほど違っているわけではなく、違っているとすれば、それは外見、つまり「衣裳」によって決まるのではないかと考えていたように思われます。日本の諺にあるように、「馬子にも衣裳」というのです。『王子と乞食』の場合がそうなのです。すでに申しましたように、この作品では、乞食の子も衣裳さえ変えれば王子になれるし、王子も乞食のような格好をすれば、乞食の子以外の何者でもなくなってしまいます。『王子と乞食』を書いた時、まだ四十八歳以前だったマーク・トウェインは、このように衣裳によって人間は変わりうると信じていたように思われます。

しかし、その後、晩年にかけて、マーク・トウェインは、人間は生まれつき備えている否定的な面に縛られた存在であるという性悪説的な決定論的人間観を、『人間とは何か』や『不思議な少年』などで、老いの繰り言のように、繰り返すことになります。その点、悲観論者となる以前に書かれた『王子と乞食』の場合はまだ違っているようにも思われます。

■東西文化の違いによって明らかにされる『王子と乞食』と『花丸小鳥丸』の違い

それでは、ここで『王子と乞食』に触発されて書かれたと思われる大佛次郎（一八九七―一九七三）の『花丸小鳥丸』に入ります。大佛次郎、ご存知でしょうか。時代小説で有名な『鞍馬天狗』の著者であるだけでなく、ヨーロッパ文化にも深い造詣をもった知識人で、たとえば冤罪事件として知られるフランスのドレフュス事件を扱った作品などでも知られます。その彼が昭和十四（一九三九）年に、少年向けの小説として書いたのが、この『花丸小鳥丸』です。

ところで、マーク・トウェインの『王子と乞食』は、わが国で最初に翻訳された彼の作品とされ、初訳は巌谷小波訳の『乞食王子』（一八九八）です。「乞食」が先になっているので、おやっと思う方もおいででしょうが、「乞食」の少年が「王子」になったので、「乞食王子」としたようで、事実、続く鈴木三重吉訳は『乞食の王子』（一九二五）となっています。そして、一九二七年に村岡花子が『王子と乞食』として平凡社から訳出出版し、これが何度か改訳されて、現在も岩波文庫に入っています。こうなると、『王子と乞食』は、わが国で一世紀以上にわたって親しまれてきたことになります。大佛次郎の『花丸小鳥丸』は、村岡花子の岩波版普及版（一九三四年）の五年後に出版されていますので、両者の間に何らかの関係があると思って間違いないでしょう。『花丸小鳥丸』の粗筋の骨組み、双子のようによく似た高貴な身分の少年と、乞食の少年が、衣裳をとり替え、それぞれ相手の少年となって思わぬ冒険を重ねるという設定は、まったく『王子と乞食』と同じです。時代背景ははっきりしませんが、わが国の室町時代頃に置き換えられています。しかし、それにもかかわらず、西洋と東洋の文化的違いや、小説が書かれた時代情勢などによって、ある意味で両者は対照的なものになっています。

『花丸小鳥丸』には、二人の少年が登場します。その一人は花丸、京都御所の警護の任にあたっている堀川の右大将清原時任の嫡男です。もう一人の小鳥丸は乞食の子で、清水寺の門前で参拝者に小銭をせびって家計を支えています。その二人が偶然出会い、お互いあまりにも似ているので、着ているものをとり替えているうちに、小鳥丸は御所の屋敷に入り込み、乞食姿の花丸は外に追い出されます。花丸は大友八郎という浪人とめぐり合い、エドワード王子がヘンドン卿に助けられるように、行動を共にします。その点も、『花丸小鳥丸』は、マーク・トウェインの筋書きに倣っています。一方、小鳥丸は屋敷の正面で「若様お帰り遊ばせ」と丁重に迎えられ、身の回りの世話をする腰元に「お召しかへ遊ばして」などと言われ、「お召しかへって……何だっけ」と言ったり、また「父上のところへご挨拶においで遊ばすのでございます」と言われると、「ちゃんのところへ？　おとっつぁんのところへ遊びにいくのかい」などと庶民言葉で問い返して、周囲の人びとを驚かせます。こうしたことで、若さまは様子がおかしくなった、と御殿内は大騒ぎとなり、医者が駆けつけ、「若さま、お脈を拝見つかまつります」ということにまでなります。

■天皇の世継を公卿の嫡子に置き換えた『花丸小鳥丸』

こういった行き違い、ドタバタ喜劇風なやりとりは、『王子と乞食』と発想的にほとんど同じで、大佛次郎はマーク・トウェインの語りを自家薬籠中の物として活用していますが、それにもかかわらず、両作品にはいくつか無視しがたい違いがあります。ここではそれを問題にします。

まず気づくのは、マーク・トウェインが国王の長男であるエドワード王子を登場させているのに対し、大佛次郎はそれを公卿の嫡子に置き換えていることです。英国王子に対応するのであれば、当然、天皇の世継ぎである皇太子でなければならないのに、身分を一段下げているのですね。一見すると、それほど大きな変更だとは思われないかもしれませんが、実は歴史・文化的にきわめて重要な意味があります。つまり、戦前の日本では、天皇は神聖にして侵すべからざる「現人神」であり、その世継ぎの皇太子に、たとえ物語であっても、乞食の子と衣裳をとり替えさせることは許されず、もしそのようにしたら「不敬罪」と見なされ、警察（当時は憲兵隊でしょうか）に逮捕される恐れがあったと思われます。当然、大佛次郎はそうした危険に気づいて、公卿の子供に置き換えたのでしょう。

■日本人の「精神主義」を強調する大佛次郎

次に指摘したいのは、マーク・トウェインがイギリス王室の次期国王、皇太子の少年時代の体験をとおして社会全体の改革を目指したのに対して、『花丸小鳥丸』では、そうした体制変革は問題にされず、花丸という一人の少年の人格向上にもっぱら焦点が合わされていることです。というよりは、大佛次郎は、これによって、公卿の子花丸の高貴な性格を強調します。つまり、高貴な身分の子は、生まれながらに高貴な性格をもっていて、どのように貧しい服装をしようと、どのような環境に置かれようとも、すぐれた性格を発揮する、そのように周囲から求められているというのです。具体的な例を一つ挙げましょう。京都での祭りの場面です。乞食の姿をした花丸は、人混みで人の財布を盗んだとして、集まった大人たちによって川に投げ込まれそうになります。証拠はないにもかかわらず、乞食の姿をしていることから花丸を犯人と決めつけるのですが、彼はそれに対して怯えることなく、毅然たる態度で抗議し、そこに駆けつけてきた家来の大友八郎に、主人として、群衆どもを追い払うよう命令します。大友八郎も、花丸に「あなたはご主人だ、［……］ゐばつて鷹揚にかまへていらつしゃい」と言って、さらに喚きたてる群衆に向かって次のように雄弁をふるいます。

諸君は着物のきたないのを見て笑つたが、人間に大切なのは精神であつて服装ではない。着物のきたないのなどは、あたり前のことだ。しかし、精神といふものは、汚すまいとすれば、いくら貧乏をしたところで、決して汚れるものではない。現に諸君が、ここでその証拠を見たのだ。分るか、諸君。その、ちつぽけな乞食同様の少年が、たつた今、何といつたろう？　世間のこの年ごろの子供が、さうやつて大勢のおとなにかつぎ上げられて、川へはふり込まれるといふことになつたら泣きわめくか、手を合はせて命だけは助けてくれといふのが普通だ。ところが、この子はさうではない、こんなに大勢あつまつてゐる諸君にむかつて心から腹をたて、家来の私に、諸君をやつつけてしまへと御命令になつたのだ。［……］精神として立派な話じやないか。

日本人の性格については、しばしば「精神主義」ということが指摘されますが、ここにも、そうした傾向が指摘されます。そして、大友八郎だけでなく、花丸自身も、堀川の右大将の屋敷にもどる前、心の中で次のように呟きます。

（人間といふものは、なんといふ愚かなものだらう。きたない風をしてゐると、誰も僕を右大将の子、花丸と見てくれない。僕がうそをいってゐると思ふのだ。屋敷へもどつたら、家来どものさうしたあさはかな物の考へ方から変へてやらないといかん。それにくらべると、あの大友八郎といふ浪人ものは、身なりは貧しいが、何といふりっぱな人物だつたらう。ほんたうの侍は、ああなくてはならぬ。あれは人を見るのに着物を見ないで、精神を見てゐる。僕が大将の子でなく、乞食の子でも、精神さへ立派ならばいいといつてくれた。実に、いいことをいつてくれたものだ。［……］）

この二つの引用、その両方に「精神」という言葉が、さりげなく織り込まれていることにご注目ください。

■封建時代の閉鎖性から脱出した小鳥丸の解放感

一方、小鳥丸が姿を消した堀川の右大将の屋敷では、「若様」の姿が見えなくなったといって、人びとは大騒ぎしています。一方、花丸となった小鳥丸は、自分は乞食の子の小鳥丸だと言っていたのですが、周りの人たちはそのようなことは信じず、小鳥丸というのは「性の悪い狐」で、それが花丸さまに取り憑いたのではないかと噂していました。そこに本物の花丸が乞食姿でもどってきて、ひと騒動あります。

この小説の表面的な面白さは、そうした誤解にもあるのですが、おそらく大佛次郎のもっとも言いたいことは、先ほど引用した花丸の二つ目の内面独白にあると思われます。大佛次郎は、単なる仕来たりに囚われた窮屈な公卿の屋敷から逃げ出した乞食の子小鳥丸の解放感も忘れず、小説の結末で、小鳥丸に「助かったぞ。もう、これで、おれは窮屈な目を見ないですむのだ」と叫ばせます。そして小鳥丸は、また、「かう思ふと、うれしかつたのです。それから自分の頭の上に屋根がかぶさつてゐないで、青くて明るい空がひろがり、鳩が飛び、早い朝らしく、町のひとがいそがしそうに、戸をあけたり、外に立つたり、掃除をしたりしてゐるのを見ると、なんとなく楽しくなつて、ひとりでに、にこにこしてしまふのでした」と言います。いかにも「小鳥丸」という名前にふさわしい言葉です。この結末が示すように、社会体制を改革するといった大きな問題は想定されておらず、庶民の視点から階級の固定した封建時代の閉鎖性を、そこから脱出した少年の解放感を通じて、指し示すのです。当時としては、それが精いっぱいの抵抗だったのかもしれません。

■「馬子にも衣裳」か「襤褸《ぼろ》を着てても心は錦」か

このように、わが国の中世社会では、上流と下層階級は固定化されており、花丸には大友八郎という浪人の家来が付き添っていますが、二人の関係はあくまでも「若様」と「家来」という縦の関係となっています。そして、上流の人間は高貴な性格に生まれついているし、乞食の子は性格的に卑しい、それが当然視されているのです。そして、上流階級、公卿の子、花丸は、たとえ乞食の「襤褸《ぼろ》」を身にまとっても、「襤褸を着てても心は錦」通り、高貴な本性は自ずと現われるというのです。あるいは、それが期待されています。マーク・トウェインは、それに対して、裸の人間はみな同じで、着るものによって社会的な身分、地位、評価が決定する、つまり、「馬子にも衣裳」と考えていたように思われます。ところが、日本では、衣裳はあくまでも仮の姿であって、そうした外見に惑わされることなく、人間の真の姿を見抜かなければならない。逆にいえば、人間はどのようにみすぼらしい姿になろうとも、恥ずかしがる必要はなく、また卑屈にならず、本来の自分を失ってはいけないというのです。花丸が言うように、「着物」を見ないで、「精神」を見なくてはならないのです。

大佛次郎が、マーク・トウェインの『王子と乞食』を下敷きにして、この『花丸小鳥丸』を書いたことはおそらく疑いないと思われますが、その中心となる「人間」と「衣裳」の関係によって、西洋と東洋、少なくとも日本との文化的な違いが示唆されています。諺に「馬子にも衣裳」「襤褸を着てても心は錦」といいますが、その対立です。

もう一点、マーク・トウェインが社会全体の変革を目指したのに対して、大佛次郎はあくまでも個人に焦点を合わせ、その個人の精神的な成長を訴えます。これが二人の作家の個人的な違いなのか、東西文化の違いなのか、読者のみなさんには、両者を読み比べていただき、ご自分でご判断いただきたいと思います。

■昭和天皇の愛読書であった『王子と乞食』

最後に、『王子と乞食』と日本との関係について、意外と思われるかもしれない事実を一つ紹介いたします。

突然ですが、日本の天皇がマーク・トウェインの小説をお読みになっているか、考えてみたことがおありでしょうか。そのような想像はしたことがないというのが、大方の反応ではないかと思いますが、昭和天皇は間違いなくマーク・トウェインをお読みになっています。しかも『王子と乞食』は、天皇の愛読書でもあったようなのです。英国の生活に関係した物語なので興味をおもちになったのか、それとも少年時代に、庶民の生活を体験することによって理想の国王となった王子の物語であるとして、周囲から帝王学の一部として、推奨されたのでしょうか。

昭和五十（一九七五）年のことです。その年の九月二十二日の新聞（夕刊）には、アメリカの週刊誌『ニューズウィーク』の東京支局長だったバーナード・クリッシャーによる昭和天皇との単独会見が大きく出ていました。訪米を控えられた天皇に、アメリカ観や、今後の日米関係のあり方などをうかがったインタビューで、なかでも終戦の最終決断を下したのは天皇自身であったといった発言が大きく取り上げられていました。新聞には「終戦は私が決断」といった大きな見出しが出ていましたが、当時大学生だった私が個人的に興味を覚えたのは、そうした歴史的な事実ではなく、天皇が『王子と乞食』を読んでいるという意外な事実でした。

どうやら、クリッシャー記者は会見があまりにも堅苦しくなるのを恐れて、天皇に一日だけでもよいから、普通の人になって、お忍びで皇居を抜け出し、好きなように振る舞ってみたいとお思いになったことがありませんか、と質問し、それに対して、天皇が「それは私が深く心の中に秘めていた願いでした。おそらくマーク・トウェインの『王子と乞食』のようにね。しかし、かりに私がそのような望みを実現したら、結末はその物語と同様のことになったのではないでしょうか」と答えられたというのです。

これを読んで、私が気になったのは「物語と同様なことになった」というお答えの「同様なこと」で、それによって昭和天皇が何をお考えになっていらしたのかということでした。マーク・トウェインが『王子と乞食』で最終的に何を言おうとしているのか、天皇はそれを特定化していないところに、パーソナルな意見はお控えになるという、いかにも日本の天皇らしいところが現われていると思いますが、天皇は言外に、表面的な解釈、つまり、庶民の間で「乞食」として生活した体験によって、王子は立派な国王になった、『王子と乞食』はそれを伝える物語であるとお考えだったのでしょう。

この『王子と乞食』については、記事を書いた新聞記者たちも、一般読者のために、小説の粗筋や解釈を簡潔にまとめていますが、それを見ますと、「エドワード（王子）は乞食生活で得た体験を基に立派な政治を行った」という一面と、「社会的な地位はただ身につけた衣裳によって決まるだけで、人間には本来的には違いはない」、そして「階級社会に対する作者の鋭い風刺がうかがえる」というもう一つの面を、いわば両論併記のように記しています。そして、「階級社会に対する作者の鋭い風刺」はさらに押し進めると、日本の天皇制を含め、絶対王制に対する風刺、批判につながってゆくのではないでしょうか。その新聞記者は、「鋭い風刺」が「うかがえる」という表現で、天皇の立場にとって微妙な意味をそれとなく匂わせています。当時私はこの記事を読んで、昭和天皇が『王子と乞食』に言及なさったことに何となく違和感を覚えましたが、違和感の原因の一つはそこにあったのでした。昭和天皇は『王子と乞食』の両面のどちらに共感を寄せておられたのでしょうか。

■人間の残酷さに対するマーク・トウェインの怒り、人間の本質に対する懐疑

昭和五十（一九七五）年といえば、ベトナム戦争が終結し、若者の反乱の代名詞であった学園紛争もかつての激しさを失って、大学は本来の平静さを取り戻しつつあり、私は特に学生運動にコミットしていたわけでもありませんが、それでも『王子と乞食』に関しては、エドワード六世の治世が「過酷な当時にしては稀にみる慈愛にみちたものであった」という作者の最後のコメントにもかかわらず、英国社会の庶民に対する厳しい過酷な法律、人間の残酷さ、愚かさなどに対するマーク・トウェインの怒り、外面的な衣裳によって評価が変わる人間の本質に関する懐疑、そして先ほどの新聞の解説にもあった「階級社会に対する風刺」に強く惹かれていたように思います。

『王子と乞食』は予想以上に解釈と評価がむずかしい小説です。表向きの作者の意図からすると、この作品は、人間の「慈愛」を問題にして、題辞の『ヴェニスの商人』の引用にある通り、「慈愛」が「王冠」以上に君主にとってふさわしい最高の美徳であるとして、「慈愛」にみちた国王擁護の歴史小説と解釈すべきかもしれません。しかし、私の記憶に強く残っているのは、そうした物語の大枠ではなく、農地を追われた農民が足枷を嵌められ、片耳を切り落とされ、真っ赤に焼けた鉄で額に焼印を押され、あげくの果て、奴隷として売られてゆく悲惨な姿を描いた中間の章なのです。

もしも昭和天皇がこの作品全体をていねいに読まれていたとしたら、当然、こうした残酷な場面もご存知だったはずで、そうなると、天皇はこの小説をどのように受け止めていらしたのでしょう。昭和天皇は、最終的に、「王子」と「乞食」のいずれに共感をお寄せになっていたのでしょうか。

また、そういうことを言えば、『王子と乞食』に触発されて『花丸小鳥丸』を書いたと思われる、西欧文化

に造詣の深い知識人の大佛次郎は、東洋的な人間の精神性を重視していたと考えられますが、晩年のマーク・トウェインの「階級社会に対する鋭い風刺」や人間の本質に関する懐疑的な思想を、一体どのように受けとめていたのでしょう。

5

批判した過去によって批判される現代人たち

マーク・トウェイン『アーサー王宮廷のコネティカット・ヤンキー』と、半村良『戦国自衛隊』

■SF作家としてもすぐれた才能を示した児童文学者マーク・トウェイン

マーク・トウェイン（一八三五—一九一〇）は、日本でも明治時代から広く親しまれてきたアメリカ十九世紀を代表的する文学者です。いま広く親しまれてきたと言いましたが、その親しまれ方は偏っていて、日本では『トム・ソーヤーの冒険』（一八七六）や、『ハックルベリ・フィンの冒険』（一八八五）などで知られる少年冒険小説家と見なされてきました。そうした児童文学者というのは、その一面にしかすぎず、実際はもっとスケールの大きな本格派の文学者なのです。本格的な文学者として、アメリカ十九世紀後半のリアリズム文学の小説家と目されています。それ以外の分野でも、すぐれた作品を数多く残しています。

今回紹介します『アーサー王宮廷のコネティカット・ヤンキー』（一八八九、以下『コネティカット・ヤンキー』と略称）、の舞台は、アメリカでなく、六世紀（五二八年）、アーサー王が支配していたイギリスの都であったキャメロットで、伝説で有名な「円卓騎士」や、預言者で魔法使いのマーリンなどが姿を見せます。主人公は十九世紀アメリカのコネティカット州の典型的なヤンキー、ハンク・モーガンという名の職工で、マーク・トウェインと同時代人ですが（作品の冒頭で、作者マーク・トウェインは、観光旅行で訪れていたイギリスのウォリック城でこのハンク・モーガンに会ったと言います）、物語は時間的にも空間的にも、彼ら二人の時代と国ではなく、六世紀のアーサー王朝があった時代と場所に設定されています。

マーク・トウェインは、十九世紀アメリカのリアリズム文学を代表する文学者でしたが、同時に時間と空間を超越したSF風のユートピア小説や風刺小説でも、すぐれた才能を発揮しました。そして、この『コネティカット・ヤンキー』は、十九世紀アメリカの職工（有名なコルト拳銃工場で働いていました）が、一三〇〇年以上前にタイムスリップする、SF仕掛けの空想小説です。六世紀と十九世紀の文化的な違いがただ面白おかしく描かれるだけでなく、十九世紀アメリカのデモクラシーの精神や科学思想、さらには機械文明などが、ヨーロッパの過去の封建主義や魔術、迷信などと比較されます。それによって、十九世紀のアメリカ社会の優位性がある意味で示されます。当時のアメリカと強く結びついた小説といってよいでしょう。いま「ある意味で」という条件を付けましたが、それはこのあと申しますが、現代の若いラディカルな研究者の中には、この小説でマーク・トウェインは、アメリカのデモクラシーや機械文明、テクノロジーなどを無条件に肯定しているのではない、と考える者も少なからずいるからです。『コネティカット・ヤンキー』は、このようにさまざまな読み方が可能な風刺小説です。そしてマーク・トウェインは、単なる過去の小説家ではなく、二十世紀、場合によっては二十一世紀の世界が直面するさまざまな社会問題をいち早く予言した、われわれと同時代人といってよい文学者だと思います。本章では、マーク・トウェインと『コネティカット・ヤンキー』の現代に通じる問題を考えてみようと思います。

■過去に「タイムスリップ」して考える現代社会の諸問題

まず『コネティカット・ヤンキー』をめぐっては、SF的な「タイムスリップ」を最初に用いた小説である、いや、それをテーマにしたもっと古い小説がある、といった議論があります。「タイムスリップ」で広く知られているのは、イギリスの、ご存知、H・G・ウェルズの『タイム・マシーン』ですが、これが出版されたのは一八九五年、『コネティカット・ヤンキー』の六年後です。

しかし、マーク・トウェインが用いたこの「タイムスリップ」はあくまでも手段であって、そのような手段をとおして、彼が一体何を読者に訴えようとしたのか、そのことを問題にしなければならないと思います。

今回は、このマーク・トウェインのSF風の小説と、半村良（一九三三―二〇〇二）の同じく「タイムスリップ」を扱った『戦国自衛隊』（一九七一）を比較し、それぞれの作者が何を言おうとしているのか、そして両作品にどのような違いが見いだされるか、そうしたことを考えてみようと思います。

『戦国自衛隊』でも、現代の自衛隊員たちが日本の戦国時代に「タイムスリップ」します。そしてこの五百年近く前の日本の社会で、現代的な兵器で戦う昭和の自衛隊員と、槍や刀で戦う上杉謙信、武田信玄といった戦国時代の武将やその部下たちが、奇妙な出会いを果たします。時代を超えた者たちのそうしたちぐはぐな対応が面白おかしく描かれますが、作者半村良も、このSF形式の小説で、現代の文明化されたわが国の社会の諸問題を指摘しつつ、そのような社会に対する自らの考えを明らかにしています。

■六世紀のイギリスに「タイムスリップ」した十九世紀のヤンキー、ハンク・モーガン

では、まず『コネティカット・ヤンキー』の粗筋をまとめておきましょう。物語はアメリカ北東部コネティカット州の州都ハートフォードの兵器工場で、コルト拳銃や小銃などを製造し、当時のテクノロジーの最先端技術を身につけた主任職工ハンク・モーガンの異様な体験をめぐって展開します。「ヤンキー」というのは、現在はアメリカ人全体を意味しますが、本来はアメリカ・ニューイングランドの住民を指す言葉で、利益に敏感で抜け目のない性格で知られますが、どことなく愛嬌もあり、憎めないアメリカ人の一つのタイプを象徴するイメージになっています。中でもコネティカット州のヤンキーは、そのような性格が一際目立つヤンキー中のヤンキーとして、歴史にその名を残しています。

■ 作者自身が最初と最後に姿を見せる「額縁小説」

『コネティカット・ヤンキー』は「額縁小説」といわれる構成を取っていて、作者のトウェイン自身がまず作品中に現われます。観光旅行でイングランド中部にあるウォリック城を訪れていた彼は、そこでイギリスの中世に物凄く詳しい一人のアメリカ人、ハンク・モーガンに出会います。出会ったその晩、ハンクはホテルのマーク・トウェインの部屋に訪ねてきて、自分は働いていた工場で仲間と喧嘩をし、頭をハンマーで殴られて、意識を失ってしまったが、目を覚ますと、六世紀、正確には五二八年の六月のある日のイギリスに迷い込んでいた、そこはアーサー王が統治するイギリスだった、と言うです。この人物は自身の不思議な体験を語り出しますが、それを書きとめたのがこの小説ということになります。いま「額縁小説」と言いましたが、作者のトウェインは作品の最後にも姿を見せて、舞台となっている六世紀と彼がこれを書いた十九世紀末とを結びつけます。

さて、六世紀のイギリスにタイムスリップしたハンク・モーガンは、例の円卓騎士の一人であるケイ卿に捕まり、捕虜としてキャメロットに連れて行かれます。そこでハンクは、翌日、ケイ卿の捕虜として処刑されることになります。当時、アーサー王宮廷で実質的な支配権を握っていたのは、魔法使いで、預言者としても知られたマーリンでしたが、それを知ったハンクは、自分はマーリン以上の預言力をもった魔法使いであると宮廷の騎士たちを説得するとともに、彼の処刑の日である五二八年六月二十一日には日蝕が起こった歴史的事実を思い出し（十九世紀の彼は、六世紀のそうした歴史的事実を詳細に調べていたのです）、処刑当日の日蝕を予言します（というよりは、処刑の時刻に自分は日蝕を引き起こすことができると言うのです）。こうして、自分がマーリンよりも魔術、預言力ではるかにすぐれていると主張し、逆説的に魔法使い、預言者としてのマーリンの限界を示します。

■十九世紀の「科学」はアーサー王宮では最高の「魔術」と見なされる

マーク・トウェインは、一見すると、荒唐無稽な物語を、歴史的な事実など無視して、思いつくまま語っているように見えますが、執筆にあたっては、こうした事実を英国の歴史書などにあたるなどして、徹底的に調べました。ハンクはこのあと、マーリンが魔法使いを騙《かた》ってアーサー王宮廷に取り入り、王宮を混乱に陥れたとして、彼を牢獄に閉じ込めます。その一方で、自らの預言力を証明するために、密かにマーリンが住んでいた塔にダイナマイト（その発明は一八六二年）を仕掛け、その崩落の日時を予言します。そして、それまで魔術師、預言者としてアーサー王宮廷に君臨していたマーリンの塔はハンクの預言通りに崩落し、彼は預言者として絶対的な地位を獲得します。アーサー王もハンクの魔法の力を認めます。こうして十九世紀の「科学」は、六世紀のアーサー王宮廷において、最高の「魔術」と見なされます。ハンクは宮廷で重要な役職に任命され、人びとは彼を“Sir Boss”と呼び、最高の魔術師として崇拝します。

なお、このBossという言葉は典型的なアメリカ英語の一つで、辞書によりますと、これが政治的な「親分」という意味で最初に使われたのは、一八七五年でした。マーク・トウェインは、当時の最新流行語のBossをいち早く作品中に使っているのです。しかもそれをアーサー王朝のイギリス国民に使わせるという、何とも愉快な時代錯誤によって、読者を楽しませています。彼の小説の面白さはこうした時代錯誤によるところが少なくありません。

■十九世紀アメリカをモデルに六世紀のイギリス社会を十九世紀化する

アーサー王に認められたハンクは、ただちにこの時代のイギリス社会を、まさしく十九世紀のアメリカのように現代化します。この時代錯誤もユーモラスな効果をもたらします。ハンクはまず、彼自身一獲千金を夢見て関心の強かった新案特許を扱う「特許局」と、実生活では投資し損なった「電話局」を、続いて専門学校や新聞社や士官学校、さらには新案特許を実用化する工場などを次つぎと作ります。これはすべてマーク・トウェインの時代に、新聞雑誌を賑わすことの多かった文化施設です。そしてハンクに助手として従う若者クラレンスや、彼の恋人となり、のちに結婚をして、娘までもうけるアリサンド（愛称はSandy）という若い女性も現われて、物語に彩りを添えます。

■十九世紀アメリカの南部を思わせる六世紀のイギリス社会

アーサー王宮廷で重要な役職に就いたハンクは、アーサー王直々の命令で、国内視察の旅（というよりは、当時ですから、武者修行の遍歴）に出かけ、さまざまな思わぬ冒険を重ねます。多くは時代錯誤による愉快な事件です。たとえば、煙草を吸って、鼻から煙を吐き出し、住民たちに「竜」が人間の姿で現われたと恐れられたりします。煙草（葉巻）といえば、マーク・トウェインは大変なヘビースモーカーでした。また、イギリスに煙草がウォルター・ローリー卿によって紹介されるのは十七世紀、ハンクがタイムスリップした時代から千年後のことです。

ハンクはまた、支配階級の騎士たちがどれだけ一般大衆を下層民として見下し、虐待しているか、この時代の社会の恐るべき現実を目の当たりにします。このあたりに、暗黒時代といわれる西欧中世に対するマーク・トウェインの批判が感じられます。ただし、現在のアメリカの批評家の中には、マーク・トウェインはこれをとおして、ただ中世社会を批判しているのではなく、実は十九世紀のアメリカ南部における白人支配層の黒人奴隷に対する酷使や虐待を批判している、と考える者も少なくありません。なるほどそのように読めなくはない部分は少なからずあります。

ところで、アーサー王には、モーガン・ル・フェイという父親の違う妹がいます。彼女は兄アーサー王に敵意をいだき、また王妃グィネヴィアと円卓騎士の代表的な存在ランスロットとの不倫関係を密告したりします。そして残酷きわまりないモーガン・ル・フェイは、地下牢に多くの（現代的にいえば）政治犯を閉じ込めており、ハンクは彼らを即時解放するよう求めます。また遍歴の途中、ハンクはトマス・マロリーの『アーサー王の死』にも描かれています「聖なる谷」の「聖なる泉」に向かう巡礼者たちの集団に出会います。そこで偶々《たまたま》この「聖なる泉」の水が涸れてしまい、人びとが騒いでいることを知ると、密かに水の漏れ口を探し出し、それを漆喰でふさいで、泉を復活させます。種明かしをすれば何でもないことですが、それがハンクの魔術による奇跡と見なされ、その魔術師としての評判はさらに高まります。それだけでなく、十九世紀の医学の知識で国王の皮膚病を治癒します。さらには、部下の若いクラレンスに宮廷新聞を発行させますが、それによって宮廷で大きな顔をしている騎士たちが実は読み書きできない無学文盲であることを暴露します。

■十九世紀の新案特許電話によって窮地を脱するハンク・モーガン

その後、アーサー王とハンクの二人は、貧しい農民に変装して国内視察の旅に出ますが、国王は衣裳を替えてもその傲慢不遜な態度は隠せません。ここにも、人間は本質的に裸になれば一緒だが、環境や着る物によって変わるという第2章の『王子と乞食』で指摘したマーク・トウェインの人間の本質と衣装の関係に対する考えが示されます。

ここでも、次つぎと愉快な誤解が起こります。農民の衣裳をまとっても、国王はあくまでも国王で、その横柄な態度が住民たちの怒りを買い、王とハンクは暴徒に襲われます。暴徒たちは二人の身分を知らず、二人は身分の低い農民とともに奴隷として売られます。ところが、奴隷たちは反乱を起こし、奴隷の所有者を殺害しますが、最後は国王とハンクを含め、そこにいた奴隷全員は支配者に対する反逆の罪で捕まり、死刑を宣告されます。進退窮まり、魔術を使うこともできないハンクでしたが、ぎりぎりのところで、自分が国内全土に設置しておいた電話を思い出し、近くの電話から騎士ランスロットに救援を求めます。王とハンクは処刑台に立たされていましたが、駆けつけてきたランスロットに、処刑寸前で救助されます。現在の携帯電話でこそないですが、こうした緊急時に電話を使うなど、文明の利器の使用に関するマーク・トウェインの先見の明が感じられます。(皮肉なことに、マーク・トウェインは、実生活では新案特許に異常な関心を示していましたが、この電話に関しては、売り込んできたグレイアム・ベルに実用化はむずかしいと投資を断り、一獲千金の機会を逃しています。それでいながら、電話の利便性をいち早く見抜いてハートフォードで最初に電話を引いたのは、マーク・トウェインだったといわれています。)

こうして、宮廷に無事帰還したハンクは、彼に敵意をいだき、魔法使いマーリンと結託していた武断派の円卓騎士の一人サグラモア卿から決闘の挑戦を受けます。当時の騎士同士の「馬上槍合戦」(tournament)、つまり、馬に乗ったままたがいに槍で突き合って雌雄を決する合戦に挑戦されたのです。もちろん、ハンクはそういった決闘の訓練は受けていません。乗馬も満足にできません。ところが、この場面は、読者の予想とは裏腹に、アメリカの西部劇の決闘を思わせる展開となって、十九世紀および現代の読者を大いに楽しませます。ハンクは、何とアメリカ西部で野放しの馬を狩り集める際に使う「投げ縄」(lasso)を密かに用意し、突進してくる相手の騎士を見事その「投げ縄」で捕らえ、彼を地上に引きずり落として、操作に慣れているコルト拳銃で撃ち殺したのです。武勇で評判の騎士であっても、これでは勝ち目はありません。

こうして、アーサー王宮廷におけるハンクの評判と地位は決定的なものとなります。そしてそれまでは秘密にしていたデモクラシーに基づく社会制度の改革から始まり、新しい科学知識を応用した農・工業生産の改良や変革をすべてを国民に公表し、三年間でアーサー王支配のイギリスを、十九世紀のアメリカのように、デモクラシーと機械文明に基づいた近代国家に変えようとします。ただし、強力なカトリック教会に対しては何ら手をつけられず、すべての成人男女に選挙権を認める「普通選挙制度」も実現できません。そしてこれは、十九世紀のマーク・トウェインの時代のアメリカにおいても実現されていないことでした。

やがてハンクはアリサンドと結婚し、二人の間には女の子が生まれます。彼はその娘になんと電話交換局から聞こえてくる "Hello-Central"（こちら、中央電話局）という名前を付けます。この変わった名前は十九世紀アメリカの科学進歩を象徴するもので、ハンクは新時代への希望を込めて、この名を娘に付けるのです。

■ 六世紀のアーサー王国にあったはずの文明の痕跡をすべて抹殺する結末

ところが、理想の社会改革が確実になったと思われた時に思わぬ事件が起きて、ハンクの社会改革の計画は一気に危機に立たされます。王妃グィネヴィアと騎士ランスロットの不倫がアーサー王の知るところとなり、それをきっかけに王国で内戦が始まります。ハンクの後ろ盾であったアーサー王は、甥のモードレッドの反乱に遭い、戦場で重傷を負い、息絶えます。それだけでなく、ハンクと対立していたカトリック教会が、宮廷の支配権を握ります。そして内乱に巻き込まれたハンクも戦場で孤立します。（そこでもランスロットに救援を求めますが、救援隊はその時、当時の最速の移動手段であった馬ではなく、ハンクが密かに用意していた革命的なスピードを誇る自転車で駆けつけます。ここにもまた時代錯誤が楽しめる愉快な場面が出てきます。)

ハンクは、国王が死んだ以上、王国は共和国になったと宣言しますが、内乱はさらに拡大します。そして攻めてくる敵を彼は膨大な量のダイナマイトを使って爆破しようとしますが、それが思わぬところで暴発します。それによって、敵軍だけでなく、彼が築いてきた工場や学校やそのほかすべての文明施設が爆発崩壊し、六世紀のアーサー王国にあった十九世紀の文明はすべて痕形なく失われます。ハンクは戦闘中に重傷を負うもしぶとく生き残りますが、内乱の黒幕であった魔法使いマーリンに捕らえられ、その魔法により、十九世紀まで、すなわち一四〇〇年近い長い年月眠らされます。そして、十九世紀のイギリスに甦ったハンク・モーガンは、同じくイギリス訪問中だったマーク・トウェインとウォリック城で偶然出会い、その自分の異様な体験を語るとともに、アーサー王国に残してきた結婚相手のアリサンドがその後どうなったか心配します。

ハンクと称するこの男は、自分のこのアーサー王宮廷での異様な体験を語り終えると、また自分のホテルにもどり、その晩はホテルの室で眠りますが、それが彼の永遠の眠りとなります。

■文学作品の「意味」と「意義」をめぐる対立

ところで、この『コネティカット・ヤンキー』の全体としての解釈ですが、二つの解釈があります。

すでに、ある程度、話しましたが、この小説は、従来から、封建制度や、魔術、迷信などが横行する中世イギリス社会を風刺的に描き、それと対照的な十九世紀アメリカのデモクラシーと、科学、機械文明の優位を主張したユートピア小説であると解釈されてきました。また、その場合、作者マーク・トウェインは文明社会の進歩向上を支持していると思われています。確かにそのように読めますし、マーク・トウェインの意図も基本的にはそうだっただろうと思われます。しかし、最近、といってもすでに四十年近い歴史がありますが、ベトナム戦争の事実上の敗北以来、アメリカの過去の歴史に否定的な態度を取る若いラディカルな研究者や批評家たちは、『コネティカット・ヤンキー』をアメリカのデモクラシー精神と科学技術によって世界を改革しようとするアメリカの思い上がった態度と、科学技術の限界、機械文明の行き詰まりを先取りして批判する、予言的な小説であると解釈します。すなわち、西欧文明の発展を支えてきた「進歩」の概念に対して、マーク・トウェインはいち早く疑問をさしはさんだのではないかと主張するのです。

この二つの解釈には、それぞれ根拠があります。そして、このように対立する見方が生じたのには、過去の文学作品の解釈と評価の方法をめぐる根本的な問題と関連があり、論争はさらに大きくなって、過去の文学作品をいかに評価すべきかという理論的な問題に発展してゆきます。そうした論争を概観するある研究者の考えを紹介しましょう。その研究者によりますと、こうした論争の混乱は、文学作品の解釈、評価の前提として、「意味」(meaning)と「意義」(significance)を区別しないことから生じるというのです。「意味」というのは、作者の創作の意図や、作品が書かれた時代に基づく客観的な解釈であり、「意義」というのは、その作品が書かれた時代や社会とは違う状況において、現代の読者が示す主観的な解釈となります。

■ 六世紀イギリス批判の出発点は単純なドタバタ喜劇だった

確かに、読者の個人的な主観を交えず、作品をその時代のコンテクストの中で読みますと、『コネティカット・ヤンキー』という小説は、中世イギリスに対する十九世紀アメリカの優位を主張した小説といって間違いないでしょう。そして伝統的にはそのように解釈されてきました。しかし、マーク・トウェインがこの小説を書くことになった直接のきっかけ、動機はもっと単純だったようです。彼が残したノートブックによりますと、もともとはイギリスに滞在中、博物館に陳列してある中世騎士の鎧兜——つまり甲冑です——を見ながら、このような重い物を身につけていた中世の騎士を想像し、その不便さ、身動きが取れなかったと思われる姿を思い浮かべて、どうやら単純なドタバタ喜劇を思いついたらしいのです。

マーク・トウェインのノートブックの記入によりますと、ある時、中世の遍歴騎士になった夢を見た彼は、そのような甲冑を身につけていたら、まずポケットがないので不便だろうし、「自然の要求」(certain requirements of nature) にはどう対処したのだろうか。体に痒いところが生じても掻くわけにもいかず、顔が冷え、鼻水が出ても、ハンカチを取り出すこともできなければ、鉄でできている袖では鼻水を拭きとることもできない。その一方、太陽が照っている日向に出ると、甲冑の鉄が焼けつくほど熱くなるし、雨の中では雨水が中に入ってくる。冬になると、霜に覆われて外は真っ白になり、中は凍りつく。蚤や虱が入ってきたりすると、これはもうどうしようもない。教会に入ると、甲冑の音が騒々しく、教会に集まって静かに祈りをしている信者たちに迷惑をかけ、顰蹙を買う。自分一人で脱いだり、着たりできない。雷雨に遭うと、頭上に雷が落ちてくる。いったん誤って倒れると、自分では立ち上がれない。このように彼は書いています。そして、これがそもそもの執筆動機だったらしいのです。もちろん、書いているうちに、六世紀と十九世紀の対比によって、文明の違いを明らかにすることが重要な主題の一つとなっていったようですが、彼自身はそのいずれの側に軍配を上げるべきか、そのことについては何も書き残してはいません。このように、作者の意図に基づく「意味」を決定することは必ずしも容易ではありません。

■十九世紀アメリカの政治、科学技術を批判する作品の「意義」

それに対して、この小説の「意義」、つまり、現代の読者から見てどのような解釈が可能であるかという現代的な「意義」を求める若い研究者は、アメリカのデモクラシーの政治体制、あるいは科学的な知識や技術が必ずしもわれわれに真の幸せをもたらすものではない、と批判的立場を取ります。政治的にいいますと、ベトナム戦争をとおして、アメリカ社会、ことにアメリカの政府、軍部ペンタゴンに幻滅し、主人公ハンク・モーガンの政治的、あるいは科学的な社会改革を疑問視するのです。それ以上に、一つの国に対して、それがいかに文明的に遅れていようと、外部から先進国として、自分たちが理想としている政治体制を一方的に押しつけることは許されないと考えます。こうした考えは、アメリカのベトナムに対する政治的介入と重なります。ベトナム戦争時代、アメリカからすれば、ベトナム社会は文化的に遅れているように見えたでしょうし、共産化する危険も感じられたでしょうが、それはベトナム人の問題であって、彼らがそれで満足しているのであれば、アメリカがデモクラシーの精神や科学技術による社会改革をもち込む必要はないし、余計なお節介ではないかと考えるのです。民族自決を認めるべきだというのですね。

そのように考えますと、小説『コネティカット・ヤンキー』の最後で、ヤンキーのハンク・モーガンが数々の改革をアーサー王朝の英国にもたらしたにもかかわらず、自らの爆薬ダイナマイトによってすべて灰燼に帰してしまうという結末は、そうした介入が間違っていたことを示す何よりの証拠だと解釈するのです。原爆などによる地球全体の破滅を予言した小説だと解釈する論者もいます。確かに十九世紀のアメリカの政治形態や科学技術は優越しており、それを後進国にもち込むことは正当であり、望ましいというのであれば、なぜこの小説はこのような自己抹殺的な終わり方をするのでしょう。もちろん、それに対してアメリカの優位を肯定する立場の論者は、六世紀のアーサー王朝の遺跡に十九世紀文明の痕跡が残っていては歴史的に具合が悪いので、作者マーク・トウェインはそうした痕跡を抹殺、除去するために、あのような破壊的な結末をつけただけだ、小説構成の「技法上」の問題にすぎない、と主張します。

しかし、小説の結末で、ハンク・モーガンが苦労に苦労を重ねて築き上げた文明化の成果を一挙に爆薬ダイナマイトで破壊する目を覆わんばかりの凄絶な場面は、単に技法上の問題として片付けるわけにはゆかず、これを今世紀の核兵器などによる世界の破滅の予言と見なす読み方も、根拠のない極論だとするわけにはゆかないでしょう。マーク・トウェインがそうした不安を現代科学にいだいていて、それがこの作品の最後で爆発したのではないかという解釈も否定しがたいところがあります。

■十九世紀の社会、文明の展開に幻滅していたマーク・トウェイン

事実、マーク・トウェインは、晩年、二十世紀初頭の西欧文明に幻滅し、最後は救いようのない虚無思想にとり憑かれました。それ以前にも、一八八九年頃から、現代社会と文明の展開に対して懐疑的でした。

この作品に現代的な「意義」を認め、彼が必ずしも現代の政治、科学思想を肯定していなかった根拠として、次の三つの点が指摘されています。

その一つは、アーサー王朝のイギリス社会が奴隷制度を肯定し、容認していたことで、そうした点が、かつてのアメリカの南部社会の白人の上層支配階級と二重写しになってきます。マーク・トウェインは、このアーサー王朝のイギリス社会をとおして、自国アメリカのかつての南部を実は批判していたというのです。

第二には、主人公ハンク・モーガンが「ヤンキーの中のヤンキー」というべき典型的な北部人であって、そ

の彼が南部人であるマーク・トウェインの代弁者となりうるかという問題もあります。ハンクは、「進歩」の概念を肯定し、科学技術による社会改革を支持する立場に立って、自分とは異なったヨーロッパ中世社会に乗り出してゆき、社会改革が自分の使命だと考えているようですが、それは南北戦争後、南部の混乱につけ込んで、一旗揚げようとした「カーペットバッガー」という北部の悪どい政治屋に近い存在を思い起こさせます。

そして第三に、アメリカ庶民の代表で、一般大衆の立場から、政治、経済的に特権を有する貴族階級をはじめとする社会の上層部に反逆するという意味で、ハンクは、大人たちの偽善や残虐さ、あるいは保守体質などを批判した少年ハックルベリ・フィンにつながる存在である、と指摘する者もいます。しかし、これについて私見を述べれば、ハックルベリ・フィンは文明社会に背を向けた少年であり、文明の推進者であるハンクとは本質的に違っていると思われます。

このように、この小説は、一筋縄ではゆかぬＳＦ小説として、現在も広く注目されていますが、作者マーク・トウェインの時代、彼の個人的な事情とも密接に関係していて、ただわれわれの時代と社会にひきつけ、その「意義」のみに目を向けるのは、これもまた、問題であると言わざるをえないと思います。

■チャンバラ時代にタイムスリップする現代日本の自衛隊

では、半村良の『戦国自衛隊』はどうでしょう。この小説は、一言でいえば、昭和のある年（何年であるかは明記されていないようです）に、日本海側の新潟県から富山県にかけての国道八号線に沿って大々的な軍事演習を行なっていた自衛隊の第十二師団の一部隊二十七人が、新潟と富山の県境にある境川のあたりで、ある異変に巻き込まれます。

異変はその瞬間に起った。／ずしん……。大地がひと揺れした。いや大地がいちどに低くなったようであった。

そして、戦国時代にタイムスリップするのです。一人の隊員が言うように、「俺たちはチャンバラ時代へ来ちまったんだぞ。凄えもんじゃねえか」ということになります。隊員の一人が川の向こう岸に目をやると、「対岸の崖の上に刀槍をきらめかせた武士らしい一団がこちらを見ていた」。そのような時代に舞いもどっていたのです。戦国時代といっても時代の幅がありますが、大体、室町時代の終わり、足利一族が実権を失い、群雄割拠の時代といわれる、各地の豪族が天下統一を目指してたがいに闘争を繰り返している時代となっています。越後の上杉謙信（まだ長尾景虎と称しています）や、武田信玄、越前の朝倉一族、美濃（岐阜）の土岐一族などが争っていた時代です。

そこへ、「64式のガン」、「バズーカ」砲、「地雷」、「MAT」といった近代的兵器で武装した一団が、突如、現われたのです。「装甲車」や、「ヘリコプター」なども備えています。それに対して、戦国時代の武士たちは「刀槍をきらめかせ」て待ち構えています。そして、次のような彼らの描写があります。

腰の下まで届く茶色い革の上着を羽織った男が、ゆっくりと進み出てくる。多分陣羽織とでも言ったようなものなのであろうが、それはやや短めの紺の袴や、腰にさした大刀とよくマッチしていて、自衛隊員の着ている戦闘服に劣らず実戦的に見えた。

肌は黒く陽に焼けていて、眉はくろぐろと太く、長いもみあげが精悍さを強調している。

現代的な装備をした「自衛隊」員と、個人的な体力と気力以外には頼りにすべきものをもたない「戦国」時代の武将たち、両者は見事な対照を示しています。

■人間本来の闘争本能が不完全燃焼に終わる現代

『戦国自衛隊』では、有名な上杉謙信（長尾景虎）と武田信玄との川中島決戦が描かれますが、そこに近代的な武器をもった昭和の自衛隊が絡んでくるのです。

「本営の防御を手薄にしていた景虎の前へ白馬にうちまたがった武田信玄が突進し」てきます。そこで「総大将同士の一騎打ち」となり、転倒した上杉謙信は惨殺されたかと思われましたが、一人の自衛隊員が放った二発の「NATO弾」がその「急場」を救います。一方、武田の武士たちは勇敢にも白刃が折れるまで自衛隊の厚い鋼板の装甲車に虚しく切りかかってゆきます。

こうした場面から、読者は、『戦国自衛隊』が戦国時代の武士たちの刀や槍に対する現代的な兵器の優越性を面白おかしく描いた小説だと思うかもしれませんが、実は、そうではなく、装甲車の「厚い鋼板を突き続けていた」武田兵たちの攻撃について、作者半村良は「虚しい努力には違いないが、その恐るべき戦闘精神は、［……］昭和の自衛隊員にとって、悪夢のひとこまに思えた」と注釈を加えます。半村は、明らかに「虚しい努力」に終わりながらも、文字通り体を張って攻撃する武田軍勢の「恐るべき戦闘精神」に共感しているように思われます。最後の「悪夢のひとこまに思えた」というのも、武田兵たちが虚しく命を失っていったことを見て、それが「悪夢」に思われたというよりは、近代兵器に守られ、安全が保障された形で勝利を得る闘争本能の不完全燃焼、人間の根源的な闘争心、つまり「戦闘精神」の不在、それが昭和の自衛隊員には「悪夢」に思えたのかもしれません。

それだけではありません。武器装置の機械化により、戦場では安全が確保されている。それによって人間本来の闘争本能が不完全燃焼に終わってしまう。それは戦場だけではない。現代人は、生きるか死ぬか、ぎりぎりの条件で選択や決断を迫られて生きているわけではない。よくも悪くも、彼らは安全に保護されている。そうした現代人の日常生活に「悪夢」を見たのかもしれません。

■個人の主体的な選択、決断が意味をもたない現代日本の自衛隊

現在のわが国の自衛隊員は、もちろん戦闘を職業としていますが、制度的にさまざま制約があり、上官の指令に従うしかなく、個人の判断で戦闘に突入することはまずできません。戦闘の現場においても、個人的な勇気や忍耐、名誉、闘争心といったものを発揮する機会はほとんどなくなっています。戦争の目的や大義名分も、隊員たち個人のレベルを超えていて、何のために自分はこの戦闘に加わっているのか、はっきりしません。それが現代の戦争の特徴であって、前線の兵士たちは、平凡な比喩ですが、戦争という巨大な機械の単なる歯車の一つとなっています。個人の主体的な選択や決断は、何の意味ももち得ません。勝利、敗北にかかわらず、個人の存在は無視されます。それが、最近の戦争を扱った小説と同じく、『戦国自衛隊』に描かれた自衛隊員の実像でもあるのです。

それに対して、戦国時代の武将たち、そして彼らに従う部下の武士たちは、独自の意志をもった個人として存在します。そして彼らはこの小説では京都に攻め上がって天下統一を目指しますが、それは自分自身の意志で選びとったことです。仮にその途中で非業の死を迎えようと、それまでの生涯は生きる価値のあることだっ

た、自分のすべてを投入するだけの意味をもつものだった、となります。その証拠として、このような戦国時代の壮絶な戦闘に巻き込まれた一人の自衛隊の兵士（島田三曹）の言葉を見てみましょう。

俺たちは川向うのサムライたちとひと戦争やってしまった。悪い気分じゃなかったぜ。考えてもみろよ、弓矢と槍の世界へこんだけの道具を揃えてのりこんだんだ。誰に遠慮も気がねもなく、ブッ放してなぎ倒して、やりようによっちゃあ日本を征服することだってできるんだ。男と生れてこの世界が気に入らねえ法はない。

ここでは、自衛隊に関する政治的な問題が絡んでくるので、不用意な発言はしたくありませんが、あえて言いますと、現代の日本の自衛隊は、憲法の制約がありますし、文民コントロールということも、また国民の目もあって、ここで言うように、「誰にも遠慮も気がねもなく」敵を「ブッ放してなぎ倒し」「日本を征服する」ことなどは絶対に許されないでしょう。いささか危険な発言だと思いますが、半村良は、おそらく人間（男性）は生来こうした征服本能や闘争心や暴力志向をもつにもかかわらず、日本の自衛隊のなかでは、さらには文明社会においては、そうした人間の本能的な側面は抑圧され、表面的に平和そのものといってよい世界に安住している、と言っているのではないでしょうか。

■現代の自衛隊とは対照的に、征服欲を発散させることのできた戦国時代の武将たち

しかし、このような人間の本能的な面を一方的に抑圧する世界は、人間にとって、不自然な（文字通り、自然に反する）状態なのかもしれないのです。さらに言いますと、現代社会、その中にある自衛隊では、階級性、

つまり上下関係が、官僚制のように固定化されていて、実力や動物的な本能による下剋上的行動は押さえつけられています。それは個人にとって欲求不満を引き起こす不幸であるだけでなく、いつそれが爆発するかわからない危険をはらんでいます。その意味では、国家にとっても警戒すべき状況でもあるのです。これは人間社会が宿命的にもつ矛盾で、そうした動物的な本能を無条件に開放すれば、結果として、社会は破壊され、崩壊するでしょう。しかし、逆に、それを一方的に抑圧すれば、六〇年代の若者の反乱や、九〇年代のオウム事件のような反社会的な暴力となって爆発することにもなりかねません。抑圧された日頃の欲求不満によって、個人による凶悪な大量殺人事件も引き起こされてしまっています。そうした危険な傾向を意識しながら、おそらく半村良は、ぬるま湯に浸ったような平和な時代に、すなわちどれだけ近代的な武器で武装しようとも、「我武者羅」に戦うことが許されない時代に何か充たされないものを感じたのではないでしょうか。そして槍や刀といった原始的な武器で命をかけて敵に戦いを挑み、それによって「男」としての原始的な闘争心や征服欲を発散させることのできた戦国時代に思いを寄せ、それを飼いならされた自衛隊によって象徴される現代日本と対比させたのではないでしょうか。

最後に、もう一つ、現代と戦国時代の違いを見てみましょう。自衛隊員の一人加納一士が言うように、戦国時代では、ただの油売りでしかなかった松波庄九郎は斉藤道三となり、尾張中村の竹阿弥の倅の日吉丸は豊臣秀吉となっています。こうした戦国時代の英雄たちは、自らの実力によって、自らの「無限の可能性」を広げていったのです。加納一士は、武士たちの象徴ともいうべき「旗差物」（旗印）を指さしながら、それが戦国武将のものでなく、自衛官である「三等陸尉の階級章」でしかないことを明らかにします。武将の一人「石庭竹秀」は、それを知らずに掲げていたのです。三等陸尉の「階級章」は、戦国時代の「旗差物」と見なされています。自衛隊ではただの三等陸尉であっても、戦国時代にあっては、「えらいことをやってのけ」る武将になることが可能であり、「もといた世界」、つまり昭和の世界から戦国時代に「疎外」されたのではなく、もといた「昭和の」世界で、自らの存在を主張できない人間として、「疎外」されていたのです。「昭和の東京で天下が取れたでしょうか」と加納は尋ねます。昭和の時代にはまず無理ですが、戦国時代では違います。それで、「だから今は幸福であると加納は言う」のです。

■過去の事実の痕跡をすべて抹殺する両作品の結末

『戦国自衛隊』の究極のテーマは、おそらく、現代の日本人は、自分の原初的な闘争本能を押さえつけられ、ぬるま湯のような社会で平和に暮らすよう強いられていますが、そのような疎外された状況が本当に幸せな生活といえるだろうか、という問いかけでしょう。本能的な闘争心、自分の優越性を証明しようとする衝動、そうした欲求は今もわれわれの内面に潜んでいます。文明化した社会では、それをスポーツという代償的な行為で発散させているのではないでしょうか。たとえばボクシングの試合。日本中を沸かせるサッカーの国際試合。あるいは、プロ野球。そこで、われわれ平凡な人間は、自分の中にわだかまっている闘争心や勝利への願望、そういった無意識の欲望を、明確に意識しないまでも、勝者に自分を重ね、一体化することで、発散させているのです。

半村良は、こうしたテーマを現代社会状況の中で直接的に主張するのではなく、ワン・クッション置いて表現します。現代の自衛隊員がいだいているかもしれない欲求不満を、戦国武将の生きざまをとおして間接的に表現するのです。したがって、そのような野望をもった過去の武将たちも、必ずしも自らの野望を達成できるとは限らず、武田信玄のように、最後はあえなく「信玄の首は薄皮一枚を残して肩から外れた」ということになります。しかもこの場面で決定的な役割を果たすのは、個人の肉体的な優劣ではなく、「二発のNATO弾であった」のです。また、「装甲車の外板を突いたり、丸太でトラックを停めたりした」武田軍の戦法は、本当かどうかわかりませんが、「啄木鳥の戦法」と呼ばれるようになったといいますが、刀や槍の戦国時代の武器が、近代的な兵器に比べれば、「啄木鳥」の嘴でしかないのは否定できない事実です。

マーク・トウェインは、『コネティカット・ヤンキー』で、物語で語った事実の痕跡をなくすため、すべてをダイナマイトで爆破しました。一方、半村良は、「ふたつの世界の歴史が何年ずれていて、どこがどれだけ違っていたのか、それを知る手がかりは何もない」と言って、最後に「もしも興味があるなら、北陸路を旅した折に、境川川口を調べてみるのも面白いだろう。その越後側の岸に何があるのか……。」とつぶやき、『戦国自衛隊』は幕を閉じます。

■マーク・トウェインと半村良をつなぐミッシング・リンク

最後に、まとめとして、一言、付け加えておきます。マーク・トウェインは、十九世紀アメリカのデモクラシーに対して中世の封建主義、現代科学の合理精神に対して中世の魔術・迷信という形で歴史的な文明の対比を行ないました。一方、半村良は、現代と日本の戦国時代という歴史的な枠組みは使っていますが、それを超えて、人間の個人レベルに焦点を合わせ、自己認識、自己確認の意義、方法といった時間を超越した人類の根本的な問題を提起します。しかし、SF仕立ての物語としての面白さという点では、つまり、奇想天外な思いつきという点では、私は個人的に、マーク・トウェインのほうに軍配を上げたいと思います。その奇想天外なアイディアといえば、『コネティカット・ヤンキー』の場合は、ハンクが剛勇で知られたサグラモア卿との決闘で、カウボーイの「投げ縄」で彼を仕留めたエピソードに止めを刺すのではないかと思いますが、同じように、『戦国自衛隊』では、上杉謙信が、自衛隊の「NATO弾」で九死に一生を得たという場面が思い出されます。いずれの場面も、予想もしない時代錯誤の手段で急場を凌ぐのですが、その組み合わせの意外性という点では、マーク・トウェインのほうが勝っているでしょう。彼は、こうした場合、読者の心を捉えるのは、何よりも「(前例のない)新奇さ」(novelty)だと言っていますが、誰が六世紀の英国を舞台に、アメリカ西部のカウボーイの離れ業を予想したでしょう。マーク・トウェインはそのようにして読者の心を捉えます。

それはそれとして、この二つの場面は、私にとってそれ以上の意味をもっています。というのは、半村良の『戦国自衛隊』は、確かに全体的な発想においてマーク・トウェインの『コネティカット・ヤンキー』を思い出させますが、それに「触発されて書かれた」と断言できる証拠は、私の知る限り出てきません。しかし、こうした小さな、しかし、読者の記憶に残る愉快な場面は、無意識のレベルであっても、後続の小説家に影響を及ぼすのではないでしょうか。

そういう意味で、この二つの場面は、両作品をつなぐミッシング・リンクになるのではないかと思っています。

6

二十一世紀のマーク・トウェインの「不思議な余所者」と「ゴーストバスター」たち

マーク・トウェイン『不思議な少年』と、
高橋源一郎『ゴーストバスターズ』

■ポストモダン小説の特徴を示す『不思議な少年』と『ゴーストバスターズ』

マーク・トウェイン（一八三五―一九一〇）の作品を取り上げるのは、これで三回目となります。マーク・トウェインは、日本ではエドガー・アラン・ポーと並んで広く親しまれているアメリカ作家であり、日本の作家たちに思わぬところで思わぬ影響を及ぼしています。すでに紹介しました通り、昭和の初め、大佛次郎はマーク・トウェインの『王子と乞食』に触発されて、『花丸小鳥丸』という少年向けの小説で、室町時代の京都を舞台に、ある公卿の御曹司が瓜二つの乞食の少年と衣裳をとり替えたことから生じる混乱を描いています（第4章）。また、昭和四十六（一九七一）年に半村良は、二十世紀の日本の自衛隊の兵士たちが、激しい戦いを繰り広げる上杉謙信や武田信玄の戦国時代にタイムスリップする物語『戦国自衛隊』を発表しますが、この作品は、十九世紀のアメリカの機械工が六世紀のアーサー王宮廷にタイムスリップしてしまうマーク・トウェインのSF仕掛けの小説『アーサー王宮廷のコネティカット・ヤンキー』に繋がっていると思われます（第5章）。

そういう点では、影響関係をはっきり実証できませんが、マーク・トウェインの最晩年の小説『不思議な少年』（原題は *The Mysterious Stranger, A Romance* で、文字通りに訳すと、「不思議な余所者　ロマンス小説」となりますが、わが国では「不思議な少年」という中野好夫訳が定着しています）を思わせる日本の小説も書かれています。高橋源一郎（一九五一―　）の『ゴーストバスターズ　冒険小説』（一九九七、以下『ゴーストバスターズ』と略称）です。高橋自身は、そのような影響を否定するかもしれませんが、私はこの小説を読みながら、マーク・トウェインの『不思議な少年』を思わずにはいられませんでした。それで、今回は、この二作品の間に見られる「不思議な」共通点、そして、それが「ポストモダン」といわれる新しい小説の特徴を示していることを指摘したいと思います。

■『不思議な少年』に見られるポストモダン小説としての三つの要素

いまマーク・トウェインの小説『不思議な少年』に関して「ポストモダン」と呼ばれる新しい小説と言いましたが、あるいは意外に思われる方がいるかもしれません。と言いますのは、いくつか理由があります。

一つには、マーク・トウェインは、二十世紀初頭の一九一〇年まで存命でしたが、主要作品はほとんどすべて十九世紀に書かれており、文学史的には十九世紀アメリカ・リアリズム文学を代表する作家と見なされているからです。

二つ目としては、今回取り上げます『不思議な少年』、この小説はマーク・トウェインの死後、未完成の三種類の遺稿を、彼の晩年の秘書だったA・B・ペインと、出版社ハーパーズの編集者フレデリック・デュネカの二人が、彼の死後六年の一九一六年にあたかも完成された作品であるかのようにして出版したのですが、このペインたちは、アメリカを代表する国民的作家というマーク・トウェインのイメージにこだわり、その反体制的な一面、たとえばキリスト教批判だとか、反戦思想、当時のアメリカの帝国主義的領土拡張政策批判などを削除して、作家の生前のイメージを損なうことのない、いわばメルヘン風な物語として出版したのです。

さらに三つ目として、この遺作は、作品の構成からいいますと、断片的で、物語の展開は整合性に欠け、描かれる世界の現実と非現実の区別も曖昧で、伝統的なリアリズム小説からいうと、少なからず問題を含んでいるからです。それもあってか、マーク・トウェイン自身も何度も執筆に行き詰まり、結果的に三種類の異なる原稿を残すことになりました。ところが、ペインたちは、この問題の多い未完成の原稿三種類を、巧妙に取捨選択するだけでなく、勝手に加筆までして、あたかも完成された小説であるかのように編集、出版したのです。

もちろん、このことは原稿を厳密に調査した研究者たちによって早くから指摘され、これが彼の最後を飾る作品に値するのかどうか、それをめぐって激しい論争が生じました。最終的には、マーク・トウェインの死後半世紀以上経った一九六九年に、この三種類の原稿をそのまま並列した『マーク・トウェイン　不思議な少年草稿』が、彼の遺稿などを保管しているカリフォルニア大学の出版局から出版されることになります。

以上の三点から、現在、マーク・トウェイン晩年の傑作として広く読まれ、わが国でも岩波文庫などで翻訳の底本として使われているペイン版の『不思議な少年』は、この作家の作品として、信頼できない、あまりにも問題が多すぎる、少なくとも「ポストモダン」と呼ばれる新しい小説という形容はふさわしくない、と思われる方もいるのではないかと思うのです。しかし、この問題のあるペイン版の『不思議な少年』は、マーク・トウェイン自身の意図とは違っているかもしれませんが、理屈抜きに面白く読めるだけでなく、二十一世紀の「ポストモダン」的現代小説、少なくともその先駆けとして読める、何とも「不思議な」小説なのです。本章では、そういったことを中心に、これまた、十九世紀以来の伝統的なリアリズム小説からすると、筋立ても、主題も、何が何だかよくわからないところのある高橋源一郎の『ゴーストバスターズ』と絡めて論じたいと思います。

■時代を先取りし、百年後に再発見された作家たち

ところで、偉大な文学者の中には、生前発表した作品が認められず、無名に終わったが、死後百年後に時代を先取りした作家として再発見され、評価される者も少なくありません。たとえば、現在ではアメリカ最大の文学者の一人として評価の高いハーマン・メルヴィル（一八一九—九一）も、他界した時は、事実上忘れられた作家でした。ところが、生誕百年といってよい一九一九年、イギリスで画期的といってよい評伝が書かれ、それを受けたような形で一九二二—二三年にイギリスで十二巻からなる作品集が刊行されて、二十世紀モダニ

ズム文学状況のさなかに時代を先取りしたモダニズム的作家として復活、再評価されることになりました。

マーク・トウェインの場合はどうかといいますと、彼は一九一〇年に没した時には、アメリカを代表する国民的作家として、全世界で親しまれていました。しかし、当時は、ユーモアを売りものにした大衆小説家としての評価しかあたえられず、本格的な文学者として読まれ、研究の対象になるのは、生誕百周年の二年前、一九三三年に刊行されたヴァン・ワイク・ブルックスの『マーク・トウェインの試練』の改訂版刊行まで待たなければなりませんでした。この評伝の初版（一九二〇）は、ブルックスのアメリカ西部に対する偏見などで批判されましたが、そうした自説を修正した改訂版はマーク・トウェイン評価に大きく貢献することになります。そして、アーネスト・ヘミングウェイが、一九三五年に出版した『アフリカの緑の丘』において、「すべての現代アメリカ文学は『ハックルベリ・フィン』というマーク・トウェインの一冊の本に源を発している」と書いたことにより、その注目度はさらに増します。

こうして、彼はもっともアメリカ的な作家として揺るぎない地位を文学史上で得るにいたったのです。しかし、この評価は彼が生前に発表した作品によるものであって、最晩年まで執筆を続けていた『不思議な少年』などの未完成の作品は、一九三〇年代にはまだ完全な形では活字になっておらず、事実上、無視されていました。それが、一九六〇年代、ベトナム戦争を境に、アメリカ文学研究の状況が一変し、当時のアメリカ社会を批判糾弾した作品だけでなく、人間存在そのものに対してペシミスティックな思想を表明した彼の『地球からの手紙』とか、ジョン・S・タッキーによる評論『マーク・トウェインと小さな悪魔』などが次つぎと出版され、また、前述したように、新しい彼の全集の一冊として、三種類の未完成原稿がそのまま活字になり、彼の最晩年の作品にも注目が集まるようになりました。しかし、それにもかかわらず、『不思議な少年』は十分な評価はされなかったように思われます。未完成で、断片に終わっているだけでなく、作品としてのまとまり、統一を欠き、思想的には分裂している、興味ある問題を追及していながら、最後の最後で、その問題追及を回避、ないしは逃避しているのではないか、そういった留保条件がどうしてもついてまわったのです。

■二十一世紀の新しい文学を先取りしていたマーク・トウェイン

しかし、現在の私たちから見ますと、そのような留保条件が付けられたのは、当時の読者や批評家たちが十九世紀ないしは二十世紀前半の伝統的なリアリズム文学の立場からこれらの作品を見ていたからであって、もし、それとは違った、新しい基準で判断するならば、その晩年の作品の問題点は、逆に、プラスに評価されるかもしれないのです。彼の『不思議な少年』は、ペインが手を加えた問題の版でさえ、二十一世紀につながる新しい文学の特徴や傾向を先取りしているといってもよいのです。マーク・トウェイン自身は、多分意識していなかったと思いますが、彼は彼なりにそうした新しい文学を模索していたのです。こうした作品は一八九〇年代から二十世紀初頭にかけて書かれましたが、百年経った一九九〇年代になってようやく正しく理解され、評価されるようになりました。では、十九世紀、二十世紀の伝統的なリアリズム文学とはどういうものであるかということですが、それは私たちが普通、小説を読む際に当然視していることにほかなりません。

■「夢」と名乗って突然現われる「不思議な少年」フィリップ・トラウム

では、ここで、その『不思議な少年』の粗筋を簡単にまとめておきましょう。時代背景は、一四九〇年、世界から遠く離れ、一見、平和そのものに見えるオーストリアの小さな村エーゼルドルフ（この Eseldorf は、ドイツ語では「ロバ（愚か者）の村」を意味します）。ある日、語り手の少年テオドール・フィッシャーが、仲間二人と近くの丘で遊んでいますと、突然、見知らぬ「不思議な少年」が現われます。彼は、フィリップ・トラウム（このTraumは、ドイツ語で「夢」を意味します）と名乗りますが、実は、地獄に堕ちた天使の甥にあたる悪魔で、少年の姿をしているにもかかわらず、彼自身によると、年齢は一万六〇〇〇歳、時空を超えて神出鬼没し、この平和な村に人間の予想をはるかに超えた驚くべき事件や騒動を次つぎと引き起こしますが、同時にそれをこれまた人知の及ばぬ不思議な方法で解決してゆきます。

トラウムは、突然、姿を現わしたその時から、少年たちの目の前で、パイプに息を吹きかけるだけで煙草に火をつけたり、木の葉のコップの水をこれまた息を吹きかけて凍らせたりします。それだけでなく、少年たちが見ている所で、粘土から次つぎと指先ほどの小人を作り出し、その小人たちに中世の城を作らせたかと思うと、今度は大嵐と大地震を引き起こし、慌てふためく彼らをまるで虫けらのように平然と殺してゆきます。そして、かなり物語が展開してからですが、少年たちが、そうした人間に対するトラウムの残酷きわまりない行為に抗議すると、彼は、それでは、これまでの人類の過去の歴史がどれほど残酷なものであったか、それを見せてやろう、と言って、まず、エデンの園でのカインによる弟アベル殺しという残酷な場面を再現し、続いて人類の歴史を、たとえば宗教上の争い、それと関連する魔女の残酷な処刑、あるいは一般大衆を犠牲にした王候貴族の私利私欲のための無意味な戦争などを、次つぎに示します。

■晩年の救いようのない決定論、虚無思想を悪魔の少年をとおして表明

そこには、晩年マーク・トウェインがいだくようになったペシミスティックな決定論的人間観や、救いよう

のない虚無思想、そして多くの反発を招いたキリスト教批判などが、この悪魔のような少年をとおして、繰り返し表明されます。『不思議な少年』には、このように人間存在に絶望した晩年のマーク・トウェインの思想を示す部分も読み取れますが、それ以上に、いかにもこの作家らしい、読んで面白い、奇想天外な事件がいくつも盛り込まれています。そして、『不思議な少年』はあくまでも小説であって、作者の絶望感や、虚無思想のみを展開した哲学書ではないのです。確かに、人間に関する暗い、残酷な事実、歴史が次つぎと語られていて、作者自身も、ある友人に宛てた手紙で、これは「完全に恐ろしい」物語だと告白していますが、同時に同じ手紙で、「完全に美しい」物語でもあると認めています。恐るべき人間の宿命を語っていますが、その一方では、何とも美しい、メルヘン的な雰囲気さえ漂わせている実に「不思議な」小説なのです。

■オリジナル原稿にはない人物を登場させた編集者ペインたち

粗筋にもどりますが、中世の雰囲気を残す十五世紀のオーストリアの田舎の村を舞台にしたこの『不思議な少年』では、当然、宗教が、この場合キリスト教ですが、重要な意味をもちます。そして、このエーゼルドルフの村には二人の神父がいます。その一人、ペーター神父は、人間的に善良かつ誠実な神父で、村人から深く信頼され、愛されています。それに対して、もう一人の神父であるアドルフ神父は、そうしたペーター神父の人気を羨み、彼がキリスト教の異端の教義を説いていると教区の司祭に訴えたり、自分に従わない村の女性たちを魔女と言い張って火焙りの刑に処したりします。このような神父同士の敵対関係に、マーク・トウェインのキリスト教に対する不信感が示されています。そして、アドルフ神父の背後には、反社会的な魔術で村人から恐れられている星占師（なぜか固有名詞は出てきません）がいます。ここでご注意いただきたいのですが、この星占師は、マーク・トウェインのオリジナルの原稿には出てきません。原稿を編集したペインたちが、キリスト教関係者からの批判を和らげるため、アドルフ神父の特に望ましくない反キリスト教的な性格や言動は、この星占師に操られてのものであるとして、オリジナルの原稿にはないこの人物を登場させたのです。

■二十世紀的な科学的証拠で無罪を勝ち取る「不思議な少年」

物語の中心の一つは、この敵対する二人の神父の間で起こります。ペーター神父は貧しさゆえにユダヤ人の金貸しソロモン・イザークスから生活費を借り、その返済に苦労しています。ところが、ある日、路上で大金を拾います。はっきりとは書かれていませんが、この路上に落ちていた金は、「不思議な少年」がペーター神父を助けるために置いておいたものと思われます。そのように、この悪魔の少年は、村人の生活に入り込んできます。ところが、このことを知ったアドルフ神父は、その金は星占師から盗まれたものだと訴えて出て、ペーター神父は窃盗の疑いで逮捕され、牢獄に入れられます。その牢獄では、囚人たちに残酷きわまりない拷問が行なわれています。こうしたことを鮮明に描写することで、作者マーク・トウェインは、魔女狩り、魔女の火焙りの刑の場面とともに、いかに人間が残酷になりうるかをほのめかします。

こうして、ペーター神父側が不利なまま、裁判の判決が下されようとしますが、その時、この「不思議な少年」悪魔のフィリップ・トラウムが突然現われて、弁護にあたっていた神父の姪の恋人の無能な青年弁護士に乗り移り、意外な証拠を突き出して、無罪を勝ち取ります（この悪魔の少年は、ほかの場面でもきわどい状況で何者かに乗り移り、ある人たちを救い出します）。こうして青年弁護士に乗り移った少年は、押収された証拠の金貨を調べさせます。すると、盗まれたとアドルフ神父側が主張する金貨には、盗まれたと彼らがいう年の二年後の年号が刻印されています。まだ流通していない金貨を盗むことなどできませんので、アドルフ神父側の主張の偽りが証明され、ペーター神父側は劇的な勝利を得るのです。マーク・トウェインは、こうした前近代的な社会における裁判で、現代的な科学的証拠をもち出し、大逆転勝利を勝ち取る場面をしばしば描いています。

■ 人生の限られた部分で人生全体を判断する人間の限界

もう一つ、この小説には、人間の運命に関するきわめて興味深い話が織り込まれています。それを紹介しましょう。神、あるいは悪魔とは違って、私たち人間は、一人の人間の生涯全体を見通す透視力、その人間の未来を予知する力をもたず、その時どきの事件だけで、幸福だとか、不幸だとか、そういった判断を下しますが、この「不思議な少年」によると、そうした人間の判断は、部分でもって全体を判断しているだけで、全体的に見れば誤りであることが少なくなく、人間の限界を示すだけだ、と言います。にもかかわらず、人間はそれに一喜一憂しているのです。この「不思議な少年」は、エーゼルドルフの村人たちにさまざまな不幸、まれには幸福をもたらします。時には予想もしない死さえもたらします。この小説には、語り手テオドールの親友で、裁判所の首席判事の息子であるニコラウス・バウマンのあまりにも若い死のエピソードが書き込まれています。

悪魔の少年は、自らの予言力によって、もし何もなければ、このニコラウスの生涯は六十二歳まで続く予定であるが、運命ではその年、わずか十六歳で最期を迎えるようになっていると、まるで何でもないことのように語り手テオドールに伝えます。つまり、その日から十二日後、村の評判の女の子リーサ・ブラントが近くの川で溺れそうになり、偶々《たまたま》その場にいたニコラウスがその彼女を助けようと川に飛び込み、それで二人とも溺れ死ぬことになっているというのです。それを聞いたテオドールは、そのような不幸を避けようと、あらゆる手段を尽くして、ニコラウスの当日の行動を変えようとしますが、悪魔の少年のいう運命を変えることは不可能で、二人は予言通り溺死します。友人を失ったニコラウスは、悪魔の少年に、実に残酷な決定と仕打ちであると抗議します。しかし、悪魔の少年は、自分はこの二人にこの上ない親切をほどこしたのであって、感謝されこそすれ、非難される筋合いなどまったくない、ときっぱり言います。

つまり、人間は、悪魔の自分と違って、生涯全体を見通すだけの力をもたず、溺死という一瞬しか見ないので、それを不幸と見なし、そのような死をもたらした自分を残酷だと非難するが、それは間違いだと自らの行為を正当化するのです。人間の生涯全体を見通す力をもった彼によると、もしニコラウスがその時川で死ななかったならば、全身ずぶ濡れになって悪質な風邪をひき、さらに猩紅熱《しょうこう》を誘発し、その結果、その後四十五年間、全身不随の寝たっきりの生涯を送るよう運命づけられていたが、あの一瞬の死によって、それを免れるようにしたのだ、だからその自分がどうして非難されなければならないのか、と言うのです。テオドールの非難はただ人間の限界を示すだけなのです。こうして、作者マーク・トウェインは、神であれ、悪魔であれ、超自然的な存在と人間の間にある無限の隔たりを強調します。

■人間を創造した神の悪意、無責任さを糾弾

粗筋に関する紹介はこれで打ち切ります。マーク・トウェインの最大の魅力は、断片であっても、彼の基本的な考えを紹介したほうが理解しやすいと思われますので、ここでその代表的な例を二つ見てみましょう。

第一は、いま言及した超越者と人間の違いを指摘した第八章です。ここでマーク・トウェインは、悪魔の

少年の口を借りて、神（悪魔）と人間の関係は、巨大な象と針の頭ほどの大きさしかない小さな赤い蜘蛛の関係にすぎず、神（悪魔）は悪意をもっているわけではなく、自分たちの目に入ってこない微細な存在の人間に対してただ無関心なだけだ、と言います。しかし、そのように言いながら、マーク・トウェインは、さらに、神はただの無関心であるだけでなく、人間を創造した以上、その人間の運命がどうなるか、最後まで責任を取らなければならないにもかかわらず、その責任を取らずに一方的にそれを人間に押しつけている、と考えています。そしてそこにキリスト教の神の人間に対する悪意を認め、そのような神を糾弾します。人間を創造した神の無責任さ、ここに彼は人間の不幸の究極的な原因を認めるのです。

もちろん、これは悪魔の少年の口をとおして表明されていますが、マーク・トウェインの晩年の作品全体から判断して、彼の本心であることは疑いないと思われます。ところが、この作品の最後の最後で、マーク・トウェインは、人間の不幸を含め、すべてが夢、愚かで、無意味な夢でしかない、と「不思議な少年」に言わせます。そしてこの悪魔の少年は、出現した時と同じく、忽然と、あっけにとられた少年たちの前から姿を消します。

■「すべては夢」「奇怪きわまりない愚かな夢」

二つ目、これは作品の幕切れにあります。それまで「不思議な少年」が少年たちに見せつけてきた世界が真実である、これが人間の作り上げたものだ、と読者は理解してきました。しかし、唐突なこの幕切れで、この「悪魔の少年」に、「すべては夢」「奇怪きわまりない愚かな夢」にすぎないと言われてしまいます。なんだか梯子を外されたように感じるのではないでしょうか。そういえば、彼の名前は、最初から「トラウム」（夢）だったのですね。

このように、マーク・トウェインは、いま見ているものは、「すべて夢である」という考えを持っていたように思います。

■「ポストモダン小説」と「リアリズム小説」との違い

このように、『不思議な少年』には、ポストモダン的仕掛けが施されています。したがって、この小説の理解には、ポストモダン的な小説理論が必要です。その理論は伝統的小説理論と比較することによってその一部が明らかになると思いますので、ここでそうしたことを整理、確認しておきましょう。

ポストモダン小説を、リアリズム小説と比べてみましょう。まず、リアリズム小説では、イギリスの小説家E・M・フォースターも指摘していますが、登場人物は「平べったい」(flat) のではなく、「丸みをもった」(round) 人間とされます。つまり、単一な性格や役割ではなく、一見しただけではわからない複雑なものを内に秘めていることが必要条件となります。そしてそうした人物は、物語の中で成長するか、少なくとも変化することが期待されます。ところが、『不思議な少年』では、「悪魔の少年」は出現した時も、幕切れで姿を消す時も、ほとんど変化していません。ただ一つの性格と役割をあたえられているだけです。語り手の少年テオドールと二人の仲間たち、ペーター、アドルフの二人の神父、そしてペーター神父の娘マルゲット、家政婦のウルズラなど、ほかの登場人物たちも、みな魅力的に描かれているものの、最初から最後まで、性格的にはまったく変化しませんし、成長も確認できません。テオドールは幕切れで、悪魔の少年が言い残していったことすべてが真実であることを最後に悟ったと言いますが、物語の中でそのような悟りに到達したようには描かれていません。物語の中の人物たちはすべて物語を展開するための狂言回しの役を割りふられているだけなのです。

■ 終わりのない「開かれた」結末で終わる現代の小説

こうした特徴は、物語の構造そのものについても認められます。伝統的な小説では、最終場面で必然的なある結論が出ていることが期待されています。つまり、物語は「開かれた」終わり方でなく、「閉ざされた」形で終わります。ところが、マーク・トウェインの晩年の作品のほとんどは、「開かれた」終わり方、つまり結論らしい結論なしで終わっていて、未完の印象をあたえます。さらにいえば、小説に結論を可能ならしめるためには、物語が全体として統一された構造を備えていなければなりません。各部が有機体的につながり、結論に向かって収斂する構成をもっていなくてはならないのです。必然的な因果関係、合理的かつ論理的な物語の展開が求められ、飛躍や脱線は認められません。ところが、『不思議な少年』などには、そういった論理性は乏しく、支離滅裂といってよい語り口が見られ、常識的な意味での現実の世界と非現実、あるいは夢の世界との区別も判然とせず（『不思議な少年』では「現実」すなわち「夢」とされます）、時間的感覚も曖昧です。『不思議な少年』の少年たちは、悪魔の少年フィリップ・トラウムの魔法によって、フランスや、中国、インド、時には世界中を「タイム・トラベル」し（「タイムスリップ」と言ってもよいのですが、これはどうも和製英語のようで、英米の辞典では time-travel (ing) となっています）、一週間そこに滞在しても、人間の時間ではほんの数秒間ということになります。二十世紀中盤以降のSF小説、たとえばカート・ヴォネガットの『スローターハウス5』（一九六九）などではこうしたことは何ら問題になりませんが、マーク・トウェインの場合は、時代的に早すぎたようです。論理的な飛躍や脱線、語りの多層化、そして非現実の世界が現実以上に実在感をもってしまうという印象などにより、その晩年の作品は失敗作と見なされました。

■「分身」でありながら本体以上に思われる「複製人間」

さらに、登場人物たちには、作品の小宇宙として統一性が求められるわけですが、『不思議な少年』に描かれる人物たちは、いずれも有機体的に統一された存在からはほど遠く、性格的に分裂した存在として描かれます。さらに人間と酷似していながら、彼（女）とは別の人格をもった「複製人間」まで現われます。しかも、その複製人間（分身）と実体との関係がいま一つはっきりせず、時には複製人間（分身）のほうが実体であるかのような印象さえあたえます。こうした人間観は、現在の小説では必ずしも異様には思われないでしょうが、マーク・トウェインの場合は、あまりにも早く時代を先取りしていたように思われます。

■意味がないことがその小説の意味である現代小説

また、伝統的な小説観によれば、小説というものは、そこに描かれる登場人物、あるいは物語そのものが、何らかの積極的な意味をもつという前提の上に成り立っています。そうした意味を作品の中で追求することに意味があり、それは可能であると思われてきました。ところが、『不思議な少年』では、そうした意味のないことが小説の意味であるというきわめて現代的な主張がなされています。

その点、彼の代表作『ハックルベリ・フィン』は、主人公の少年ハックルベリ・フィンがミシシッピ川上で逃亡黒人奴隷ジムと共同生活をすることによって奴隷制度の非人間性に目覚め、人間として成長する物語として読むことが、この小説の意味であるとされてきました。ところが、この『不思議な少年』をはじめとする彼の晩年の作品では、生きることにそういった意味があるかどうか、それを疑う厭世感が全体に漂っています。そして、こうした作品には何の意味もない、意味がないというところに、意味がある、という逆説的な結論を提示します。『不思議な少年』の場合、幕切れで、「すべては夢、奇怪きわまりない愚かな夢でしかない、神も、宇宙も、人類も、地上の生活も、天国も、地獄も、何もない」、それが究極的な真実なのだ、という結論が出され、語り手はその意味を自分なりに悟ったと言いますが、そうなると、彼のそれまでの体験は、すべて無意味になってしまうのではないでしょうか。

■「ポストモダン小説」を理解できる土壌ができた現代

このように、この『不思議な少年』をはじめ、マーク・トウェインの晩年の作品には、「ポストモダニズム」と称される文学に通じる特徴や傾向が少なからず認められます。彼はそうした文学を意識的に求めたとは思いませんが、結果的には、絶対的なものが失われ、すべてが相対化した世界を直観的に捉え、それを作品化しようとしながら、最終的にはそれを放り出してしまったのではないかと思われるのです。現在の私たちは、そういった不条理な世界が出現していると理解していますし、それに対応する文学形式も理解できる土壌ができています。かつての読者が戸惑ったマーク・トウェインの『不思議な少年』およびその晩年の作品を肯定的に評価する条件は、現在は整っていると思います。

■「二十一世紀の文学を予言する（!）」『ゴーストバスターズ』

わが国の大江健三郎や村上春樹といった文学者は、以前からこうしたアメリカのポストモダン小説に関心を寄せていますが、高橋源一郎もその一人といってよいでしょう。高橋の『ゴーストバスターズ』（一九九七）も、最先端のポストモダン実験小説として、日本の読書界で話題になりました。そして、私の印象では、標題の一部「ゴースト」、さらには内容的に「夢」にこだわっているところなど、マーク・トウェインの『不思議な少年』と奇妙によく似た小説です。ここで、『ゴーストバスターズ』が『不思議な少年』を模倣して書かれたとか、直接影響を受けているとか、そういったことを言おうとしているのではありません。これまで説明したポストモダニズムの傾向や雰囲気を意識して作家が小説を書けば、結果的に何らかの類似性が感じられる作品が生まれるのではないかと私は考えています。

『ゴーストバスターズ』の表紙の帯で作者高橋源一郎は、「この小説を書き始めた時、ぼくが決めていたこと」として、次のように七つのことを記しています。つまり、(一)「世界全部を入れる」、(二)「歴史全部を入れる」に始まって、(三)「愛と友情と哀しみを入れる」、(四)「読んでひたすら面白い」、(五)「なおかつ、今世紀末の日本文学を代表する(!)」、(六)「同時に、今世紀末の世界文学を代表する(!)」、そして、(七)「そればかりか、二十一世紀の文学を予言する(!)」とあります。そして最後の三つには、括弧付きで感嘆符が付けてあるように、大変な意気込み、壮大な意図をもって書かれた小説で、最後にはこれで「僕の能力は出し尽くしたような気がする。いま、これ以上のものは書けない。(著者)」とさえ言っています。私が何よりも興味を覚えましたのは、最後の「二十一世紀の文学を予言する(!)」という部分でした。

■常識的な意味では説明のつかない構成をもった五つの物語

ところで、この『ゴーストバスターズ』のどこがマーク・トウェインの『不思議な少年』に似ているのか、そしてそれがなぜ「二十一世紀の文学」といえるのか、ということですが、それを考える前に、まずこの小説の粗筋をまとめてみましょう。ただし、それが二十一世紀小説の二十一世紀小説たる所以なのでしょうが、十九世紀、二十世紀の小説のように、この高橋の『ゴーストバスターズ』の粗筋を整然とまとめて紹介するのは、『不思議な少年』の場合もそうでしたが、きわめて困難です。この小説の中には少なくとも五つの物語らしきものが織り込まれていますが、そのいずれに小説の中心があるのかはっきりしません。その点では、『不思議な少年』にも、これは語り手の少年の体験の物語なのか、対立する二人の神父の争いとその裁判が中心なのか、あるいは語り手の少年の親友の不条理な死を中心に読むべきなのか、あまりにも多くの興味ある物語が織り込まれています。また『ゴーストバスターズ』の五つの物語は、異なる時間と空間が重複していて、意図的な時代錯誤、アナクロニズムが随所に見つかり、その相互の関係も判然とせず、常識的な意味では説明のつかない構成となっています。

出だしの第一章は、「アメリカ横断」と題されていて、アメリカ西部の無法者、銀行強盗として有名な「ブッチ・キャシディ」と「サンダンス・キッド」の二人が「ゴースト」なるものを探し、それを退治しようとアメリカ大陸を西から東へと旅しています。途中、西部の荒野で野営する様子などが断片的に描かれますが、ほとんど事件らしい事件は何も起こりません。彼ら二人を追いかけている探偵団があって、その中に紛れ込んでいた十五歳の少年が、どうやら冒頭近くで落馬して死んだように思われますが、実は死ななかったようで、小説の結末では、この少年がこの作品のすべての事件を夢見ていたにすぎないのではないか、という可能性も暗示されます。標題の『ゴーストバスターズ』というのは、一九八〇年代に大ヒットした映画のタイトルでもあり、ブッチ・キャシディたちももちろん歴史上の実在人物です。というよりは、映画『明日に向かって撃て!』で知られており、この小説全体は、映画のスクリーンに映し出された歴史的な人物の影であるかのような印象さえあたえます。

■違和感なしで読める「時代錯誤」「アナクロニズム」

そして、何と言ってもこの小説の際立った特徴として、物語は時間をまったく超越していて、常識では到底考えられないアナクロニズム、時代錯誤の事件がさりげなく織り込まれています。たとえばブッチ・キャシディたちは西部の無人の荒野で野営して、そこでコカ・コーラを自動販売機で買って飲み、ケンタッキー・フライド・チキンを食べているわけですが、この二人は一九〇九年に殺害されているはずですし、そしてコカ・コーラはともかく、自動販売機がその時代に西部の荒野にあったとは考えにくいし、ケンタッキー・フライド・チキンは一九五〇年代頃まで本国アメリカでも生産販売されていないはずです。もちろん、作者は、そのようなことは百も承知で、あえてこういった時代錯誤を犯しているのですし、読者も特に違和感ももたずに読み進めるはずです。

こうした時代錯誤は、実はマーク・トウェインも堂々と犯しています。『不思議な少年』のある一つの原稿の舞台は、一四九〇年で、まだアメリカ大陸は発見されていないはずなのに、登場人物たちは、アーカンソーのとうもろこしパンや、アラバマの若鶏のフライを食べています。高橋源一郎が、アメリカを舞台に『ゴーストバスターズ』を書き、そこで、歴史を無視してまで登場人物たちにケンタッキー・フライド・チキンを食べさせるのは、何かマーク・トウェインの『不思議な少年』と関係があるのではないか、とつい思ってしまいます。

■二百年の隔たりにもかかわらずたがいに会話を交わす登場人物たち

第二の物語は「芭蕉」(Ba-sho とローマ字表記)と彼の弟子「曽良」(彼も So-ra と表記される)がアメリカ大

陸を鉄道で旅しています。『奥の細道』の延長のような旅です。彼らも「ゴースト」が何であるかわからないのですが、その「ゴースト」なるものを追いかけています。そして旅の途中でブッチ・キャシディたちと出会います。時代は「元禄」（Gen-Roku）二年（西暦では一六八九年五月十五日。この日、芭蕉は奥の細道の旅に出ています）。二つの物語の間には時間的に二百年の隔たりがあり、ブッチ・キャシディと芭蕉が出会って会話を交わすということは常識ではありえないと思われますが、小説の中で二人は出会います。芭蕉は、時代を大きく超えて、二十世紀の俳人の俳句のパロディを作ってみせます。さらには「身捨つるほどの祖国はありや」と昭和の歌人寺山修司に言及します。ブッチ・キャシディは、「夏草や　がんまん共が　ゆめの跡」という芭蕉のパロディ俳句を自分の墓の墓標にしようかと考えています。こうした時代錯誤は、『不思議な少年』で登場人物たちが、まだアメリカは発見さえされていないのに、「ニグロ・ミンステル・ショー」の「バッファロー・ギャルズ」を合唱するのと同工異曲といってよいでしょう。

■突如姿を現わし、また次の瞬間、消えてゆく不思議な登場人物たち

第三の物語は、ドン・キホーテとサンチョ・パンサの物語となっていて、彼らの遍歴と死までの事件がドン・キホーテの姪の目をとおして語られます。彼らも、三百年以上の時間差があるにもかかわらず、作品の中でブッチ・キャシディたちと出会います。それだけではなく、「ペンギン村に陽は落ちて」と題された章では、宇宙の彼方からやってきた「ニコチャン大王」や、その村の住民の「はるばあさん」など、日本のアニメのキャラクターたちが姿を見せるだけでなく、片仮名で書かれた「タカハシ」さん自身も、「正義の味方、超人マン」となって現われます。こうした個所は、同じく、宇宙の彼方から、ある種の「正義の味方、超人マン」としてエー

ゼルドルフの村に、突如、姿を現わした「不思議な少年」を思い出させます。そして、『ゴーストバスターズ』のキャラクターも、『不思議な少年』のキャラクターも、現われたかと思うと、次の瞬間、消えてしまうのですね。

ところで、これらの物語はいずれも二人連れであったり、時空を超えて神出鬼没の現われ方をしたり、またいずれも「ゴースト」を追いかけて退治しようとしているという共通点が認められますが、しかし、そうした共通点より読者に強い印象を残すのは、登場する人間がすべて偶然に支配され、主体性をもたず、何か目に見えないものに翻弄される存在として提示されていることです。これはポストモダン小説の特徴ともいえるでしょう。小説全体は、このような形で、意味のはっきりしない寄せ集め、「パスティーシュ」といってよい集合体として構成されます。

■結論は読者の推測にゆだねられ、究極の絶対的な真実はどこにも見いだせない

小説の中心は一体どこにあるのか。最後まで読んでも、それはまったく（少なくとも私には）わかりません。そもそも、この小説に中心となるものがあるのでしょうか。また、登場人物たちの多くがとり憑かれている「ゴースト」とは一体何であるのか、何を象徴するのか、それも明らかにされません。伝統的な小説の読者としては、この「ゴースト」の意味を探りたいという誘惑にとらわれますが、多分そうすることはこういった小説を誤読することになり、作者に笑われるだけだろうと思われます。

この小説の各章は、登場人物とともに、瞬間的に幕を閉じます。まさしく、ふっと消えてしまいます。こうした突然の終わり方こそ、実はこの『ゴーストバスターズ』がマーク・トウェインの『不思議な少年』に似ているという印象をあたえる大きな要因であるように思われます。『不思議な少年』の幕切れは、「彼（不思議な

少年）は消えていった。後に残されたぼくはただ一人呆然と立ちつくすだけだった」となっていますが、それは小説の最終場面だけでなく、いくつかの章、あるいは重要な場面の終わりも、「僕は彼に質問しようと思ったが、彼はあっという間に消えてしまっていた」とか、「次の瞬間、ぼくはただ一人物音一つしない、がらんとした世界に立っていたのだった」というような形になっています。読者の期待を裏切るように、「不思議な少年」は何も言わず、忽然と姿を消すのです。番組の途中でテレビを消した際のあの空白感とよく似ています。

同じように、『ゴーストバスターズ』でも、いくつかの章の終わりは、登場人物たち、忽然と消滅こそしないまでも、「ゴーストの待つ東に向かっていっさんに駆け出していった」り、「かれの姿は完全に消え去っていた」り、「ぼくはただ一人、ゴーストの影の下に取り残されてしまった」という『不思議な少年』を思わせる終わり方となっています。いずれの物語も、ある展開を見せて、次に何かが現われ、何らかの説明がなされるのではないかという期待を読者にいだかせますが、次の瞬間、すべてが消滅するか、先送りされてしまうのです。それに続く章では、それまでの物語は受け継がれず、中途半端のままに残され、まったく違った新しい別の物語が、これまた突如始まります。物語はまさに断片的に進行し、未完のままに終わります。すべては宙ぶらりんの状態に置かれ、結論は読者の推測にゆだねられ、究極の絶対的な真実などはどこにも見いだすことができないのです。

■「夢」の中の人間が見る「夢」から生み出されるわれわれの夢の世界

このほか、この両作品には予想以上に多くの共通点が細部にわたって指摘できます。その中で特に重要と思われるものを、一、二点紹介します。一つは、ポストモダン小説にしばしば認められることですが、「夢」がきわめて重要な意味をもっています。「夢」と「現実」の区別がはっきりしないだけでなく、この二つは論理的にありえない不思議な関係でつながっています。人間は夢の中に現われ、その限りでは、夢が全体で、その中に現われる人間は夢の一部でしかないのですが、両作品では、その夢は夢の中の人間が生み出す世界となっています。たとえば『不思議な少年』の幕切れで、悪魔の少年は、「すべては夢であり、その夢は君たち人間の想像力が作り出したものだ」と言います。

そうなりますと、現実の世界で夢を見る人間の夢の中の人間が見る夢が生み出す世界、それがわれわれの現実の世界であるという夢でしかない、常識では考えられない奇妙な関係が生じます。この夢との関係で、もう一つ注目すべきことは、マーク・トウェインの晩年の作品にしばしば現われる「複製人間」(Duplicate)あるいは「分身」が、『ゴーストバスターズ』にも繰り返し現われることです。現われるだけでなく、マーク・トウェインと同じように「オリジナル」(と思われる)「人間」と「複製人間」はまったく対等の関係をもつようになっているのです。どちらがどちらか区別がつかない、というよりは、「複製」のほうがより「オリジナル」のように思われることさえあります。マーク・トウェインの場合、人間には「日常生活の自分」(everyday self)と「夢の自分」(dream self)、そして「霊魂」(soul)という三つの存在形態があって、「白分自身」とこの「分身」はおたがいまったく「余所者」(stranger)であり、両者の関係は、言ってみれば、おたがい相手の存在に気づきながら相手には何ら関心を示さない「ボックスとコックス」(一つの部屋に同居しながら、時間がずれていて、一度も顔を合わせたことのない二人。英国の劇作家ジョン・M・モートンの一幕喜劇に登場)のような関係で、「僕たちは同じ時間に同じ子宮から一緒にこの世に出てきたが、お互い精神的な血縁はなく、ただ共通した肉体を所有し、平等の権利をもっているが、精神的にははっきりと独立し、お互い関係のない個体」だと自分のことを考えています。

一方、『ゴーストバスターズ』では、ドン・キホーテの「複製」がはっきりと現われますが、周りの者たちにはまったく同一人物に見えて、区別がつきません。事実、サンチョ・パンサは、「見れば見るほど、お互いがおそろしいほど似通っていて、どちらのドン・キホーテさまがほんものの旦那さまなのか区別がつきません。お二人が入れ替わっても、そのことに絶対気づかないでしょう」というほどです。恐ろしく似ていながら、お互い独立した「存在」、どちらが「本体」なのかわからない「存在」、それが現実に現われたような錯覚をあたえる世界がすでに出現しているのです。

■因果関係を無視した偶然の積み重ねこそ作品構成の基本

最後に、両作品の構造を見ておきましょう。ここにも不思議な類似が認められます。最近のこういった新しい小説では、作品全体を統一する、物語の必然的な展開はあまり感じられなくなっていると言いましたが、その通りで、『不思議な少年』も、『ゴーストバスターズ』も、物語は因果関係というよりは、偶然の積み重ねが作品構成の基本となっているように思われます。『不思議な少年』では、冒頭で一人の「不思議な少年」が突如現われて、幕切れでは人生は夢、幻にすぎないという謎めいた言葉を残し、再び宇宙の彼方に消えてゆきます。同様に『ゴーストバスターズ』でも、ブッチ・キャシディたち二人のお尋ね者を追求するピンカートン探偵団に、十五歳の少年が紛れ込んでいますが、この少年は「不思議な夢のようなもの」を見たあと（そして、その夢の中で彼は「空を飛び、だれかに恋をし、長い旅をし、複雑な事件に巻き込まれ」ます）、最後は「焚き火のようなものが見える」場所を目指して、小説の舞台から姿を消してゆきます。

彼は、物語開始早々、大人の探偵たちと馬に乗って、「ゴースト」なるものを追って西部の草原を駆け抜けてゆきますが、途中で誰にも気づかれずに「馬からころがり落ち（る）」。その時の様子はこんなふうに描写されます。

そこは柔らかい草の上だった。蹄の音が遠ざかっていくのを耳にしながら、探偵はうっすらと目をあけた。［……］その探偵はまだ十五の少年だった。歳を偽って探偵社に潜りこみ、今日がはじめての仕事だった。ただ闇雲に馬を駆り、でたらめに銃を乱射し、気がついた時には草の上にころがっていたのだった。

そして、彼はこのあと物語から姿を消し、二度と姿を見せません。少なくとも小説の最後の一章「冒険」の最後から二頁まで、姿を見せないのです。ところが、物語の三五五頁の空白のあとに、彼はまた突如姿を見せます。見せるだけでなく、いま引用した「そこは柔らかい草の上だった」から「草の上にころがっていたのだった」までが、中略した部分を含めて（ただし、一つの文章だけがなぜか削られていますが）そっくりそのまま一字一句の違いもなく繰り返されるのです。

■最初から最後まで「夢」であったかもしれない物語

こうして、物語は冒頭にもどり、「少年は落ちながら、不思議な夢のようなものを見た」というのです。そうなると、この物語は、最初から最後まで、この少年の夢であったかもしれないのです。少年は夢から覚めます。すると「いつの間にか、空にはむすうの星が瞬いていた。少年は空を見上げた。流れ星のようなものが流れ、そして消えた。少年はあたりの様子を窺った。世界は静寂に満ち、なんの気配も感じなかった」と言います。この「静寂」にみちた広大な空虚な空間、その中でただ一人夢を見る孤独な少年。ここで読者は『不思議な少年』の結末を思い出すことでしょう。悪魔の少年は、語り手の少年テオドールに「こうして君は自由になったんだから、君には、もっと別の夢、もっといい夢を見て欲しいんだよ」と言いますが、『ゴーストバスターズ』の少年も、夢から覚めると、「血とガンと追っかけっこ」は「ぼくには向いていない」「では、いったいなにをすればいいのか」と呟きます。もちろん、すべきこと、それが何であるのか、「少年にはまだわからなかった」と書かれています。

しかし、少年は「そのことで悩むことはなかった」ようです。というのは、「少年の前にはいくらでも可能性が、希望があった」から、と作者（語り手）は説明しますが、残念ながら、読者には、この「可能性」「希望」が何であるか、まったくわかりません。どうして、このような「冒険」の最後で、「可能性」「希望」が感じられるのか、まるでわかりません。しかし、ポストモダン小説、現代の新しい小説では、そういった具体的なことを理解する必要はないのかもしれません。その点は、一九一六年に発表された『不思議な少年』も同じです。小説の最後で、悪魔の少年は、こう言います。

もう分かっただろうね、こんなことは夢の中でなけりゃ、絶対に不可能だってことが。自分のきまぐれさを意識することすらしない想像力が生み出したばかばかしい現象だってことが、分かっただろう。要するに、一言でいえば、すべては夢、そして、君自身がその夢を作り出しているんだよ。

この「不思議な少年」は、続いて次のように言います。そして、救いようのない究極の虚無感を残して、消えてゆきます。

神はない、宇宙もない、人類もない、地上の生活もない、天国も地獄もない、すべては夢、奇怪きわまりない愚かな夢にすぎないのだ。存在するのはただ君だけ、そしてその君も一つの思考――空漠たる、無窮の空間をただ一人さ迷い歩く、放浪の、無益な帰るあてもない思考にすぎないのだ。

語り手は、その彼が言い残していったこと、それがすべて真実であることに気づき、「私なりにその意味を悟った」と言います。

「その意味」とは何なのでしょう。一方、『ゴーストバスターズ』の幕切れで、夢から覚めた少年は、「揺らめいている」「焚き火のようなもの」に向かって歩き出すと、「遥か向こうから、笑いさざめく声が聞こえてくるような気が（する）」。「恐怖は少しも感じな（い）」。ただ「揺らめく炎の正体を知りたいという強い欲望を感じるだけで、これから何をすればよいのかわからないままに、「少年の前にはいくらでも可能性が、希望があった」と言いますが、それ以上は、作者は何も言おうとしません。

■二十一世紀の文学状況を反映する『不思議な少年』と『ゴーストバスターズ』

『不思議な少年』も、『ゴーストバスターズ』も、全体の構造として、少年の異様な「夢」を「枠組み」にしていて、その限りではともに「閉ざされた」形式を保っているように思われますが、結末に限っていいますと、どちらも典型的な「開かれた」型の小説となっています。現代の文学状況を反映する小説は、必然的にこのような形式を取るのかもしれません。

かつては未完成で断片的な失敗作と見なされたマーク・トウェインの晩年の作品は、読み方によっては、二十一世紀の文学として評価できるのではないでしょうか。高橋源一郎の『ゴーストバスターズ』は、そのようなことを感じさせてくれる「ポストモダン小説」です。

7

「月明かりの道」から「藪の中」へ迷い込む道筋

アンブローズ・ビアス「月明かりの道」と、芥川龍之介「藪の中」

■引用されることが多いアンブローズ・ビアスの辛辣きわまりない警句

わが国で、アンブローズ・ビアス（一八四二―一九一四？）といえば、大方の人は『悪魔の辞典』の辛辣きわまりない警句（定義）を思い浮かべることでしょう。そうしたビアスの警句は、日本人によって書かれたエッセイなどによく引用されます。読者のみなさんも、『朝日新聞』の「天声人語」とか、『読売新聞』の「編集手帳」といった、広く読まれている新聞のコラムに引用されているビアスの常識の裏をかいた警句を読んで、なるほど、そうか、と感心したことがあるのではないでしょうか。こうした新聞などに引用される気の利いた警句を数多く考え出したことで知られるのは、アメリカの場合、ベンジャミン・フランクリンとマーク・トウェインが双璧とされますが、ビアスも、この二人に劣らず引用されることの多い文学者です。

■「冷笑家」から「悪魔」へ

ビアスの『悪魔の辞典』（*The Devil's Dictionary*）はたびたび改訂され、単語の定義も次第に多くなってゆきましたが、最終版は、二十世紀に入って、彼がメキシコで消息を絶つ三年前の一九一一年に出版されました。そこには現代に通じる新しい言葉や話題が数多く見いだされます。現代の新聞では、十八世紀のフランクリンや、十九世紀のマーク・トウェインよりも引用される回数が多いかもしれません。ビアスはもともと新聞記者であり、一般読者の関心にも通じていて、読者が興味をもちそうな話題に対して、辛辣きわまりない、しかし、なるほどと思わざるをえない言葉の定義を何百となく新聞の「埋め草」に書きつづけ、それが積もり積もって一冊の「辞典」となったのです。「悪魔の辞典」という題名が使われたのはこの最終版においてであって、それまでは『冷笑家の単語帳』（*The Cynic's Word Book*）となっていました。「冷笑家」から「悪魔」へ。「冷笑家」であれば、たとえどれだけ人間社会に背を向け、辛辣な言辞で仲間の人間を愚弄しようと、彼はなお人間の領域にとどまっています。ところが「悪魔」となると、これはもう次元が違って、人間の理解を超えた、文字通り悪魔的な真実を読者に突きつけます。この変更は、彼自身どれだけ意識していたかわかりませんが、象徴的な意味をもっています。

ここで、まず最初に、日本の新聞に引用されたビアスの警句の一例を紹介しておきましょう。『朝日新聞』二〇一〇年九月十日の「天声人語」は、「米社会のイスラム教への偏見」、さらには「宗教」の問題を話題にしています。このコラムの執筆者は、最後にビアスの「宗教」の定義を引用して、鮮やかにコラムを締めくくります。

『悪魔の辞典』のビアスによれば、宗教とは希望と恐怖を両親とする娘だそうだ。不寛容という乳母の手で醜く育った娘は、いずれであれ世界を不幸にする。

■読者に冷や水をあびせかける「宗教」の定義

「宗教」という、定義しがたい、得体のしれないものに、ビアスは一刀両断的に定義を下し、しかも、「宗教」に甘い期待をいだく読者に、冷や水をあびせかけます。実はこの引用は、ビアスの「宗教」に対する定義の前半でしかなく、後半では、「宗教」は「無知な人間」に「知ることのできないもの」の本質を説明するものだと続きます。念のため、ビアスの定義の全文を原文で示しておきますと、"RELIGION, n. A daughter of Hope and Fear, explaining to Ignorance the nature of the Unknowable."（「宗教」、希望と恐怖の娘。そして、無知な人間に知ることのできないものの本質を説明する）となっています。そして、そのあとにランス（Rheims）の大司教と一人の男の会話が添えられています。その部分も引用しておきましょう。

“What is your religion my son?” inquired the Archbishop of Rheims./ “Pardon, monseigneur,” replied Rochebriant; “I am ashamed of it.” / “Then why do you not become an atheist?” / “Impossible! I should be ashamed of atheism.” / “In that case, monsieur, you should join the Protestants.

大司教は「お前の宗教は何か」と尋ねます。すると、ロシュブリアンは「私、自分の宗教を恥ずかしく思ってるんです」と答えます。それを聞いた大主教は「だったら、どうして無神論者にならないのか」と彼に迫ります。それに対して、ロシュブリアンは「不可能です！　無神論こそ恥ずかしく思うべきでしょう」と答えます。すると、大主教は「だったら、プロテスタントになるんだな」と言ったというのです。

ここから私たちは何を読みとるべきなのでしょうか。大主教は、もちろん、カトリック教徒だと思いますが、彼はカトリックこそ絶対の宗教だと信じています。そのカトリックの宗教を恥ずかしいというロシュブリアンに対して、彼はその正反対の、おそらく絶対認められない、無神論者になれと一旦は言いますが、最終的には、無神論から救うためというよりは、無神論者よりもっと問題があるプロテスタントになれ、とロシュブリアンを切り捨てるのです。

■絶対的なものは何もなく、すべては相対的だと考えるビアス

当時、宗教は絶対的な権威をもつとされていたと思いますが、ビアスは、結局、宗教が、人間の弱さから生じるもの、つまり自分以外の何かに頼らなければ生きてゆけない、そうした不安な状態から生じるものである、と考えるのです。そして、世界や人間の真実の姿は知ることができないものであり、また、信仰の対象である「神」の実体もわからない、にもかかわらず、宗教はあたかもそれがわかったかのように、無知な人間に説明して、その人をとり込もうとする怪しげなものだ、と疑問を呈するのです。宗教というものは絶対的なものでありながら、キリスト教に限っても、はるか昔からカトリックとプロテスタントに分裂し、相手を、自分たちを否定する『無神論』よりも激しく憎み、否定するのです。そうした宗教の偏狭な独善性をビアスは厳しく批判します。そして、その背後には、この世に絶対的なものはなく、すべては相対的ではないか、という彼の基本的な考えがあるのです。

アンブローズ・ビアスにとって、この「宗教」は、その伝記的背景を考えると、無視できない重要な意味をもっています。私は『講義　アメリカ文学史』の補遺版で、彼を大きく取り上げ、人間的に偏った個性の強い彼の性格は、その伝記的な背景、生い立ちと大いに関係があると考え、そういった面をかなり詳細に紹介しました。父親が狂信的なキリスト教の信者であったこともあって、ビアスは、生涯「宗教」に対して批判的な態度を取ることになります。そして、彼の「宗教」に対する態度は、ただ「宗教」にとどまらず、その思想全体に及んでいます。

■生まれたこと、それは人生における最初のもっとも悲惨な災難

ビアスは、一八四二年、アメリカの中西部オハイオ州の開拓地に生まれましたが、当時、この中西部の開拓地は宗教的に狂信的なところがあって、彼は、そのような社会と家庭環境に生まれたことが自分の生涯の最初の災難であったと考えていました。『悪魔の辞典』でも、「誕生」(BIRTH)を「すべての災難の最初でもっとも悲惨なもの」(The first and direst of all disasters.)と定義しています。十九世紀のアメリカには、地獄の恐怖を目に見えるように煽りたて、キリスト教の信仰を迫る狂信的な宗派が多かったようですが、彼の父親もそういったタイプの狂信者で、彼は十三人もいた自分の子供たちに厳しくキリスト教の信仰を迫り、子供だからといって情け容赦することはなかったといわれています。

息子のビアスは、そのような父親に対して少年時代から反抗的な態度を取り、それが彼の性格となってゆきました。彼の兄や姉たちも、そうした父親の権威に反抗し、兄の一人は、当時、堕落の典型と見なされていた開拓地を巡業してまわるサーカス団の団員となって、父親の支配から逃れようとしました。逆に、父親に影響されて熱烈な宣教師となる者もいて、姉の一人はそうしたキリスト教の布教師として、アフリカ大陸に出かけ、食人の風習のある未開地で行方不明となってしまいました。彼の評伝の中には、この姉は食人種に食べられてしまったと記しているものもあります。

■南北戦争に参加、近代戦争の残酷な現実に直面

こうした、時代と環境、そして家庭に育ったビアスは、父親に代表される宗教や道徳心、勤勉さや責任感といった、個人を拘束し威圧するものに対して、敵意をいだくようになりました。そして一八六一年(その

時、彼は十九歳でした）、南北戦争が起こると、時を移さず、北軍の志願兵として戦場に赴き、そこで近代戦争の残酷な現実に直面し、大きな衝撃を受けます。しかし、その一方で、死の恐怖に晒されながらも、銃弾の飛び交う戦場でひるむことなく戦う図太さをもっていて、勇敢なる兵士として褒賞されてもいます。しかし、一八六四年六月に、ケネソー・マウンテンの戦闘で南軍の狙撃兵の銃弾を頭部に受け、瀕死の重傷を負います。南北戦争での四年間の体験は、少年時代に劣らず、彼の人間観に決定的な影響をあたえました。その後、サンフランシスコなどで新聞記者として活躍しますが、この戦争体験は彼の思想の基盤となるのでした。

■ビアスの思想的基盤をなす批判精神と相対主義

ビアスの思想の基盤をなすのは、一つには、絶対的な権威に対する不信感、反抗、そしてまた社会の上層部、支配層の虚偽性に対する批判精神で、もう一つは、思想であれ、事実であれ、すべては見る視点によって変わりうるという相対主義的思考法であるといってよいでしょう。

それゆえ、宗教的にいいますと、キリスト教は、唯一絶対の神によってすべてが統一され、決定される壮大な信仰体系であるにもかかわらず、歴史的にはカトリック（因みに、Catholic というのは、語源的には un.versal、つまり「普遍的な」を意味します）とプロテスタントに大きく分かれており、両者ともに「普遍的」とはいえず、「相対的」な関係となっています。それだけでなく、先ほど示した「宗教」の定義 "A daughter of Hcpe and Fear" を見ても、「希望」と「恐怖」が結婚して生まれた「娘」とも取れますが、読みようによっては「希望」と「恐怖」がそれぞれ生んだ「娘」と解すこともできなくはありません。つまり、現実の世界に満足できない人間が、「宗教」に「希望」を託すと見ることもできれば、現実の世界に「恐怖」あるいは「不安」を覚えた人間が、それを紛らわすために「宗教」を作り出したともいえるのです。そしてビアスは、そのどちらも「幻想」でしかなく、両者の関係は見方の相対的な違いから生じていると考えているように思われます。逆にいえば、「絶対」的なものではない。しかも、先ほどの定義の後半では、宗教には三種類あり、無神論も、ある種の宗教だと見なしているのです。ちなみに、『悪魔の辞典』には「無宗教」(IRRELIGION)という項目もあって、そこでビアスは、「無信仰(宗教)」こそ、「世界の偉大な信仰の中でもっとも重要な信仰」(The principal one of the great faiths of the world)だと定義しています。

■ビアスを日本にいち早く紹介した芥川龍之介

このアンブローズ・ビアスのその後の伝記的な事実と、文学史上での彼の評価、さらには日本で彼はどのように受け入れられたかについて、もう少し説明しておきましょう。日本では、最初に言いましたように、『悪魔の辞典』でもっぱら知られていると思いますが、それ以上に知られているとしたら、それは晩年、七十歳を越えてから、革命騒動で揺れる政情不安定なメキシコに出かけ、行方不明になったこと、そして、わが国でも広く読まれている短篇集『いのちの半ばに』(*In the Midst of Life*)によってであろうと思います。言うまでもなく、この短篇集の題名は、イギリス国教会祈禱書にある"In the midst of life we are in death."(Burial of the Dead)に由来します。彼の謎に包まれた死と関係する標題です。

そのビアスが、いつ、どのようにして日本に紹介されたかということですが、実は芥川龍之介がいち早くその存在に気づき、紹介したのです。意外に思う人がいるかもしれませんが、芥川はビアスが晩年自ら編集出版した十二巻本の全集さえ購入しています。彼は大正十五年（一九二六）に *The Modern Series of English Literature for Higher Schools*（興文社）という英語の教科書を編集し、そこに、本章で取り上げます「月明かりの道」（"The Moonlit Road"）など、ビアスの作品三篇を収録しているのです。この五年前の大正十年には、随筆集『點心』で、このビアスについて、二ページ割いて紹介しています。芥川は、そこでビアスについて、しばしば引用されるところですが、次のように述べています。「短篇小説を組み立てさせれば、彼程鋭い技巧家は少ない。評論がポオの再来と云ふのは、確にこの点でも当つてゐる。その上彼が好んで描くのは、やはりポオと同じやうに、無気味な超自然の世界である」「彼は又批評や諷刺詩を書くと、辛辣無双な皮肉家である」「彼の評伝は一冊もない。〔……〕日本訳は一つも見えない。紹介もこれが最初であらう」。当時としては、まことに簡潔で、勘所を押さえた紹介です。そして芥川は、続けて、「短篇小説のみ読みたい人は In the Midst of Life 及び Can Such Things Be? の二巻に就くが好い。私はこの二巻の中に、特に前者を推したいのである。後者には佳作は一二しか見えぬ」と言っています。

その彼が、自分の編集した英語教科書に、後者 *Can Such Things Be?* に収録されている「月明かりの道」を採用しているところをみますと、彼がこの短篇をビアスの「一二しか見えぬ」「佳作」と判断したことは間違いないでしょう。

そして、これから説明しますが、芥川は、この「月明かりの道」に触発されて、問題の短篇「藪の中」を書いたと思われます。また、この「藪の中」は、周知の通り、黒澤明監督の映画『羅生門』の原作となっていて、その意味では、ビアスのこの短篇小説は、日本では芥川をとおして黒澤映画にまで及んでいるのです。

■絶対的な「真実」、すなわち、願望と外見が混ぜ合わされた「合成物」

『悪魔の辞典』の「定義」に見られるように、ビアスは虚偽に歪められた世界や人間の真実を情け容赦なく暴露しましたが、その一方で、自らの鋭い観察、洞察力にもかかわらず、究極の「真実」、事の「真相」は、見る者によって、見る角度によって変わることを認めます。言葉の矛盾となりますが、絶対的な「真実」の「相対性」といってよいでしょう。『悪魔の辞典』によると「真実」とは「願望と外見を巧妙に混ぜ合わせて作り上げられた合成物」でしかないのです（TRUTH, n. An ingenious compound of desirability and appearance. …）。また、形容詞 "TRUTHFUL". つまり、「真実を語っている」については、"dumb and illiterate". つまり、「（言葉が）口に出てこない、理解する力が欠けている」、あるいは「無学文盲、教育のない」と定義しています。要するに、教育や学問のある人間は、「真実」について口を閉ざすが、自分が「真実」を語っていると思っている人間は、真実が何であるかわかっていない「愚か者」（dumb のもう一つの意味）だというのです。

新聞記者として、ビアスは、生涯、さまざまな次元で「真理」「真実」「真相」というべきものを追求しました。しかし、そうした「真」なるものは、蜃気楼のように現われるが、捉えようとしたその瞬間に消滅するか、捉える者によって微妙に違ってくるのです。「真実」は厳格に追求しようとすればするほど、相対的に思われてきます。それが新聞記者として、人間や事件の「真実」「真相」を追求した彼が、最後に到達した結論だったのではないでしょうか。そして、彼の文学活動も、こうした人間の観察や認識の背後にある、捉えがたい究極の「真実」の追求の延長線上にあると理解すべきでしょう。そこで、この「真実」の相対性を扱った典型的な短篇「月明かりの道」を取り上げ、さらに、それを芥川の「藪の中」と比較しようと思います。

■語られるたびに遠のいてゆく殺人事件の「真実」

「月明かりの道」は、三部構成になっていて、不可解な死に方をした一人の女性（最初の語り手の母親）の事件をめぐり、彼女の一人息子ジョエル・ヘットマン二世と、母親の殺害の犯人（と思われる）キャスパー・グラタン、そして霊媒をとおして幽界からこの事件を語る殺された母親ジュリア・ハットマン自身、この三人が、それぞれの立場から、殺人の現場と事件後の様子を語ります。そして、この三人の発言が微妙に食い違っているのです。その結果、殺人の「真相」「真実」は「藪の中」になってしまいます。その上、この短篇はそういった「真実」の相対性が問題になるだけではありません。発言の機会をあたえられていない父親ジョエル・ヘットマン（ジュリアの夫で、息子と同じ名前です）には、この事件に関してどことなく曖昧なところがあり、犯人とされるキャスパー・グラタンは、実はこの父親その人ではないかと疑わせるところもあるのです。一応、殺人の動機、殺人にいたるまでの経緯、現場の状況などは、息子ジョエルの陳述の中で説明されますが、それが客観的に事実であるという保証はどこにもありません。三人は同一の事件を語りますが、語るたびに、事件は「真実」に近づくどころか、むしろ遠のいてゆきます。そして、ビアスはそのすぐれた語りの技法によって、読者をこの不思議な世界に引きずり込んでゆくのです。

■人間の足音やドアの閉まる音におびえる父親

第一部を語るジョエル・ヘットマンは、経済的に恵まれた十九歳のイエール大学の学生です。健康で、常識もあります。あまりにも家庭的に恵まれているので、かえって自分を仲間より不幸な人間だと感じている自意識過剰な青年です。ある日、父親から緊急事態が起きたという電報が届き、急遽、テネシー州の実家にもどりますと、母親が父親の留守中に何者かによって殺害されています。父親は所用でナッシュヴィルに出かけていましたが、予定より一日早く深夜に帰宅して、妻の殺害を知ったのでした。家に入る前、父親は一人の男が暗闇の中へ消えてゆくのを目撃します。急いで妻の寝室に駆けつけた彼は、寝室の入り口に倒れている彼女の遺体に躓き、妻が殺されたことに気づいたと言います。

父親はその後、鬱状態に陥り、人の足音や、ドアが閉まる音におびえるようになります。そして数カ月後、夜中に息子と外出し、家の近くにもどってきた時、幻覚症状を起こしたかのように、目の前に人影らしきものを認め、その場に立ちつくします。何を父親が見たのか、これは明示されず、父親は「自分が見たもの、いや、見たと思ったものから一瞬も目を離さず」後ずさりします。息子のほうは氷のように冷たい風が顔にあたり、全身がその風に包み込まれたかのように感じます。そして振り返ると、一緒にいたはずの父親は姿を消していて、その後、彼の消息はいっさい不明となります。これが第一部の大まかな要約で、読者はビアスの緊迫した描写を、息を呑む思いで一気に読むことになります。

■父親と同じ体験をしているキャスパー・グラタンの「悲しみの道」

第二部は、この事件からどれだけ時間が経っているかはっきりしませんが、次の日に死ぬ（処刑される）運命にあるキャスパー・グラタンと名乗る年齢不詳の男の手記（遺書）という形で語られます。本名を忘れたという彼は、二十年以上、このキャスパー・グラタンという名前で生きています。しかし、その名前によってではなく、「767」という番号の犯罪者として獄中にいます。彼は死を前にして、最近二十年間の罪と苦しみにみちた自分の「悲しみの道」（via dolorosa）を振り返ります。過去はおぼろげな記憶、あるいは夢のように思われます。そうした記憶の中で彼は、以前、自分がある大きな都市の近くで裕福な農園主として暮らしており、結婚し、妻を愛していながら、彼女の貞操を疑っていたこと、すぐれた才能をもった息子がいたことなどを思い出します。その限りでは、第一部の語り手ジョエルの父親と同じです。いや、それだけでなく、妻の貞操を試そうとして、一晩、留守をするといって出かけた夜、連絡なしに自宅にもどり、見知らぬ男が裏の戸口から出て行くのを見かけるというところも共通しています。

妻の不貞を確信し、嫉妬と怒りで正気を失った彼は、ひそかに寝室に向かい、彼女の首を絞めて殺害します。その後、彼はどうなったのか、手記には記されていませんが、この悲惨な事件は、動詞の過去形で語られる過去の事件ではなく、意識の中で繰り返し現在形で再現される悪夢として語られます。それだけでなく、その後、誰であるかわからない者（おそらく息子だと思われますが）と夜中に連れ立って歩いていますと、思いがけず「月明かりの道の暗がり」（the shadows in a moonlit road）（ここに標題の表現が使われています）に殺した妻の幻影を見ます。もしこのキャスパー・グラタンなる人物がジョエルの父親だとすると、第一部で父親が見た「幻影」は、死んだ妻だったと思われます。妻の幻影は、彼を「非難」でも、「憎しみ」でも、「脅迫」でもない異様な目で見つめます。恐怖に襲われて、彼は一緒にいた連れを見捨てて、その場から逃げ出します。こうして、物語は、基本的には共通しながら、異なった別人の物語として繰り返されるのです。

■幽霊となって家族との絆を取りもどそうとする母親

そして次の第三部は、殺された母親ジュリアの視点から、霊媒の口をとおして語り直され、また違った展開を見せます。それによりますと、夫の留守中、一人農園の家に残されていた彼女は、「異様な恐怖感」にとり憑かれ、眠れずにいます。そんな中、彼女は、ゆっくりと階段を上がってくる足音を耳にします。しかし、この正体のわからない足音は次第に遠のいてゆきます。彼女は助けを求めて寝室を出ようとしますが、また足音がもどってきます。そうした恐怖に曝された彼女は意識を失ってしまいますが、ふたたび意識を取りもどすと、何者かに喉を絞められているように感じ、次の瞬間、彼女は死者の世界の住人となっているのでした。その時、自分の身に何が起こったのか、まったくわかりません。しかし、自分は恐怖のために死んだのではないと言います。

こうして、幽霊となった母親のジュリアは、農園近くに潜んでいて、愛する夫や息子に自分の存在と、自分の気持ち、愛と同情を伝えたいと思います。それで、ある「月明かりの夜」、彼女は木陰を散策する夫と息子を見つけるのです。死の呪縛から解放された彼女は、喜びのあまり、二人に声をかけます。かつての家族関係を取りもどそうと願う彼女の気持ちにもかかわらず、夫は恐怖に青ざめて、森の中に逃げ込み、そのまま、消息を絶ってしまいます。第一部と同じ場面が、第三部では、妻ジュリアの側から描かれるのです。夫の留守中に何者かによって（もしかすると、嫉妬に狂った夫によって）殺され、幽霊となり、自分の家族にまつわりついて、家族との絆を取りもどそうとする彼女の切ない思いは、夫にも息子にも伝わりません。

ここでも、物語の大筋は共通していますが、一家の悲劇の原因、殺害の状況、そしてその結果は、読者に違った印象をあたえます。自分が殺される当事者であるからか、自分が何者によって首を絞められたのか、わかりません。彼女の語りには、別の世界の何か超自然的なものさえ感じられます。

■ 人間の理解を寄せつけない事件の「真相」、絶対的な究極の「真実」

そういえば、彼女の寝室に近づいてきた足音は、人間の足音とは思われない、家を揺るがすほどすさまじいものでした。恐怖に怯える彼女がそのように感じただけかもしれませんが、読む者には、何か恐るべき運命が近づいてきたように感じられます。第二部の語り手キャスパー・グラタンも、彼女の寝室に忍び込んでいったのは、人間であるとはとても思えなかったと言います。

このように、同じ事件（と思われるもの）を三度同じように視点を変えて繰り返すことで、作者ビアスは何を伝えようとしたのでしょう。事件の「真相」は、見る者の視点によってさまざまに解釈できるという「真実」の相対性。これは、彼の場合、新聞記者として、複数の目撃者の証言などから感じていたことでしょう。

しかし、それ以上に、ビアスは、事件の「真相」、絶対的な究極の「真実」には、人間の理解を寄せつけないものがあると信じていたと思われます。彼は故意に殺人の「真相」を曖昧にして、読者を混乱させているのではないでしょう。彼は「事実」「真実」と称されるものの客観的な確認や再現について、多くの哲学者たちを悩ませてきた問題を、彼なりに提示しているのです。究極的な「真実」は、単に相対的であるだけでなく、人間にとって確定不可能な何ものかではないでしょうか。『悪魔の辞典』にある「真実」とは、「希望」と「外見」を巧妙に結びつけた合成物だという定義を紹介しましたが、その定義はさらに続き、「真実の発見は哲学の唯一の目的であり、人間の精神のもっとも古くからあった知的活動であるこの哲学は、今後も、時の終りまでますます活発に存在し続ける可能性が十分見込まれる」とビアスは言います。つまり、「真実」は古代から哲学者たちが追求し、発見しようとしたがいまだに発見できず、それが未来永劫続く、しかし、それでもなお発見されることはないだろうというのです。これまで、あえて言いませんでしたが、もしこの短篇が犯人探しの物語でしたら、おそらく犯人は妻の貞操を疑った父親であり、キャスパー・グラタンは偽名を使った父親であると思われますが、こうした読み方はビアスの意図を誤解したものであると私は思っています。

■「月明かりの道」に触発されて書かれた芥川の「藪の中」

芥川龍之介が、この「月明かりの道」を読んで、そうした「真実」(あるいは、「事実」といったほうがよいかもしれません)の相対性、「事実」の「発見」「決定」がいかに困難であるか、それを短篇「藪の中」で明らかにしたことはまず間違いないと思います。もちろん、この短篇で語られるこの物語、そしてその状況は、ビアスの短篇によるものではなく、わが国の『今昔物語』に出てくる一説話に基づいています。しかし、女性が殺害される場面、その原因をめぐって当事者たち二人がそれぞれの視点から証言する、そして最後に、殺された男自身も霊媒(「藪の中」では日本的に「巫女」となります)の口をとおして自分の死にいたるまでの経緯を語る、そういった構成は、ビアスの「月明かりの道」に似ていて、芥川がビアスの短篇に触発されて「藪の中」を書いたこともまず疑いないでしょう。

■文字通り「藪の中」で殺された若い侍

すでにお読みの方もおられるでしょうが、念のため、この「藪の中」の粗筋もまとめておきましょう。全体は二部に分かれていて、第一部では、「木樵り」「旅法師」「放免」「媼」の四人が語る情報が示されます。それによりますと、京都山科の近くの山中の「藪の中」で、胸元を一突きされた若い侍の死体が発見されます。そして、彼らの「物語」をつなぎ合わせますと、被害者は侍ですが、当時そうした身分の男性が通常携えているはずの刀や弓矢は見つからず、一本の縄と女性の櫛が落ちているだけで、あたりの地面には何か争ったような跡がはっきり残されています。また、その前日、現場近くで、殺された侍と彼の妻の若い女性が馬に乗って通り過ぎる姿が目撃されています。

その後、牢獄から「放免」されたばかりの、当時よく知られた「多襄丸《たじょうまる》」という名の盗賊が、おそらく盗んだ馬から落ちて、粟田口の石橋に倒れているのが見つかります。彼は捕えられ、当時の警察である「検非違使」に突き出されます。多襄丸は殺された侍の衣装や刀などを身につけていて、この事件の容疑者とされます。この多襄丸は旅の女性などを襲うことで知られた盗賊でした。そして、この第一部の最後で、襲われた女性の母親（「媼」として現われます）が検非違使の取り調べに答えて、殺された侍が、自分の娘（「真砂《まさご》」）の嫁いだ（母親は「片附いた」と言います）若狭・国分の侍（「金沢の武弘」）であることを明らかにし、殺されはしたが、他人から「遺恨」を受けるような若者ではなく、それが「こんな事になりますとは、何という因果でございましょう」と嘆きます。そして、「婿ばかりか、娘までも……」と、泣き崩れ、娘の行方を捜すよう訴えます。ここで、この事件の外面的な「事実」の提示は終ります。これらの「事実」は語り手たちが嘘をついているかもしれず、疑ってみることはもちろん可能ですが、このあと、これに基づいて、殺人犯と疑われた「多襄丸」、その後行方がわからなくなった妻、そして殺された若い侍自身、この三人が、それぞれの立場と視点から、事件の「真相」と称するものを明らかにします。これが「多襄丸の白状」「清水寺に来れる女の懺悔」「巫女の口を借りたる死霊の物語」と題された後半三部を構成します。

■究極の「真実」は、標題通り「藪の中」

物語の後半は、この微妙に異なった「事実」に基づいて、結局、一体誰がこの侍を殺したのか、そして、たとえ殺したとしても、何ゆえに殺したのか、あるいは殺さざるをえなかったのか、そういったこれまた微妙な問題を扱うのですが、予想されるように、多襄丸と妻と殺された夫の三人の証言は微妙に食い違っていて、究極の「真実」は、標題通り、「藪の中」ということになります。なお、辞書によりますと、この「藪の中」という表現とその意味は、この小説に由来するようで、この表現がすでにあって、それを芥川が利用したのではないようです。

最初の「多襄丸の白状」によりますと、この侍を殺したのは多襄丸自身ということになります。多襄丸はその侍、「金沢の武弘」の妻を暴力的に犯し、彼女を自分のものにしようとしたことを認めます。最初は夫の侍を殺すつもりはなく、彼を杉の木に縄で縛りつけ、彼の目の前で妻を犯したのですが、その時、彼の妻である真砂は、多襄丸に向かって、そのような屈辱的な目に遇わされた夫の心中を思いやってか、もし自分を夫から奪うのであれば、まず夫を殺してからにしてほしいと嘆願したというのです。こうして、多襄丸は彼女の夫を殺さざるをえなくなったのです。しかし、多襄丸は縄で縛られたままの相手を殺すことは卑怯だと思って、縛られていた侍の縄を切り、彼と対等な条件で対決して、相手の胸元を一突きにして殺したというのです。その間に、女のほうは、争っている二人の隙を見て、犯行の現場から逃げ、その後、どうなったかわからないと言います。確かに彼女は現場から姿を消し、その後清水寺に姿を現わします。

続く姿を消した妻の「懺悔」によりますと、殺害の場面は微妙に違っています。多襄丸は、彼女を犯したあと、縛られたままの夫に嘲るような軽蔑の笑いを向けるので、彼女は思わず夫のほうに駆け寄ろうとしたのですが、多襄丸に足蹴りにされてしまいます。そして、彼女は倒れながら、夫の目に、怒りでも悲しみでもなく、彼女を「蔑む冷たい光」を見てしまいます。彼女は、多襄丸に蹴られた以上に、夫の目の「蔑み」と「憎しみ」の光にショックを受けて、意識を失います。意識を取りもどした時、多襄丸はすでに現場から姿を消していまます。夫はその目になお「冷たい蔑みの底に、憎しみの色」を見せています。彼女は、こうなった以上、生きていられなくなって、一緒に死のうと口走ります。夫のほうは依然彼女を蔑んだ目つきで、一言、「殺せ」と言ったと言います。「ではお命を頂かせて下さい。私もすぐお供します」と言って、彼女は「夢うつつの内に」夫の胸に「ずぶりと」小刀を刺し通して、ふたたび意識を失います。意識を取りもどすと、夫は息絶えています。彼女は泣き声を呑んで、夫を縛っていた縄を解き捨てます。そして、自分も死のうと思って、喉に小刀を突き立てたり、池に身を投げたりするのですが、どうしても死にきれず、最後は清水寺に来て、懺悔の言葉とともに、自分が夫を殺したことを認めるのです。

最後の巫女をとおしての夫の証言はまた違っています。その証言によりますと、彼の妻は多襄丸に一度でも肌身を汚した以上、もはや自分とは一緒に暮らしてゆけないだろう、そして多襄丸に彼の妻にならないかと誘惑された彼女は、「では何処へでもつれて行って下さい」「あの人が生きていては、あなたといっしょにはいられません」と気が狂ったかのようにわめいて、「盗人の腕に縋り」、「あの人を殺して下さい」と叫んだというのです。多襄丸は、殺すとも、殺さぬとも返事をしないで、そのようなことを口にする妻を生かしておくのか、それとも殺すか、と逆に夫に訊ね、彼が返事を躊躇《ためら》っていた時、一瞬の隙を見て、彼女は「藪の奥」に逃げ込み、姿を消すのです。多襄丸は身の危険を感じたのか、彼も現場から「藪の外」に逃げます。その場に一人残された夫は、妻を目の前で凌辱された屈辱感に耐えられず、自分の目の前に妻の小刀が落ちているのに気づき、それで胸を一突きして死んだというのです。

■すべては「藪の中」、謎は深まったまま、物語は幕を閉じる

こうして、この三人の誰が彼を殺したのか、謎は深まったまま物語は幕を閉じます。夫は絶命する瞬間、「その時誰か忍び足に、おれの側へ来たものがある。おれはそちらを見ようとした。が、おれのまわりには、何時か薄闇が立ちこめている。誰か、——その誰かは見えない手に、そっと胸の小刀を抜いた。同時におれの口の中には、もう一度血潮が溢れて来る。おれはそれぎり永久に、中有の闇へ沈んでしまった」と言います。最後に、誰かが彼の傍に近づいてきたようですが、近づいてきたのは一体誰だったのでしょう。妻、あるいは多襄丸のどちらか一人が最後を見届けにもどってきたのでしょうか、それとも、死んでゆく彼を迎えにきた何か超自然の存在だったのでしょうか。

■芥川の小説「藪の中」の解釈も藪の中

この「藪の中」には、ビアスの「月明かりの道」のように、一つの事件に三つの「真実」なるものが提出されています。作者芥川は、その中のどれが真の「真実」であるのか、つまり犯人は誰であるのか、それを見いだすよう読者に挑戦しているのでしょうか。私はそのような問題がこの短篇のテーマ、中心的な問題であるとは考えていません。ビアス同様、芥川も「真実」の相対性を問題にしているのであって、それで「藪の中」という題名を付けたのではないでしょうか。ところが、わが国では、この「藪の中」を犯人探しの推理小説のように読み、作品の中に決定的な証拠がないということで、不完全な小説と見なす有力な論者もいるのですね。

これを最後に見ておきましょう。

■「藪の中」をめぐる中村光夫と福田恆存の対立

文芸評論家の中村光夫は、一九七〇年創刊の文芸誌『すばる』に「『藪の中』から」というエッセイを発表し、この短篇の「構成に疑問を覚えました」と言います。「読み終わって、作者に翻弄されたようなあまり愉快でない気持ちになった」とも言っています。彼は、この短篇を「夫婦、というより男女の結びつきの脆さを強調した」「女性不信」の物語と見なし、最後の最後まで、この三人がからむ殺人事件の真相が示されず、そこに、「構成の無理あるいは不備」があると見るのです。彼も、ビアスの「月に照らされた道」（中村訳）と比較し、最終的に、「『藪の中』では、妻、夫の「陳述」はそれぞれ前の「陳述」を否定する性格のものであり、結局、最後まで夫の死は他殺か自殺かという疑問に解決があたえられないし、他殺なら犯人は誰かもわからず仕舞いです」と不満を洩らします。

これに対して、同じ一九七〇年の『文學界』（十月号）の「公開日誌（4）—『藪の中』について—」で、福田恆存が反論を加えます。福田によりますと、中村の誤解した解釈の問題点は、第一に、「構成上の乱れ」、つまり、「ひとつの「事件」について事実が三つあるのは」作者の「考への整理」がついていないという見方、第二は、芥川の作品に「深刻な人生」を求めるところにあるというのです。福田はそうした中村の解釈を否定して、芥川がこの「藪の中」で主張しているのは、「事実、或いは真相といふものは、第三者の目にはつひに解らないものだ」という人間の認識の限界であると見るのです。そして、この「事実」にも次元があって、その一つが「心理的事実」と言うべきもので、三人の「陳述は現実の事実としては矛盾しているが、〔……〕三人が銘々さう思ひこんでゐる心理的事実に過ぎぬものだと解すれば、その矛盾はかえって主題を強調するものとして成り立つのではないか」と言います。私もそれに賛成します。

そしてまた、福田は、最後に、「結論を言へば、多襄丸、女、男と話が進むに随つて、その信憑性は薄くなつている。それはこの作品の弱さを示すものではなく、逆に真相は解らぬという主題を作者が意識的に推し進めて来たからにほかなるまい」と結論づけます。そうなのです、こうした事実は、証言が多ければ多いほど、真実に近づくものではなく、かえって錯綜し、断定しがたくなるのですね。作者芥川がこの短篇に「藪の中」という表題を付けたのも、まさに彼がそのことを意識していたからだと思います。私は福田の「公開日誌」を読む前から、「藪の中」をビアスの「月明かりの道」に基づいた小説と考え、そのような結論に達していました。ここでは、全面的に福田の読みに賛成したいと思います。

■ビアスは芥川の「藪の中」をどう読んだであろうか

本章では、ビアスと芥川を比較してきましたが、最後に、もしビアスが芥川の「藪の中」を読むことができたなら、彼はどのように思ったでしょうか、考えてみましょう。「事実」、あるいはその「事実」の「真相」というものは、人間にとって、これが究極の「真実」であるというふうに確定することは事実上不可能であるという点に関して、その通りだと同意しただろうと思います。他人との協調性に欠けるビアスですが、これに関しては、わが意を得たりと思ったことでしょう。

それはそうとして、もう一つ、私が興味を覚えますのは、ビアスと芥川の二人が、それぞれの作品の中核にある「殺人」(homicide) をどのように考えているかということです。芥川の専門家でない私は、彼が「殺人」

をどのように考えていたか、残念ながら、確信をもっていうことはできません。それに、少なくとも「藪の中」には、それについての言及けないと思います。その点では、「月明かりの道」にも、言葉の定義を得意とするビアスですが、「殺人」について定義めいたことは何も書いていません。やはり殺人そのものに焦点を合わせているわけではないからだと思います。ところが、ビアスは『悪魔の辞典』では、「殺人」について、例によって穿った定義を示しています。「殺人」とは、要するに、「一人の人間がもう一人の人間を殺害すること」、その通りですが、ビアスは、続いてそれには四種類あるというのです。すなわち、(一)「(故殺、謀殺を含む)凶悪な」(felonious) 殺人、(二)「弁解の余地のある」(excusable) 殺人、(三)「正当化できる」(justifiable) 殺人、(四)「賞賛に値する」(praiseworthy) 殺人、この四つを挙げています。同時に、この違いは「法律家」のための区別であって、殺人は殺人でしかないとも言っています。そうすると「藪の中」では、「事実」というものは第三者にはわからないものだといいながらも、一人の若い侍が、もう一人の人間によって殺害されたことはまったく疑いようのない「事実」なのです。しかし、「藪の中」のこの殺人に、ビアスが言うような四つの形容詞をかぶせますと興味深い違いが生じてきます。もし犯人が多襄丸でしたら、これはもう「凶悪な」殺人でしかありません。妻でしたら、「弁解の余地あり」ですし、若い侍自身の自殺でしたら、武士として「賞賛に値する」でしょう。そして三人ともそれぞれの立場から自らの殺人行為を「正当化できる」と思ったでしょうし、事実、みな「正当化」しています。芥川自身がそのような区別をしているとは思いませんが、ビアスが芥川の「藪の中」を読んだら、自らの定義の妥当性を確認し、喜んだことでしょう。

8

上流社会を目指す貧しい青年の挫折、それは個人の悲劇か、それとも社会の悲劇なのか

シオドア・ドライサー『アメリカの悲劇』と、石川達三『青春の蹉跌』

■谷崎潤一郎を驚嘆せしめたドライサーの濃密な描写

本章では、二十世紀アメリカの自然主義作家シオドア・ドライサー（一八七一―一九四五）の代表作『アメリカの悲劇』（一九二五）と、日本の社会派小説家として知られた石川達三（一九〇五―一九八五）の『青春の蹉跌』（一九六八）を比較してみます。『アメリカの悲劇』は、細かい活字で印刷した版でも九百頁を超える超大作で、大学英文科の演習でていねいに読むと、一年かけてもおそらく読み終えることはできません。その上、錯綜した複雑な長文が延々と続き、また、修飾語や修飾節の多い独特な文体で書かれていて、それだけで辟易した記憶のある方もいるでしょう。わが国の谷崎潤一郎は、『文章読本』で、主人公クライド・グリフィスが、出世の妨げとなった愛人ロバータ・オールデンをニューヨーク州北部の湖に誘い出して殺害する、この小説のクライマックスをなす場面の濃密な描写を取り上げ、驚嘆するとともに、日本人の立場から興味ある考察を加えています。

■貧しい環境で「アメリカの夢」にとり憑かれたドライサー

最初に、ドライサーについて簡単に紹介しておきましょう。一八七一年、中西部インディアナ州のテレホートで小さな織物工場を経営していたドイツ系移民の子として生まれました。彼が生まれた頃に父親が事業に失敗していて、少年時代は貧困のどん底で育ちます。しかも、彼は十三人の兄弟姉妹の下から二人目の男の子でした。中西部の寒さの厳しい冬は、靴を買う余裕すらなく、裸足で凍り付く屋外を歩くような生活だったといわれます。そのような貧しい環境でしたが、いわゆる「アメリカの夢」にとり憑かれ、経済的な成功の機会が多いと思われていた大都市シカゴに出て、仕事に就き、経済的に恵まれた生活を夢見ていました。しかし、現実は厳しく、この「アメリカの夢」は、結局、虚しい「夢」でしかないことを思い知らされます。二十代初めからは、シカゴ、セントルイス、ピッツバーグなどで新聞記者をしていましたが、取材を通して、アメリカ社会のそうした過酷な現実を知るとともに、エミール・ゾラなど、フランスの自然主義文学者の作品や、文学理論を読み漁り、人間は社会環境や生物学的な法則に支配されており、どれだけ努力しても、少数の例外を除いて、結局は虚しい悲惨な生涯を終えるしかない現実を目の当たりにします。

■「アメリカの夢」と「悪夢」、そして「悲劇」

第一作『シスター・キャリー』(一九〇〇)では、田舎町から華やかな大都会に出てきた若い女性キャリーが、自らの肉体的な魅力を武器に、近づいてくる男性たちを利用し、最終的には、舞台女優として成功する物語を書きます。同時に、そうした彼女に同情し、援助の手を差しのべながら(実際は誘惑して)、最後は経済的に行き詰まり、人生に絶望し、ガス自殺に追い込まれる男性ジョージ・ハーストウッドの悲劇も自然主義的な手法で描き出します。ドライサーは、自己中心的に振る舞って成功するキャリーを非難するのでも、自殺するハーストウッドに同情するのでもなく、いかにも自然主義文学者らしく、このように、人間が勝者と敗者に分かれるのは、個人の責任というよりは、社会そのものに原因があると考え、登場人物たちに対し、感情的な価値判断を下したり、道徳的に非難したりすることはせず、現実をあるがままに突き離して描きます。ドライサーは、それがアメリカの現実だと主張するのです。

『アメリカの悲劇』でも、主人公の青年クライド・グリフィスは、アメリカ社会の物質的な誘惑に幻惑され、経済的な成功の妨げとなった愛人を殺害し、最後は電気椅子に送られます。しかし、ドライサーは、多くの自然主義文学者たちとは違い、社会環境や自然の法則がつねにすべての人間を破局に追いやるとは考えず、そのような厳しい現実にもかかわらず、数こそ少ないかもしれないが、「アメリカの夢」を実現した成功者がいることも認めます。そして、ただ認めるだけでなく、そのような成功者の生涯に自らの見果てぬ夢を重ねるようなところもあって、経済的な野心や欲望の実現に生涯を賭け、それを実現した成功者の生涯を全面的に否定しているとは思われない「欲望三部作」と称される膨大な小説、『資本家』(一九一二)、『巨人』(一九一四)、『克己の人』(一九四七、死後出版)を書いています。

一八九〇年代のアメリカ資本主義を体現するといってもよい、実在のシカゴの金融資本家チャールズ・T・ヤーキーズをモデルにしたといわれる、このフランク・クーパーウッドの物語「欲望三部作」は、適者生存の苛酷なアメリカ社会にあっても、才能に恵まれ、上昇志向をもった若者が、自らの努力により、時に悪どい手段に訴えながらも、しぶとく生き延び、その夢や目的を達成する可能性をもっていることを示します。人生のすべてを賭けて達成したこの勝者の生活が、必ずしも人間的に充実したものでなく、後半生、癒しがたい空虚感にとらわれることもありますが、こうした「成功物語」は、アメリカの若者に計り知れない影響を及ぼしたといわれる「少年成功物語」の作者ホレイショー・アルジャー(一八三二―九九)以来、アメリカで一つの伝統を形作っているのです。この「アメリカの夢」が、現実にはアメリカの若者にとって、「夢」というより、「悪夢」(nightmare)であることは、『クール・ミリオン』(一九三四)などで知られるナサニエル・ウェスト(一九〇三―四〇)などによって実証されています。青年クライドの「悲劇」も、結局は、「アメリカの夢」に無残にも裏切られたアメリカの若者の「悲劇」といってよいのです。つまり、『アメリカの悲劇』は、若者を魅了してやまない「アメリカの夢」と、若者を破滅に追いやる「アメリカの悪夢」をめぐって展開する「悲劇」

の物語なのです。その「悲劇」を語るドライサーは、一方でこの「夢」に惹かれながらもそれに反発し、また「悪夢」の犠牲となる若者に同情を示しながらも、それはアメリカ社会の必然的な結果だと突き放すのです。

■若者の「夢」の破綻を描く『アメリカの悲劇』

『アメリカの悲劇』の粗筋を簡単に紹介しておきましょう。主人公は、すでに申し上げましたが、貧しい街頭伝道師の息子クライド・グリフィス。作品の冒頭、グリフィス一家はカンザスシティの繁華街の通りで、賛美歌を歌って、キリスト教の布教をしていますが、通行人は振り向きもせず通り過ぎます。クライドはそうした生活から抜け出そうと、ホテルのボーイの職を得て、仲間とともに酒場や売春宿に出入りし、ホーテンス・ブリッグズという下層階級の女の子と肉体関係を結ぶとともに、一方で、自分には手の届かない、上流階級の華やかな社交生活に憧れをいだきます。ところが、ある日、仲間と車で遊びに出て、彼が運転していたわけではありませんが、女の子を轢き殺すという事故を起こし、彼は巻き添えになることを怖れて、カンザスシティを逃げ出し、その後三年ほど中西部の都市を転々とし、最後にシカゴの一流ホテルのボーイの職を得ます。そこで、偶然、ニューヨーク州ライカーガスでシャツ製造工場を経営する裕福な叔父サミュエル・グリフィスと出会い、彼の工場の現場監督として働くことになります。経済的に上昇する最初の機会を見いだしたのです。

しかし、この叔父は、貧しい甥クライドとの関係を恥ずかしく思い、彼を身内と認めようとせず、ライカーガスの上流階級の社交界に招こうともしません。金銭的にこそ多少恵まれはしたもの、孤独で疎外された生活を送るしかないクライドは、やがて自分と同じように、恵まれた生活を求めて地方から都会に出てきた農村出身の貧しい女工である部下のロバータ・オールデンと深い関係となります。ところが、彼は、思いがけないことから、ライカーガスの裕福な名家フィンチリー家の令嬢ソンドラと知り合います。このソンドラは、クライドの叔父の息子（つまり、クライドの従弟）にすげなくされていたこともあって、容姿のよく似た彼に積極的に接近してきます。ここでクライドは、それまで愛人として付き合っていたロバータが、ようやくめぐってきた上流階級入りの妨げとなり、彼女との関係を断とうとします。それを知ったロバータは、クライドに妊娠していることを告げ、強く結婚を迫ります。こうしてクライドは、結婚に応じても、拒否しても、それによってロバータとの関係が表沙汰となり、ソンドラとの関係は白紙となって、その出世の夢が打ち砕かれてしまう状況に追い込まれます。

■大長篇『アメリカの悲劇』の最大のクライマックス

進退きわまったクライドは、これも偶然ですが、ある日、湖に出ていた若い男女が転覆したボートから水中に投げ出され、溺死したという新聞記事を目にします。それを知った彼は、ロバータに一緒に旅行に出て旅行先で結婚式を挙げることを提案し、彼女をニューヨーク州北部の湖に誘い出します。そして計画通り、ロバータをボートで湖に連れ出し、何も知らない彼女を湖に突き落とそうとします。しかし、その瞬間、恐怖感と罪の意識に襲われ、一瞬、躊躇します。クライドの異様な様子に気づいたロバータは、思わずボートの上で立ち上がり、彼のほうに駆け寄ります。しかし、それによってボートはバランスを失って転覆し、二人は水中に転落し、泳げないロバータは溺死します。この千ページ近い大長篇の最大のクライマックスといってよい場面で、彼女の溺死が事故であったのか、クライドの意識的な殺人だったのか、それについてこのあとさまざまな人間によってさまざまな意見が交わされることになります。またその瞬間のクライドの躊躇と恐怖感の入り混じった顔の描写は、ドライサー独自の濃密な描写として、すでに言ったようにわが国の谷崎潤一郎をも驚嘆させることになります。

岸に泳ぎ着いたクライドは事件との関係を否定しますが、数日後、状況証拠などによって殺人容疑で逮捕されます。その後、取り調べが行なわれ、検察側と弁護側が対立する凄まじい裁判となりますが、ライカーガスのグリフィス家もフィンチリー家も、世間体を慮《おもんぱか》り、またソンドラの将来を考え、新聞記者を買収したりして、いっさいクライドとの関係を否定する卑劣な態度を取ります。その一方で、アメリカ社会の犠牲者だとしてクライドに同情し、無罪を主張する弁護士、神の赦しを求めるよう彼を諭《さと》すキリスト教の牧師、息子をあくまでも庇う母親の姿などが、自然主義文学らしく、詳細に最後の数章で描かれます。

■「私の務めは終わり、私の勝利は勝ち取られました」と記すクライドの最期

ここまでは、主人公クライドを中心に紹介してきましたが、こうした「悲劇」は何もクライドに限られた特殊な事件でなく、当時のアメリカでたびたび起こっていたことです。ドライサーのメッセージは、事件そのものよりも、事件後の裁判と揺れ動くクライドの内面心理を扱った最後の数章に込められているといってよいかと思われます。クライド自身も、彼につき添って宗教的な助言をあたえてくれる牧師マクミランの勧告に従い、同年代のアメリカの若者に宛てた手紙を書き、その後悔の念をつづります。そこでクライドは、神のために身を捧げる牧師の息子でありながら、そのような生涯を送らず、世俗的な誘惑に身を委ねたことで今の事態を招いたとして、自らの生き方を反省し、わが身を神に委ね、最期を迎えようとします。そしてその手紙の最後に「私の務めは終わり、私の勝利は勝ち取られました」(My task is done, my victory won.) と記します。また、母親

に対しても、処刑前、自分は自分なりに宗教的な魂の安らぎ感じていると言います。

クライドは最後に殺人犯として電気椅子に送られますが、その処刑を見るに至って、おそらく読者は何とも割り切れない思いをいだくのではないでしょうか。

■「アメリカの悲劇」として繰り返されるクライドと同じ若者の生涯

しかし、この小説は、クライドの処刑で終わりません。最後にもう一章「形見」(Souvenir) と題した一章があり、まさしく冒頭の場面のように、そこでグリフィス一家が、サンフランシスコの街頭でキリスト教の布教活動を行なっているのです。そしてそこに、クライドそっくりの男の子が出てきます。この男の子は、クライドの姉の子供なのです。クライドには、両親の布教活動に反発し、家を飛び出して未婚の母となっていた姉がいました。この姉が、数年後に自分の子供を連れてもどってきていたのです。かつてのクライドのように、彼の姉の父親不明の息子が、小説の最後の場面で街頭に立っています。この最後の場面によって、ドライサーはクライドと同じ生涯がまた繰り返されることを暗示しているのです。クライドの悲劇は彼だけの特殊なものではなく、同じような貧しい環境に生まれたアメリカの若者には避けがたい「アメリカの悲劇」なのです。

■騒然とした六十年代末の日本社会から距離を置く『青春の蹉跌』の主人公

かなり詳細に『アメリカの悲劇』の粗筋を紹介しましたが、続いて石川達三の『青春の蹉跌』を見てみましょう。この小説の時代背景は、社会革命を夢見る学生たちの反乱で社会全体が騒然としていた六十年代末のわが国です。母子家庭の貧しい大学法学部の学生江藤賢一郎は、左翼運動に走る仲間たちとは距離を置いて、現実的な生活をしており、出世の手段として司法試験合格を目指しています。そうした彼の将来を期待して、裕福な資産家の伯父は、賢一郎に学資の援助をしています。しかし、彼は自分でも家庭教師をして生活費を稼いでいたのですが、そこで教えていた女子学生の大橋登美子と親密な間柄となり、スキー旅行をきっかけに肉体関係をもつようになります。といっても、登美子と結婚する気持ちはまったくなく、彼女はただ青春時代の性的欲望の捌け口でしかなかったのですが、やがて彼女は妊娠し、それを理由に結婚を迫ってきます。その点、『アメリカの悲劇』のクライドとよく似た状況が生じます。

■女性との関係でクライドと同じ事態を招いた江藤賢一郎

予想される展開であり、『アメリカの悲劇』と共通するところですが、両者には決定的な違いがあります。その違いについては、このあと述べることにします。

『青春の蹉跌』では、賢一郎は登美子に中絶を迫り、二人で産婦人科の病院を訪れますが、中絶が可能な時期はすでに過ぎていると言われます。こうして賢一郎は窮地に追い込まれますが、実はそれ以上に登美子との関係を断ち切らなければならない事情が彼にはありました。というのは、彼に学資の援助をしていた伯父は、自分の娘の康子と彼を結婚させることを目論んでいたからです。恵まれた家庭環境に育った康子は、生活が派手であるうえに、気位が高く、貧乏学生の彼を見下すようなところがあって、賢一郎は、伯父の意図を察しながらも、彼女との結婚にいま一つ踏み切れない曖昧な態度を取って、登美子との関係を続けていました。

しかし、もし登美子の妊娠、出産が明るみに出たりすると、康子との結婚は当然破談となり、伯父の資産が保証する経済的な安定は期待できなくなります。そうなると、登美子と結婚するしかなくなるのですが、ここで作者は、それと並行して、賢一郎の母の姉の子、すなわち彼の従兄にあたる小野精二郎の不幸な人生をもち出します。この精二郎は、理想の結婚、そして司法試験合格を目指しながら、学生時代の恋人と意に反して一緒になることになり、その結果、田舎のしがない高校教師として一生を終えます。賢一郎は、何としても、この従兄の二の舞だけは演じないようにと、結婚に関しては人一倍警戒心を強くしていたにもかかわらず、このような事態を招いてしまいます。進退窮まった彼は、最後に周到なアリバイ工作をした上で、登美子を箱根に誘い出して、芦ノ湖のボートから突き落とし、彼女を殺害しようとします。『アメリカの悲劇』を思い出させる場面です。しかし、そこで、なぜか最後の決心がつかず、一度、岸にもどり、湖岸の人家のない山中で密かに彼女の首を絞めて殺害します。彼は、彼女の殺害が自分の意志ではなかったと自分に言い聞かせながら、殺害現場を離れ、箱根の町にもどり、自分がこの事件によって「町の秩序、町の約束」から「締め出された」ように感じるのです。

■登美子が身ごもっていたのは賢一郎の子供ではなかった

賢一郎の用意周到なアリバイ工作にもかかわらず、彼はその後、殺人容疑で逮捕され、警察で取り調べを受けます。そこで、取調官から予想もしなかった事実を知らされます。先ほど明言しなかった『アメリカの悲劇』との決定的な違いですが、実は彼女が身ごもっていた子供は、血液検査の結果、彼の子供でないことが判明したのです。この違いは、両作品を比較する場合、きわめて重要な意味をもってきます。登美子はおそらく、身ごもった子供が彼の子供でないことを知りながら、彼に結婚を迫っていたわけで、彼はそのことを彼女の「策略」と見なします。「そしてその策略が、その巧みな計算が、彼女に死をもたらした。思いがけない蹉跌であった」と言うのです。

■ 誰にとって「思いがけない蹉跌」なのか

ここに「思いがけない蹉跌」と言う表現が出てきます。「蹉跌」は標題にも使われていますが、この「思いがけない蹉跌」とはどういうことで、誰の「蹉跌」なのか、主語の部分が欠落していて、いま一つ曖昧になっています。素直に読みますと、直前の文脈から、そのような結果になることを知りながら、彼に責任を取らせようと執拗に結婚を迫った彼女の「策略」が、彼女の「蹉跌」であったと読めます。しかし、作品全体の流れからすると、彼女の「策略」を知らずに彼女を殺害してしまったこと、それが彼にとっての「思いがけない（青春の）蹉跌であった」とも取れます。作品全体の意味を考える際、この「蹉跌」の意味はきわめて重要なポイントであり、これについてはこのあとふたたび考えてみることにします。

ところで、このように、恵まれない家庭環境に生まれた才能ある若者が、偶々《たまたま》上流社会の華やかな生活を垣間見て、自分もそうした社会の一員として、経済的に、また文化的に、恵まれた生活を送りたいという強迫観念に近い「夢」にとり憑かれることは、けっして異例なことではないでしょう。そしてまた、そうした若い男性が、上流社会の女性との結婚の可能性を目前にして、出世の妨げとなるそれまで付き合っていた貧しい恋人（愛人）を自らの手で殺害することもありうることかもしれません。事実、こうした事件は、アメリカでも、日本でも、現実にしばしば起こっており、マスコミに大きく取り上げられてきました。そして、『アメリカの悲劇』も『青春の蹉跌』も、実は、現実にあったそうした事件に基づいて書かれているのです。

■アメリカ社会で頻発する事件に基づいた『アメリカの悲劇』

ドライサーは、新聞記者として、アメリカの社会でそのような事件が頻発していることを知っていました。そして彼が『アメリカの悲劇』を執筆した背景には、一九〇六年の「ジレット・ブラウン事件」がありました。この事件は、一人の若者が、出世の邪魔となった愛人をニューヨーク州北部のアディロンダック山中の湖に誘い出し、ボートから突き落として殺害するというもので、当時マスコミを大きく賑わせました。グレース・ブラウンという若い女性を殺害したチェスター・ジレットという若者は、クライド同様、宣教師の息子で、十四歳で家を飛び出し、アメリカ各地を転々としたあと、イリノイ州で女性の衣料品製造工場を経営する伯父に出会って、伯父の工場で働くことになり、そこでグレースと深い関係となるのです。彼女もまた、ロバータ同様、地方から出てきた貧しい農民の娘でした。チェスターはその町の名家の娘と特に親しく交際していたわけではありませんが（少なくともそれを疑われた女性は彼との関係を否定していました）、愛人のグレースに、結婚に応じなければ、二人の関係を伯父に訴え出ると脅され、彼女を殺害するにいたるのです。

ドライサーは、この事件の警察調書や、裁判記録を徹底的に調査するだけでなく、新聞に報じられたさらに多くのそういった事件にもあたって、『アメリカの悲劇』を執筆したのです。その一方で、現実の事件の事実関係を小説家の想像力によって解釈し直し、たとえばロバータ殺害に関しては、クライドを、まさしく新聞記事のように、自己中心的で冷酷で非人間的な人間としてではなく、殺害の最後の瞬間まで、自分の行動に疑問を覚え、恐怖感にとらえられて苦悩する若者として描いています。また、この事件を、単に自己中心的な出世欲に盲目となった一人の例外的な若者の行為というよりは、そのような行為にアメリカの若者を追いやるアメリカ社会の責任を追及し、告発する社会派文学者としての一面を示します。ドライサーの『アメリカの悲劇』は、ただ現実の事件に基づいて書かれたドキュメンタリー小説ではないのですが、この作品が彼の単なる想像ではなく、事実に基づいて書かれているいることをここでは強調しておきたいと思います。

■『青春の蹉跌』の背後にある女子大生殺人事件としてマスコミを賑わせた天山事件

そういう点では、『青春の蹉跌』も、日本で現実に起こったある事件に基づいて書かれたようです。二〇〇六年十一月四日の朝日新聞夕刊、土曜日の「Ｂｅ」に連載されていた「愛の旅人」というシリーズに、「佐賀・天山／女子大生殺人の四〇年後／石川達三「青春の蹉跌」」という一篇が載っていて（執筆は穴吹史士記者）、それによりますと、一九六六年の暮れ、佐賀県の天山の山中で「妊娠した女子大学生が、交際中の大学生に天山登山に誘い出され、殺される」という事件が起こっています。この事件でも、殺された女性は、『青春の蹉跌』の大橋登美子同様、別の男の子供を身ごもりながら、交際相手の大学生に、妊娠を口実に結婚を迫っていたのです。それがわかったのは、事件の一カ月後の裁判所での初公判においてであって、まさしく「被告も記者も仰天の結末」だったようです。

その二年余りのちの一九六九年四月、朝日新聞佐賀支局の記者となった穴吹記者は、先輩記者たちからこの事件の概要を聞かされ、それがあまりにも一年前（一九六八年四月）毎日新聞に連載されていた『青春の蹉跌』と似ているので、そのように言うと、「そりゃそうだよ。天山事件がモデルなんだもの」と言われたそうです。穴吹記者は、その後、佐賀を離れ、四十年（正確には三十七年）後、佐賀を再訪し、当時の先輩記者を訪ね、この記事を書いたのですが、それだけでなく、『青春の蹉跌』とこの事件との繋がりとして、石川達三が、事件の一年後、『人間の壁』の舞台である佐賀を訪れている事実を、古い朝日新聞の記事で確かめ、その時に彼がこの事件を知り、それを基にして『青春の蹉跌』を書いたのではないかと推察します。もっとも、穴吹記者は両者の「共通点」は「実は少ない」とも言っています。「主人公が大学生。相手が妊娠し、結婚を迫られる。マフラーで絞め殺した」。共通点は「それくらい」しかないと言います。石川達三が三月に事件を知り、同じ年の四月から新聞にこの小説の連載を始めるのは「時間的に」無理があるというのです。そのあたりは、ドライサーの場合と比べると、資料調査は不十分だと思われますが、ドライサー、石川達三、両者の執筆の背後に、似たような現実の事件があったことは確かのようで、それがこの両作品のもう一つの共通点となっています。

■『アメリカの悲劇』と『青春の蹉跌』の影響関係

では、『アメリカの悲劇』と『青春の蹉跌』、この両作品の影響関係はどうなのでしょうか。石川達三が『アメリカの悲劇』の存在をまったく知らず、天山事件のみに基づいて『青春の蹉跌』を書いたといえるでしょうか。『アメリカの悲劇』は、早くも、昭和五年（一九三〇）に初訳され、その後、数回新訳が試みられています。石川達三がこの小説を書いた一九六八（昭和四十三）年には、橋本福夫の新訳全四巻が角川文庫で五年をかけて出版されています。そうなると、確証はないのですが、石川達三が執筆直前に橋本訳を読んだという可能性は十分あるでしょうし、『青春の蹉跌』は、天山事件を直接のきっかけとして、筋書き的に酷似している『アメリカの悲劇』を参考にし、その日本版を書いたとはいえないでしょうか。あるいはそれ以上に、わが国でも一九五一年に公開された、この小説を原作とした映画『陽のあたる場所』が影響しているかもしれません。この映画版は、原作者ドライサーの意図を曖昧にして、「アメリカの悲劇」を一人の若者の個人的な「悲劇」として観客の同情に訴える面があり、全面的には受け入れがたいと思うのですが、しかし、石川達三との関連からすると、こちらのほうがより重要かもしれません。

■「個人的な悲劇」を「アメリカの悲劇」に結びつけ、一般化するドライサー

『アメリカの悲劇』と『青春の蹉跌』の比較を進めましょう。両作品を読んだ読者は、少なくとも筋立ての基本において両者の類似を認めざるをえないでしょう（ただし、身ごもった子供が主人公の子供ではないという決定的な違いがありますが）。両者の類似を決定的に述べているものに、新潮文庫の青山光二による「解説」があります。青山はこの解説の冒頭で、「この作品の主題は、シオドー・ドライサーの『アメリカの悲劇』を想い出させる」と言います。この「作品の主題」というところに私は少なからず引っかかるのですが、青山は続けて、この小説は二度映画化され、二度目の『陽のあたる場所』は日本でも「評判」になったので、「読者の記憶」に残っているだろうとして、「ドライサーの原作ならびに映画化作品の、ごくおおざっぱな筋」を紹介するとともに、『青春の蹉跌』にも、出世の邪魔になった「愛人」を最後に殺す（こちらは「湖上」でなく、「湖畔の木立のなかで絞殺する」）場面を指摘し、「筋立ての基本がよく似ている」と言います。

しかし、続く段落で、「が、似ているのは筋立ての基本だけだ」と、「主題」と「筋立て」を区別します。その点は私も賛成ですが、石川達三の作品が、「独自の手法で（「このような事件」を）描くことによって、日本の現代社会の歪みをみごとに照射した」「快作である」という評価はどうでしょうか。

私の考えでは、『アメリカの悲劇』は、標題にある「アメリカ」が示すように、クライド・グリフィスという「個人」ではなく、「アメリカ社会」全体の「歪み」が引き起こした「悲劇」です。それに対して、『青春の蹉跌』は、江藤賢一郎という「個人」による、しかも「青春の」という限定付きの「蹉跌」なのではないでしょ

うか。ドライサーは、若者の「個人的な悲劇」である事件を扱いながら、それを「アメリカの悲劇」に結びつけ、一般化しています。

■「日本の夢」「日本の悲劇」といえるものが存在するだろうか

貧しい家庭環境に生まれた若者たちに対し、未来の「成功」を保証するかのように彼らを魅惑しながら、現実には、欲求不満と、挫折と、最終的には悲劇をもたらす「アメリカの夢」。それに対して、わが国にそのような「日本の夢」、そしてまた、その夢の破産を示す「日本の悲劇」といえるものがあるでしょうか。若者の世俗的な「成功」、出世栄達の「挫折」を描いた小説に、一つの「悲劇の変種」、「アメリカ的な悲劇」などではなく、「アメリカの悲劇」という包括的な標題をあたえることが可能な国はアメリカだけだと思われます。「日本の悲劇」だけではありません。「イギリスの悲劇」、あるいは「フランスの悲劇」といった標題の小説を想像できるでしょうか。ドライサーは、この小説の標題として、当初 "Mirage"(蜃気楼)を考えていたようですが、これでしたら、日本の小説にもありうるでしょう。それを *An American Tragedy* という包括的な題名に(定冠詞ではありませんが)変えたところに、彼の意図が明確に示されているのです。

ドライサーは、小説の中で、この「アメリカの夢」という言葉をはっきりとは使っていないと思いますが、『アメリカの悲劇』は「アメリカの夢」の決定的な否定であり、放棄となっている。そのような悲劇は合衆国において起こる可能性があるだけでなく、そうした社会体制では定期的に起こらざるをえないことを示している」と主張して、「アメリカの夢」をキーワードに、『アメリカの悲劇』を論じる研究者は少なくありません。私自身もこうした立場で、『アメリカの悲劇』は、アメリカでなければ書かれることのない、アメリカ独自の「アメリカの夢」の喪失を扱った小説であると考えています。

■フランクリンの「アメリカの夢」、「アメリカの悪夢」となる

「アメリカの夢」の詳細については、拙著『講義　アメリカ文学史』の第十一章（「アメリカの夢」と「アメリカの悪夢」）、第十三章（ベンジャミン・フランクリン）、第三十六章（ホレイショー・アルジャー）、第一〇二章（ナサニエル・ウェスト）などをお読みください。要するに、この「夢」は、典型的なアメリカ人といわれる十八世紀のベンジャミン・フランクリン（一七〇六―九〇）が『自伝』や「富への道」で説いたように、社会階級が固定化した旧世界とは違って、平等な機会と自由競争のアメリカでは、有能な人間は、たとえ家柄や学歴がなくとも、勤勉と節約の生活を心がけさえすれば、その努力は報われ、経済的に成功し、豊かな生活が保障されるという信仰に近い夢なのです。この夢は、単なる経済的な成功にとどまらず、フランクリンの生涯が示すように、最終的には自らの恵まれた才能と経済力を社会の発展や福祉のために捧げる高邁な「夢」でもあったのですが、その後、もっぱらドル獲得を目的とするきわめて世俗的な「成功の夢」に変わってゆきます。

南北戦争を境に、十九世紀後半、二十世紀になると、階級的に流動的だったかつてのアメリカ社会は、多くの移民を受け入れながら、人びとの貧富の差が固定化されて、フランクリンの「アメリカの夢」は、一代で億万長者の鉄鋼王となったアンドルー・カーネギー（一八三五―一九一九）のような例外はあるものの、若者を惑わすだけの「悪夢」となってゆきます。文学者たちもそうした「アメリカの夢」の変貌にいち早く反応し、F・スコット・フィッツジェラルドは、ご存知のように、『偉大なギャッツビー』（一九二五）で、この「夢」がすでに破産しているにもかかわらず、その夢を生き、最後は破滅するジェイ・ギャッツビーの時代錯誤の生涯を

描きました。『偉大なギャッビー』の出版年が、『アメリカの悲劇』と同じ一九二五年であることは単なる偶然とは思われない意味をもっています。「アメリカの夢」という言葉そのものは小説の中で使われていませんが、クライドの「悲劇」の背後に、この「夢」があることは否定できないと思います。

■同年代のアメリカの若者に最後の手紙を託すクライド

その証拠として、ここで、法廷でクライドを弁護するアルヴィン・ベルナップ弁護士の最終弁護の一部を要約しておきましょう。

（一）"mental and moral cowardice"（精神的、そして道徳的臆病さ）この表現は、少なくとも十カ所、法廷の場面で使われています。クライドは自己本位の欲望で恋人ロバータを殺害したのではなく、「臆病さ」ゆえに殺害に追い込まれたのです。（二）"various lacks in Clyde's early life"（少年時代のさまざまな欠乏状態）。（三）"new opportunities"（彼には手が届かないと思われた「新しい機会」）これは具体的には、伯父の工場での現場監督という役職、ソンドラとの社交界における交際でしょうが、より一般的には、「アメリカの夢」の可能性でもあります。（四）"his '*perhaps too pliable and sensual and impractical and dreaming mind*'"（彼のおそらくあまりに影響されやすく、肉欲を求め、非現実的で、夢にかられた心）ここでは、"*perhaps too pliable and sensual and impractical and dreaming mind*"の部分がクオテーションで囲まれ、強調されています。形容詞 pliable は、単に「柔軟な」という以上に、ある英英辞典にある定義"easily influenced and controlled by other people"という意味だと思います。そして、最後の dreamy という言葉。これもただ「夢想的」というよりは、「アメリカの夢」を夢見ると解したいところです。以上のことを根拠として、ベルナップ弁護士はクライドを弁護するのです。

その一方で、クライドを有罪に陥れようとする地方検事オーヴィル・メイソンは、そうした彼の「臆病な」性格や社会背景をいっさい考慮せず、また状況証拠しかないにもかかわらず、冷酷かつ危険な殺人犯として彼に死刑を求め、また十二人の陪審員たち（彼らは a blackish-brown group of wooden toys with creamish-brcwn or old ivory faces and hands と描写されます）もクライドの有罪を認め、死刑が確定します。

そして先ほど述べたように、このあと処刑執行の日まで、母親、牧師、弁護士らがそれぞれの立場から、裁判の公正さや信仰の問題、州知事への恩赦の可能性などを問題にしますが、クライドは同年代の若者に宛て手紙を残して、電気椅子に向かいます。しかし、小説はそこで終わらず、最終章では、幼時のクライドとよく似た男の子（彼の姉の父親のわからない息子で、彼の甥）を連れたグリフィス一家が、サンフランシスコの街頭で、キリスト教の布教をしています。冒頭とまったく同じ場面が最後にふたたび描かれるわけです。

■「社会」対「個人」でなく、「個人」対「個人」を問題にした『青春の蹉跌』

これに対して、「物語の大筋」が似ている『青春の蹉跌』の江藤賢一郎の場合はどうでしょうか。賢一郎も自分の出世栄達の妨げとなった大橋登美子を殺害し、その容疑者として逮捕されますが、法廷でどのような判決が出たのか、そこまでは明らかにされていません。小説はその前の段階で終わり、この事件は避けがたい「悲劇」ではなく、彼にとって「思わぬ蹉跌であった」とされます。こうして「彼がみずから描いた未来の人生構図も、そのために今日まで積み重ねてきた努力も、野心も、自負も、希望も、ことごとく崩れ去って跡形もなかった。残るものはただ屈辱と暗黒の未来ばかりであった」というのです。彼は留置場の床に倒れ、大声で泣き叫びますが、それは「絶望の叫び、悔恨の叫びだった」とあり、この彼の「絶望」「悔恨」は、「罪への悔悛ではなくて、やり直しの利かない失敗」を示しています。そして、このような結果を引き起こしたのは、「とりも直さず彼のエゴイズムそのものであった」というのです。

すでに紹介しました新潮文庫版の「解説」で、青山光二は、石川達三がこの事件をとおして「日本の現代社会の歪みをみごとに照射した」と書き、また、賢一郎の出世のみを求める「打算的なエゴイスト」と「精神の不具」が「現代において必然的なもの」として「造形」されていると述べていますが、社会対個人の関係としては、これは少なからず問題があるように思われます。『アメリカの悲劇』の主人公クライドは、個人的な「エゴイズム」などよりはるかに強力な「社会の歪み」といってよい「アメリカの夢」に幻惑、翻弄され、破滅しました。それに対して、賢一郎は、社会意識の強かった六十年代末のわが国の学生運動のさなかにあっても、そうした運動には背を向け、「社会の歪み」というより、個人的な「エゴイズム」によってわが身の破滅を招くのです。『青春の蹉跌』には、解釈の鍵となるいくつかのキーワードが見つかりますが、その一つが、この「エゴイズム」（エゴイスト）です。そして、それとの関連で、もう一つ指摘しますと、「罠」という言葉があります。どちらも、「社会」対「個人」の関係というよりは、「個人」、あるいは「個人」対「個人」の問題です。

■『青春の蹉跌』における「エゴイズム」と「罠」

具体的に見てゆきましょう。『青春の蹉跌』において、「エゴイズム」という言葉は、登美子からの手紙を後日の証拠とならぬよう裂いて捨てるのは「彼のエゴイズムだった」という説明に始まって、少なくとも作品中二十一カ所に現われます。その他、「男のエゴイズム」「それは彼の打算であり、エゴイズムでもあった」「身辺の煩雑なものはすべて振棄てて、完全な一個のエゴイスト、むしろ純粋で透明なエゴイストになりきっていた」「エゴイズムというよりは正当防衛でもある」「彼自身の苦悩の根源は、彼自身のエゴイズムから発したもの」「それは自分のエゴイズムや貪欲さのためであって」というように使われていて、もし彼の「青春の挫折」に原因があるとすれば、それは「社会の歪み」ではなく、彼の「エゴイズム」「打算的な計算」の結果である、と繰り返し説かれます。

同じように、「罠」という言葉も頻出し（十カ所）、賢一郎が人間（個人）によって仕掛けられた「罠」に陥って破滅することを示しています。「登美子は自分にとって一つの罠だ」と思うとともに、彼は「自分が既に罠に足をからまれてしまった」とも感じます。そして、小説の結末近くでは、「何もかも、女が仕掛けた罠だった。その魅力的な肉体も、妊娠も、そしてわざと医者へ行く時期を遅らせたことも、みんな計画的に男をからめ捕るための罠だった。その罠に、まんまと引っかかってしまったのだ」と思います。伯父の娘の康子も、「罠」に思われ、「この罠は登美子と違って、富と栄誉とに飾られている」と彼は思います。また、殺害する目的で登美子を箱根に誘い出す賢一郎は、そこで口実として結婚話をもち出しますが、それは登美子に対して彼が仕掛けた「罠」だったと自ら認めます。また、次のように、わずか三行の間に「罠」という文字が五回使われている個所もあります。

結婚の相談……登美子にとってこれ以上の罠はないのだ。自分から喜んで罠の中に跳込んでしまうだろう。したがってこの罠は、最も悪辣だった。絶対に失敗することのない罠だった。江藤は電話をかけてから、自分の罪のふかさを知った。それと同時に罠の成功を信じていた。

■打算的な生き方がもたらした「青春の蹉跌」、「生涯の破綻」

このように、「エゴイズム」「罠」という言葉が頻出することからわかるように、賢一郎の「青春の蹉跌」、そして結果的に彼の生涯の破滅の原因となるのは、現代社会の矛盾や歪み、つまり賢一郎の友人の「左翼学生」たちが批判する現代の資本主義社会でも、賢一郎自身が反発する「愚劣な社会、低俗な社会、そして猥雑な社会」でもないのです。賢一郎は、小説の冒頭部分で「これから先の何十年〔……〕生きて行かなくてはならない」「地獄」のような社会を感じ、そのような社会で「生活を支えるための収入は、激烈な闘いによってのみ獲得される。資本主義社会は弱肉強食を当然とする社会でもある」と言って、日本の社会が「絶望的な、悪い社会」であることは一応、認めます。そして、友人三宅に「絶望的であろうが無かろうが、社会がこういうものであるのならば、この社会の中で生きて行く方策を立てなくてはならない。人生は空想ではないのだ」と言うことからもわかるように、彼は「現実主義者で妥協主義者」らしい生き方を選びます。

登美子との関係においても、「実利的な見地に立って」「冷淡な」態度を取りますが、そのように「冷淡であるのは彼の打算だった」のです。「用心深く打算的であることは、現実の社会に生きて行くための必然的な条件であった」からです。この「打算（的）」という言葉も、作品中に「彼の思考は現実的で打算的だった」「それは江藤の狡猾な打算であった」「これは一つの打算である。打算ではあるが、他人に被害を与えるような行為ではない」「康子の打算よりももっと大きな打算をやろうとした」と、十回近く繰り返し用いられています。しかし、最後はそうした「打算的」な生き方が「自分に生涯の破綻をもたらしたのだった」と、賢一郎は自ら認めることになります。彼の場合、「青春の蹉跌」「生涯の破綻」は、繰り返しになりますが、「社会」対「個人」の宿命的な対立によるのではなく、「打算的」な生き方をする人間関係から生じるのであって、非人間的な社会の圧力の下で、人間として生きる自由な選択の可能性を拒否され、「弱肉強食」の弱者として処刑の雷気椅子に送られるクライドの「悲劇」とはまったく次元を異にしています。

■わが国では、社会環境よりも個人的な家庭環境、家族のしがらみが……

「個人」的な関係といえば、『青春の蹉跌』の場合、家族の「しがらみ」として現われます。夫を亡くした賢一郎の母親は、善意からでしょうが、息子の個人的な人間関係、とりわけ女性関係に余計な口出しをして、二人の関係が険悪になることもあります。それがもっとも劇的に現われるのが、登美子との関係を心配した母親が、息子に黙って、息子との関係を断つよう彼女に送った手紙です。皮肉なことに、それが証拠となって、賢一郎のアリバイは崩れます。もちろん、母親はそうした結果を予想したわけではないが、結果的に息子の破滅を決定づけることになります。他方、小説で犠牲者となる登美子の場合、その家庭環境はさらに複雑で、彼女はそうしたこともあって賢一郎との関係に深入りしてゆくのです。小さな印刷所を経営している彼女の父は、栄子という、以前彼の「妾」だったと思われる女性を家庭に連れ込んでいます。思春期で「潔癖」な登美子は、この「いつも濃い化粧」をしている栄子に反発し、家庭の中の不潔な「性」を意識しています。

それだけでなく、経営の苦しい中小企業の社長の父は、才能を見込んだ社員寺坂と登美子を結婚させようとしているのですが、彼女はそれを「政略結婚」として反発し、家庭内で「孤独」な生活を余儀なくされています。作者石川は、こうした、ある意味では通俗小説的な登美子の家庭環境を、賢一郎の「エゴイズム」という「打算的」な生活、そして、その「破綻」の物語と並行して描きます。それに対して、『アメリカの悲劇』の犠牲者ロバータの家庭環境はそれほど詳細には描かれておらず、また、彼女の家庭環境が主人公クライドの物語に決定的な影響は及ぼしません。石川がこのように登美子の家庭環境を紹介したのは、社会環境よりも、個人の家庭の人間関係が若者に大きな影響を及ぼすと考えたからなのでしょう。そういう意味では、登美子が賢一郎とは違う男性の子供を宿していたという予想外の設定も、彼の「蹉跌」「悲劇」が日本の「社会の歪み」に起因すると考えた場合、どのような意味をもつのでしょうか。確かにこの意外な展開は、読者を驚かせ、興味を掻き立てるかもしれませんが、これが賢一郎の犯罪行為の免罪符になるとでもいうのでしょうか。これによって、作者は賢一郎に対する読者の同情を期待しているのでしょうか。この設定は、問題をあまりにも個人的な次元に矮小化する恐れを伴っているようにも思われます。

■巨大な社会の中の虫けらのような人間を描いた『アメリカの悲劇』

『アメリカの悲劇』では、人間の個人対個人という関係よりも、巨大な社会とその中の虫けらのような人間という関係が描かれます。というよりは、社会は高層ビルが立ち並ぶ大都会の日暮れ時として描出されます。大都会なので数十万の人間が住み着いているはずですが、目に入るのは、個別的な人間ではなく、そびえたつ高層ビルの間の谷間のような大通りを疾走する路面電車や自動車、舗道を黙々と歩いてゆく群衆だけ。そして、その大通りに、聖書と讃美歌集と手回しオルガンを持ったグリフィス一家の六人が姿を見せる。次の引用を見てください。きわめて印象的な『アメリカの悲劇』の書き出しです。ドライサーの英文の例として、あえて訳文をつけず、原文で引用しておきます。

Dusk—of a summer night. / And the tall walls of the commercial heart of an American city of perhaps

400,000 inhabitants—walls as in time may linger as a mere fable. / And up the broad street, now comparatively hushed, a little band of six .... / Crossing at right angles the great thoroughfare on which they walked was a second canyon-like way, threaded by throngs and vehicles and various lines of cars which clanged their bells and made such progress as they might amid swiftly moving streams of traffic. Yet the little group seemed unconscious of anything save a set purpose to make its way between the contending lines of traffic and pedestrians which flowed by them.

一部省略してありますが、「日暮れ」時、高層ビルの「壁」、そして、峡谷のような通り。そして、そのような大都会の谷間を確固たる目的をもって歩いてゆく街頭伝道師グリフィス一家。主人公クライドの短い生涯の背景は、すべてこの最初のページに現われています。

■すべては日暮れ時、建物の壁が運命のように迫る

ドライサーが意識していたかどうかわかりませんが、クライドがロバータの殺害を計画するのも、湖上で彼女を殺害するのも、彼が逮捕されるのも、処刑されるのも、すべて、日暮れ時です。またライカーガスの工場でも、最後の刑務所でも、建物の壁は、運命のように、彼に迫ってきます。そこにはほとんど人影はありません。最後に、クライドが収容される刑務所の死刑囚監房も同じで、そこの看守たちは、人間であるにもかかわらず、死刑囚を電気椅子のある処刑室に通じるドアにただ追いたてる鉄の機械であり、ロボットでしかないのです。それに対して、『青春の蹉跌』の結末で、江藤賢一郎は殺人容疑で逮捕され、警察署で取り調べを受けますが、

その「警察署は新しく建て直したもの」で、「黄色いモルタルの明るい建物」と描写されます。取り調べにあたった刑事は、一応、「冷たい石のように押し黙っていた」と描写されはしますが、最後は「手をあげて江藤の肩を静かに叩(き)」、「もういいよ。解ったよ。できてしまった事は仕方がない。お前も可哀そうな男だ。何とか早く気持ちを入れかえて、立ち直ることだな。それしか無いだろう。諦めが肝腎だな」と声をかけます。人情刑事の言葉としてわからなくはないですが、これでは、それまでの賢一郎の人生は一体何だったのでしょう。そして、賢一郎は登美子を妊娠させた男にこだわって、その男を「捜して、会わせて下さい」と刑事に頼みます。これで小説は終わるのですが、解説の青山が言うように、もしこの小説の主題が「日本の現代社会の歪みを［……］照射(する)」ことであるとしたら、この結末はいささかお粗末ではないでしょうか。

■日米文化の違いを浮き彫りにする両作品

私はここで両作品の優劣を問題にしているのではありません。影響関係を立証しようというのでもありません。『アメリカの悲劇』と『青春の蹉跌』は、新潮文庫の青山の「解説」にあるように、「筋立ての基本」はよく似ています。しかし、相手の女性の妊娠、それによって起こる殺人、そして主人公に下される裁定など、小説の細部と結末を、社会環境の避けがたい必然の結果ととらえるべきか、それとも個人的な「若い人生の挫折」「若気の至り」、つまり「青春の蹉跌」ととらえるべきか、そこに計り知れない大きな違いがあります。その違いによって、それぞれの状況で殺人を犯した二人の日米の主人公に対する、それぞれの社会の理解や反応の違いが浮き彫りになります。そこに日米文化の違いが読み取れるのです。

9

若者たちはみんなどこへ行ったのか、そして、彼らは何を学んだのか

J・D・サリンジャー『ライ麦畑でつかまえて』と、庄司薫『赤頭巾ちゃん気をつけて』

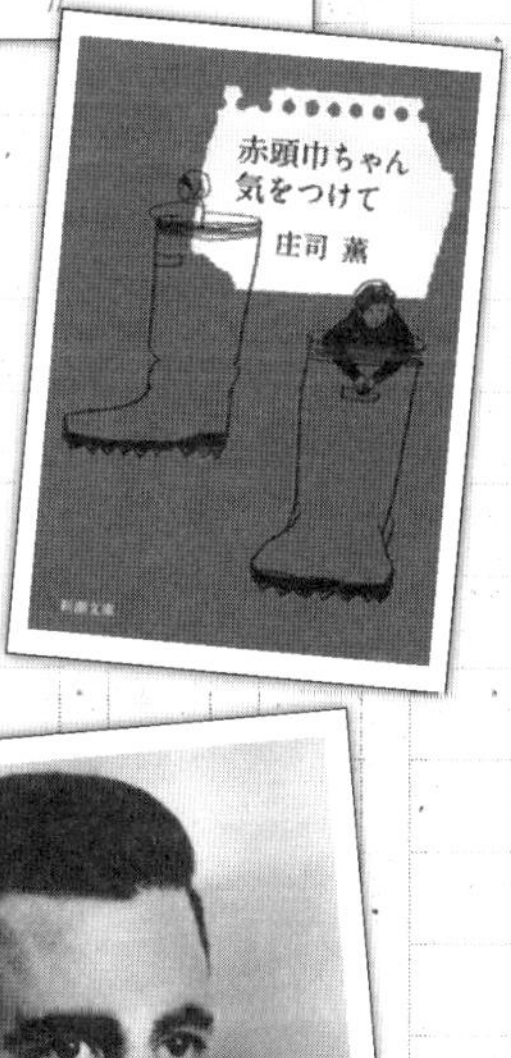

■偽善的な大人の世界に「ノー」を突きつける無垢な少年の反抗の物語

今回は、J・D・サリンジャー（一九一九―二〇一〇）の『ライ麦畑でつかまえて』（一九五一、以下『ライ麦畑』と略称）と、庄司薫（一九三七― ）の『赤頭巾ちゃん気をつけて』（一九六九、以下『赤頭巾ちゃん』と略称）を比べてみます。両者にはほとんど違いが感じられないかもしれません。「偽善的な大人の世界に『ノー』を突きつける無垢な少年の反抗の物語」と大枠でくくってしまうと、こうした世代間の対立は、いつの時代にも、どこの国においても見られる現象で、その限りでは両作品は同一の主題を扱っているからです。

それに加えて、『赤頭巾ちゃん』の舞台となっている一九六九年（「東大入試」が中止となった年）の日本と、『ライ麦畑』の舞台の一九四〇年代末のアメリカは、時間的には二十年の差があるにもかかわらず、社会状況はそれほど違いません。第二次大戦後、一九六〇年代にかけて、日本の社会はアメリカの影響下にあって、あらゆる意味でアメリカ化したといわれます。それは単に風俗面だけでなく、政治家や大企業の支配階級に対する若者の反乱といった政治的な面でも感じられます。アメリカはよくも悪くも、それほど大きな影響をわが国にあたえました。したがって、両作品が似たような印象を読者にあたえるのは当然といえば当然であって、事実、両作品に見られる共通点は、すでに多くの研究者たちによって指摘されています。

では、その共通点とは具体的にどういうことでしょうか。まず言えるのは、両小説の背景をなす家庭の崩壊や親子の関係の断絶です。これは現代の多くの小説が扱う現代社会の状況と同じで、『ライ麦畑』と『赤頭巾ちゃん』でも決定的な意味をもちます。親たちは時代遅れの教育観に基づいて、自分の子供たちに、幼稚園から大学まで、有名校に進学することを強制します。卒業後も、中央官庁ないしは大企業に就職するエリート・コースを歩むことを期待します。大人たちは、経済的・物質的なものを文化的・人間的な価値より優先させて、子供たちにも同じことをさせようとし、そして政治的には体制順応主義に疑問をもたず、ぬるま湯につかったような生活を送ります。それに対して純粋な若者たちは、そういった大人たち、とりわけ家庭で生活を共にする親たちに反発し、両者の間に断絶が生じます。

■社会の中で孤立し、疎外感に苦しむ理想に生きる若者たち

まだ社会体験をもたず、理想のみに生きる若者たち。彼らは社会の中で孤立し、疎外感に苦しみます。これは若者であれば誰もが感じることでしょう。それをサリンジャーは、『ライ麦畑』において、有名な大学進学高校を放校になって、実家にもどることもできず、三日三晩、ニューヨーク市を放浪してまわる十六歳の少年ホールデン・コールフィールドの大都会での「災難続きの冒険」(misadventures) をとおして、若者の現代社会の袋小路からの脱出の可能性を描きます。一方、庄司薫は、『赤頭巾ちゃん』で、東京の有名進学校日比谷高校三年生の自称「つまらない若者」「ショージ・カオール」が、「これからの人生」「大事な大事なもの」を見いだすまでを、これまた「災難続きの冒険」をとおして、面白おかしく語ります。「ショージ・カオール」と女友だちに呼ばれる主人公の庄司薫は、大学紛争の余波で東大入試が中止となったため、進路が定まらず、一時的に宙ぶらりんの状態にあります。

両作品には突き詰めていけばかなりの違いがあるのですが、少なくとも表面的には、現代社会に対して反抗する若者の物語として、多くの共通点が認められます。

■「インチキ」な周囲の大人たちに反発する少年ホールデン

両作品の物語の粗筋を確認しましょう。まず、『ライ麦畑』から見てゆきます。主人公は、名門大学進学校であるペンシー・プレップスクール（ペンシー校［Pencey Prep］、Prep というのは、わが国の「予備校」ではなく、むしろ私立の「進学校」です）でわざと単位を落とし、成績不良で放校になった十六歳の少年ホールデン・コールフィールド。三度目の放校処分です。彼は教師だけでなく、周囲の大人たちすべてを「インチキ」（phony）と見なして反発します。学寮でもうまくゆかず、好きな女の子ジェーン・ギャラハーをめぐって、同級生の一人ストラドレーターと衝突します。放校の通知が両親の許に届くには三日かかり、いくらか手許に金が残っているので、一人自由に三日間を過ごそうと実家のあるニューヨーク市に向かいます。

ホールデンは六フィート二インチ半の長身で、白髪さえありますが、ホテルでは子供扱いされ、酒を注文しても断られ、ホテルにたむろしている女の子たちからも相手にされません。そこで、グレニッチヴィレッジに出かけます。途中、セントラル・パークの近くを通り、池の鴨たちは冬の間どうなるのか気になり、乗っていたタクシーの運転手に質問する有名な場面があります。グレニッチヴィレッジのナイトクラブでは、鼻持ちならぬ「インチキ」な大学生や、ハリウッドで映画のシナリオを書いている兄のD・Bの昔の恋人だったと称する女性と会話を交わしますが、ホールデンの孤独感はますます深まるばかりです。ホテルにもどると、エレベーター・ボーイに売春婦の女を紹介され、彼女を部屋に入れますが、肉体的な関係を拒否し、約束の五ドルを払います。ところが、部屋に呼び込みながらセックスを拒否するとは何たる侮辱か、とその女に難癖をつけられ、約束の倍の十ドルを要求されます。彼女は一度部屋をあとにしますが、その後また彼女を取りもったホテルの男ともどってきて、ホールデンはその男に殴り倒され、その間に女は彼の財布から五ドルを奪って姿を消すという事件があります。

翌日ホテルを出て、かつての恋人サリー・ヘイズに公衆電話から電話しますが、彼女ではなく、母親が電話に出てきます。それでも何とか午後芝居劇場で会う約束を取りつけます。その後、出会った二人の修道女に底をつきつつある持ち金から十ドルを寄付したりして、ブロードウェイをさ迷って歩きますが、本当は好きなガール・フレンドのジェーン・ギャラハーか、この「インチキ」だらけの世界で唯一純粋無垢と思われる幼い妹（彼女は十歳）のフィービーに連絡を取りたいのですが、どちらもできず、午後はサリーと約束通りデートします。しかし、そのデートも、ホールデンが、ニューヨーク市のような退屈で堕落した都会から逃げ出して、田舎の森の山小屋で暮らそう、と言ったことで、最後は喧嘩別れのような形になってしまいます。その後は、昔の高校仲間に電話をして、一見洒落た酒場で酒をあおります。酔っぱらったホールデンは、セントラル・パークの鴨を見に行ったりしますが、雨が降り出し、金もなく、孤独に耐えられなくなり、妹フィービーに会いたくなって、こっそり実家に忍び込みます。

■「ライ麦畑で誰かさんが誰かさんをつかまえたら」にこだわるホールデン

幸い、両親は留守で、ホールデンは久しぶりに妹と至福の一時を過ごします。フィービーは、兄がまた放校になったことを敏感に察し、学校にもどるよう諭《さと》しますが、ホールデンは復学などせず、「西部」に出かける夢を語ります。また、将来何になりたいかを話題にして、ホールデンは、「ライ麦畑で誰かさんが誰かさんをつかまえたら」という歌があるが、そのように、ライ麦畑で無邪気に遊んでいる子供たちが走りまわって近くの崖から落っこちるのをつかまえる大人になりたいという夢を語ります。フィービーに、それはロバート・

バーンズという詩人の詩で、「つかまえたら」(catch) でなく「出会ったら」(meet) じゃないのと言われますが、彼は「つかまえたら」にこだわって、持説を曲げません。この小説は、ここから題名が取られていると思われます。

そうしているうちに、突然両親が帰ってきますが、フィービーは部屋の明かりを消し、彼が吸っていた煙草の匂いに気づくと、自分が隠れて煙草を吸っていたとごまかします。両親に気づかれずに実家を逃げ出した彼は、昔好きだった高校教師のアントリーニ先生に電話して、その家を訪れます。夜明け近い時間にもかかわらず、先生は歓迎して迎えてくれて、本当の教育とはどのようなものであるかなど、もっともらしい講釈をたれます。ホールデンはそれを聞きながら、一日走りまわって疲れてしまっていたので、そのままソファーに寝込んでしまいます。明け方、何か異様な感じで目を覚ますと、そのアントリーニ先生が彼にいやらしい行為に及んでいるのです。先生は弁解しますが、ホールデンは先生宅を飛び出し、グランド・セントラル駅の待合室で夜明けを待ちます。

■回転木馬の妹フィービーの姿に神秘的な「顕現」の瞬間を体験する

夜が明けると、彼はフィービーの小学校へ行って、放課後、メトロポリタン美術館で会いたいというノートをこの妹に残します。その時、学校の壁など、いたる所に "Fuck you" という卑猥きわまりない落書きがあることに気づき、世界全体が「性」に汚染されつくしているとホールデンは感じます。フィービーは美術館にスーツケースを持って姿を見せます。前の晩、兄が「西部」に出かけると言ったのを真に受けて、そこに一緒に行くつもりでやって来たのです。ホールデンは感激しますが、連れて行くわけにもゆかず、セントラル・パークの遊園地の回転木馬のある方向に歩いて行くと、フィービーも後からついてきます。ホールデンは妹を回転木馬に乗せてやります。すると、彼女は、この世界の穢れ、残酷さ、無意味さ、そういったものすべてを超越し、幸せそのものといった表情を見せていつまでも回転しています。その幸せそうな姿を見たホールデンは、それで世界の矛盾がすべて解消し、個人的な悩みも苦しみも一挙に吹き飛んでゆく神秘的な一瞬を、いわゆる「顕現」(epiphany)の瞬間を体験します。この小説のクライマックス、作品の事実上の結末の瞬間が訪れたのです。このあと、彼はこの自伝的な物語を「西部」カリフォルニアのある精神病院で書いていることを明らかにし、学校に復学するかどうかという質問には、その時にならなければわからない、ずいぶん厭らしい「インチキな」連中のことを語ってきたが、そうすることで、自分はなぜか彼らを憎めなくなったと告白し、この放浪の物語を終えるのです。

随分詳しい紹介だと思われる方もいるでしょうが、『ライ麦畑』は「偽善的な社会に対する無垢な若者の反抗の物語」と簡単にはいえない、さまざまな要素を含んだ小説であることを理解してもらうために、あえて詳しく紹介しました。

■大学入試が中止となり、宙ぶらりんとなった「ショージ・カオール」君

続いて、『赤頭巾ちゃん』を見てみましょう。こちらも単なる「若者の大人に対する反抗の物語」ではありません(もちろんそのような要素はありますが)。すでに紹介したように、主人公は作者の名前「庄司薫」(これはペンネームで、本名は福田章二です)と同じで、東大受験を三月に控えた、彼に言わせますと、「悪名高い」日比谷高校の三年生です。ところが、例の大学紛争で入試が中止となり、宙ぶらりんの状態になっています。

彼は自分の家族、付き合っているガール・フレンドの由美、高校の同級生、さらには日本の資本主義体制に背を向けて革命を夢見る政治的な活動家学生、そして「つまらない若者」だという自分自身にも目を向けて、この時代、どのように生きればよいのか、どのような生き方が可能であるか、予想もしなかった事件や体験をとおして模索します。

その年の二月の数日間に起こったことを、「ショージ・カオール」は、ホールデン同様、日常口語の饒舌体の一人称でユーモラスに語ります。彼は前日、愛用の万年筆をどこかで落とし、十二年間飼っていた愛犬ドンには死なれ、さらには廊下でスキーのストックを蹴った拍子に左足親指の生爪をはがすという災難に遭い、外へは不格好な長靴をはいたダサイ恰好で出るしかなくなっています。そうした中、ガール・フレンドの由美がテニスをしていると聞いて、彼女のいるテニスコートまで、痛みをこらえて自転車で行き、そこで彼女に大学進学をあきらめたこと、愛犬ドンが死んだことを報告しようとします。ところが、由美は薫に会おうとせず、彼が自分に会いにきたことすら無視しようとします。それで思わず薫は、「あいつめ、覚えてろ、[……]絶対に絶交だ」と呟きます。

■「すごい美人の女医」に誘惑されて「身動き」一つできなかった優等生「カオール」君

その後、「本日休診」という看板の出た病院へ行き、「急患」ということで受け付けてもらいますが、現われたのは「イカレたような[……]すごい美人の女医」で、白衣の下には何も着ておらず、「白い裸の胸とむき出しの乳房」が薫には「眩し」く、彼女はあからさまに性的に挑発しているように思われますが、彼のほうは「身動き一つ、彼女の髪の毛を撫でることさえできなかった」ということになります。この事件だけからではないが、薫は自分を「お行儀のいい優等生で、将来を計算した安全第一主義者で、冒険のできない卑怯な若者で、きざな禁欲家で、自分の欲望に不正直な偽善家で、いい子になりたがる俗物で、時代遅れのスタイリストで、非行動的インテリの卵で、保守反動の道徳家でetc etc etc」という自己判断、自己韜晦を示すことになります。

■「資本主義体制」でなく、すべてが相対化された「情報化社会」に反抗

家に帰ると、苦手にしている「教育ママ」「PTA的奥さん」の典型であり、「縁結びの好きな」本田夫人が「真赤なコロナ」で来ていて、彼は自分の部屋の中で「遭難」状態に陥ります。そこへ高校の同級生（彼らは「芸術派」と「革命派」に二分されるのですが）の一人小林がやってきて（小林は「芸術派」です）、彼と現代芸術や現代社会について学生らしい議論を交わし、自分たちが本当に対決しなければならない「敵」は、東大卒の正統派である「保守的体制エリート」ではなく、「マーク」しがたい「時代の流れ」であると感じます。その「時代の流れ」は、「狂気の時代」でもあり、「ウサンくさく」思われ、薫は「昭和元禄阿波踊り」と呼ぶこの時代の仲間に入ることを拒絶すると宣言します。これは重要なところで、結局彼が反抗しているのは、資本主義体制だとか、保守的な政府というものより、すべてが相対化されているような現代の情報化された社会、すなわち敵がどこにいるのかさえ判然としない「情報化社会」なのです。薫はそれに直観的に気づいています。そして、自分のそうした「ささやかな抵抗」が、ともかく「俺の最後の誇りだ」とさえ言います。

■可愛い女の子に怪我した足の親指を踏まれ、「顕現」の一瞬を体験

その晩、銀座に出かけた薫は、「青春の情熱」を発散させているヘルメット姿の「全学連の学生」たちや、「幸

福で屈託ない」様子の一般の家族や恋人たちに、言うに言われぬ「苛らだたしい反撥」を覚え、「吐き気のような不快感」に襲われます。しかし、次の瞬間、予想だにしなかったことが起こります。誰かに生爪のはがれた左足の親指をいやというほど踏みつけられたのです。その痛みは「左足親指の先から背筋を貫通して頭のてっぺんまで串刺にされたような痛み」で、彼は気が遠くなってしまいます。そして、気が付くと、彼をそのように踏みつけたのは「黄色いコートに黄色い大きなリボンをつけた小さな女の子」で、彼女は彼を見上げて、精一杯微笑み、その頬っぺたには「柔らかな笑窪」が現われています。それでもう十分でした。死にそうに痛む足にもかかわらず、薫はその女の子に精一杯の笑顔を作って見せます。そしてその瞬間、まるで恋人同士であるかのように、おたがいの気持ちが通い合うのです。

■ 無邪気な赤頭巾ちゃんに「気をつけて」と言われる主人公

彼女は「赤頭巾」の本を買うために走ってきて、彼の足を踏むことになったようで、二人は本屋へ行き、一緒に本を選びます。その後、その女の子は、買った本をもって母親のところにもどって行きますが、彼女が赤信号を無視して走りそうなのに気づいた彼は、思わず「気をつけて」と叫びます。これが標題の出所ですが、薫はその時、彼女のほうも振り返って「あなたも気をつけて」と言ったような気がしたと言います。「気をつけて」というのは、ただ一方的に「赤頭巾ちゃん」だけでなく、彼のほうにも向けられており、年上の彼はこの無邪気な女の子に気遣われているのです。彼女の後姿を眺めながら、薫は「突然何かが静かに、でも熱く熱くぼくの胸の中に溢れてきた」ことを感じ、「行きかう人びとのざわめき」、恋人たち、デモの学生たち、年老いた夫婦、子供の手を引いた「パパとママ」たち、「すべての人たちすべての光景」がこれまでと違ったように見えてきて、その「ざわめく街角のまん中で、静かにひっそりと、でも誰よりもしあわせに喜びに溢れて、いつまでもいつまでも立ちつくしていた」と言います。妹フィービーの姿に「顕現」を感じた『ライ麦畑』のホールデン同様、薫もこの時に典型的な「顕現」の一瞬を体験したのです。

薫は、それまで、「ぼくは何を我慢して頑張っているのだろう？　この昭和元禄安波踊りの時代に、［……］この『狂気の時代』に」と思っていましたが、この体験をきっかけに「犬死するわけになんていかない」と思い直し（この「犬死」という言葉は何度もこの小説に現われます）、由美を「誘い出し」、彼女に大学進学をあきらめたこと、飼い犬ドンが死んだことを伝え、その一日に起きたことすべてを思い出し、そうしたことが、自分に「何かを教え知らせ贈り物にしようとでもしている」ように思われてきます。彼は「とても嬉しかったんだ」と呟き、最後に「みんながやさしい気持ちになってお花を摘んだり動物とふざけたりお弁当をひろげたり笑ったり歌ったりできるような、そんなのびやかで力強い素直な森のような男になろう」と言って、物語は幕を閉じます。

■『ライ麦畑』と『赤頭巾ちゃん』に共通する小道具

『ライ麦畑』と『赤頭巾ちゃん』の粗筋を少し詳しくまとめましたが、両者の関係はどうなのでしょうか。推測でしかありませんが、もし『ライ麦畑』という先行作品がなかったら、『赤頭巾ちゃん』という小説はたぶん書かれなかっただろうと思われます。粗筋の基本が何となく似ているというだけでなく、小説を特徴づける饒舌体口語の語り口、具体的な場面が、偶然というにはあまりにも共通するからです。そうしたところを次に見てみましょう。

『赤頭巾ちゃん』は、女友だちに電話をすると、「必ず『ママ』が出てくる」という話から始まっています。そのような状況はすでに『ライ麦畑』に描かれていて、ニューヨークに着いたホールデン少年は、ペンシルヴェニア駅の電話ボックスから妹のフィービーや、昔の女友だちサリー・ヘイズに電話しようとしますが、電話に母親が出るのを恐れてあきらめています。『赤頭巾ちゃん』にも、電話が小道具としてしばしば使われています。そうしたことが、第一の共通点として指摘できると思います。

■若者の運命を決定する主観的な一瞬の「個人的な体験」

第二には、こちらのほうがずっと大事なのですが、すでに紹介した両作品のクライマックスをなす「顕現」体験です。『ライ麦畑』の幕切れで、回転木馬に乗って無心に回転するフィービーの姿を眺めているホールデンは、突然、降り出した雨にずぶ濡れになりながら、「僕は突然やけに幸せを感じちゃった」(I felt so damn happy all of a sudden) と口走ります。

一方、見知らぬ女の子に生爪のはがれた左足の親指をいやというほど踏みつけられた薫も、その後、「誰よりもしあわせに喜びに溢れて」、金縛りとなってただその場に立ちつくします。「偽善的な大人の世界に反抗する若者の物語」といわれながら、こうした「顕現」体験を結末近くに据えることによって、この二篇の小説は、若者の運命を決定するのは、社会との関わりあいや直接的な政治行動よりも、主観的な、しかも一瞬の「個人的な体験」であることを明らかにします。薫はこれまでの自分の生活が「ふんだりけったり」であったことを冒頭三ページで認めます。また結末の数ページ前では、足の親指の手当てをする男性の医者に女の子に思いがけず踏まれたと言って、その医者に「ふんだりけったりですね」と慰められます。この「ふんだりけったり」

という表現は、この小説では、最初と最後、二度しか現われませんが、たぶん意識的に使われています。そして、彼の生活はこのように文字通り「踏まれて」痛い思いをして大きく転換するのですね。それはずぶ濡れになって、「僕は突然やけに幸せを感じちゃった」と言うホールデンと重なります。

■主人公たちにまとわりつく派手な装いをしたＰＴＡの母親たち

名門進学高校を放校になったり、大学入試が中止になったりする主人公たちにとっては、教育問題にうるさい親たちと同様、ＰＴＡの母親たちも避けて通りたい存在ですが、これがなぜか彼らにしつこくまとわりついてくるのです。しかも、そうした女性たちは『ライ麦畑』でも、『赤頭巾ちゃん』でも、やたら派手な装いをしています。これが両作品の第三の共通点です。

ペンシー校を退学させられたホールデンは夜行列車でニューヨーク市に向かいますが、空席の多い列車でそういったタイプの女性が、よりにもよって彼の隣の席に座り、ホールデンがペンシー校の生徒であることを知ると、自分の息子もそうだと言って、学校のことをしつこく尋ねます。そして、その四十代前半の女性は、パーティ帰りのように、衣裳に派手なランの花をこれ見よがしに付けているのです。

薫はテニスから帰ってくる由美に会おうと痛む足を引きずりながら歩いていると、「我が家の周囲一里四方」で「最も警戒すべき」「ＰＴA的奥さん」の一人に捕まって、テレビで見たという東大紛争の安田講堂事件を長々と聞かされます。そしてこの女性も「淡いクリーム色のコートの襟もとから真珠のネックレースをのぞかせ、羽根飾りのついた黒い帽子をかぶって」と描写されます。こうした女性は、洋の東西を問わず、似たようなところがあるのかもしれませんが、作者の庄司薫が『ライ麦畑』から細部に関して影響を受けている証拠のようにも思われます。

■年上の女性との性的体験によって性的な未熟さを露呈する主人公たち

第四点は、これこそ作者庄司薫が、サリンジャーの場面を、古い言い方をすれば、換骨奪胎、実に滑稽な事件に作り変えたとして指摘したいのですが、二人の主人公は、成熟した年上の女性との性的体験によって、ともに自分たちの性的な未熟さを露呈します。すでに粗筋で指摘しましたが、ホールデンはホテルの部屋に売春婦を呼び込みながら、いざその段になると、だらしなく行為におよぶことができません。同じように、薫も「据膳食わぬは」と思いつつも、不甲斐ない結果に終わってしまいます。

■『赤頭巾ちゃん』に「既視感」を覚える読者

そして、主題的により重要なのは、こうした体験をとおして、二人の主人公が将来なりたいと思う自分自身の姿を想像するところです。ホールデンは、終盤近い第二十二章で、「ライ麦畑で(『気が狂った(crazy)崖』から落ちてゆく子供たちを)つかまえる人」(catcher in the rye)になりたいと言います。薫も最後に、人生の戦いに傷ついた人たちが彼のことをふと思い出す「森(海)のような男」になろうというひそかな決意を明らかにします。そしてその背後にあるのが文明化以前の楽園を思わせる世界なのです。このように、『ライ麦畑』と『赤頭巾ちゃん』には、似たような時代の社会状況を扱っているとはいえ、単なる偶然とは思われない共通性が数多く認められます。『赤頭巾ちゃん』を読みながら、多くの読者は「既視感」(déjà vu)を覚えるのではないでしょうか。もちろん、それだからといって、後発の『赤頭巾ちゃん』が『ライ麦畑』の模倣にすぎないなどと言っているのではありません。

■特定時代の社会状況に制約されない「永遠の青春小説」

両作品は、「永遠の青春小説」として、若い読者の間で変わらぬ人気を保っています。『ライ麦畑』の野崎孝訳は通算二五〇万部を超えていますし、二〇〇三年には村上春樹の新訳が新しく加わりました。初版刊行から半世紀以上、あるいはそれに近い歳月が経ち、時代背景も大きく変わっています。しかし、意外なことに両作品には当時の社会背景が欠落していることで、かえって長い人気を保っているように思われます。

『ライ麦畑』が書かれた一九五〇年前後といえば、アメリカ国内では赤狩りで知られたマッカーシズムが吹き荒れ、国際的には朝鮮戦争が勃発していました。しかし、『ライ麦畑』には、そうした政治的な出来事への言及はほとんど見られません。また、『赤頭巾ちゃん』には、六〇年代の学生運動、東大入試中止、それとの関連で「ゲバ学生」「ヘルメット姿」「火焔ビン」「革命派」「国家権力」、あるいはベトナム戦争の時代だったので「米帝」「ベトナム和平」などへの言及があることはありますが、これも物語の展開を大きく左右するものではありません。しかし、こうしたことはけっしてマイナスではなく、むしろ特定の時代と関係が希薄であるがゆえに、時代がどれだけ変化しようと、いつまでも変わることなく若い読者の支持を得ることできるのです。両作品が特定の時代の特定の若者グループの抗議運動を前面に押し出した小説であるならば、とても半世紀にわたって読み継がれることはなかったでしょう。「永遠の青春小説」たるゆえんでもあります。

■「顕現」体験によって「無垢」を取り戻す「反イニシエーション物語」

こうした若者の物語は、アメリカ文学においては一つの伝統を形成しています。その出発点は、マーク・トウェインの『ハックルベリ・フィンの冒険』(一八八五)とされています。教育こそないが、既成社会に汚染されていない純真無垢な少年ハックルベリ・フィンは、奴隷制度を神も認めた神聖な制度として無条件に容認する当時の白人の大人たちに反抗し、その非人間性を暴露しますが、このアメリカ文学特有の若者の物語は、一つには自己満足に陥った大人の世界に対する批判・反抗という形を取ります。そういう意味では、主人公の内面の変化というよりも、社会との対決が中心主題となります。『ライ麦畑』もそのような若者の物語の二十世紀版と見なされてきました。『赤頭巾ちゃん』もそうで、究極的には、学生運動の背後にある「独占資本と結託した政府権力」に「ノー」を突きつける若者の反抗と見なすこともできるでしょう。

ところが、両作品とも、素直に読めば、保守反動的な社会を真正面から批判し、それに反抗するというよりは、そうした状況の中で主人公の内面に生じる変化により大きな重点が置かれています。それは当然でもあるのです。というのは、マーク・トウェイン以来のこうした若者の物語は、若者の抗議小説であると同時に、「イニシエーション」といわれる「成長の物語」になっているからです。この「イニシエーション」は、本来は、無知で純粋な若者が、現実社会でのさまざまな体験(大人たちの打算的な生き方、偽善性や残虐性、何よりも性的な関係)をとおして、大人の醜い現実の姿を認識し、それをいわば必要悪として受け入れ、彼らの世界に入ってゆく(それが成長とされる)ことです。しかし、特にアメリカでは、むしろ社会的にすでに汚染された若者が、汚れのない自然の中での超日常的な「顕現」体験などによって、本来の「無垢」(innocence)を取りもどす過程と捉えられています。もし伝統的な「イニシエーション」が大人の世界への参入であるとしたら、アメリカの文学に描かれるのは、ある意味「反イニシエーション」(counter-initiation)であり、「退行」現象なのです。両作品は、最終的に、この退行的な「顕現」体験に基づいて解釈されるべきだと思います。すべてはこの神秘的な一瞬に収斂しているのです。

『ライ麦畑』は、一時期、冷戦下の五〇年代アメリカ社会に対する若者の反逆の物語として読まれていました。しかし、こうした読み方は、六〇年代、アメリカがベトナム戦争の泥沼に陥り、国内的には、反戦運動や黒人の公民権運動、女性解放運動などが熾烈化するにつれて、「現代的な意味」(relevance)を失い、ホールデンの反抗、社会批判は、所詮、恵まれた「お坊ちゃん」の麻疹《はしか》のような一過性のものにすぎないと見なされました。六〇年代以降のアメリカの大学生たちは、ジョーゼフ・ヘラー、ケン・キージー、カート・ヴォネガットといった社会に根源的な「ノー」を突きつける作家に共鳴したのです。

『赤頭巾ちゃん』の薫も、学生運動に興味がないわけではないが、「革命派」の同級生からは距離を置き、友人「小林」から「ウサンクサイ日和見だとかへっぴり腰の心情三派だとか［……］お行儀のいい優等生」だといわれます。本気になれば「政府でも国家権力でもひっくり返（せる）」と思う時もあるが、「そんなこともどうでもいい」と思ってしまうのです。薫は自分の部屋に閉じこもって、自分が「この非人間的受験競争を生んだ社会体制に反抗もしなければ悩みも見せない呆れた若者」だと思うこともあります。

しかし、若者の社会に対する「反抗」は、何も「ゲバ棒」を振り回したり、「アジ演説」によって仲間の学生を「反体制」行動に駆り立てたりすることだけでなく（薫はそのくらいのことは自分にだってできると言っています）、むしろ、個人の根源的な内面の意識改革ではないでしょうか。薫は銀座の大通りで仲間の「逮捕学生支援のための資金カンパ」をしている「カッコいい」学生たちに、確かにある種の「反発」を覚えています。

日本社会の「僕をとりまくすべて」に抑えがたい「憎悪」も感じます。しかし、その「憎悪」によって薫は行動に駆り立てられることはないし、「反発」が自分の中でいつしか「激しい怒りと敵意と復讐を誓う怨念のようなもの」に変わってゆくのを意識します。「反抗」は直接的な「行動」ではなく、「怨念」として現われるのです。

■ 個人の「意識改革」によって社会に「反抗」

社会体制（大人の世界）に反抗する若者の物語は、時代や国籍を問わず、数多く書かれていますが、それには、二つのタイプがあります。一つは特定の事件をモデルに、それに抵抗する若者たちの「闘争」を歴史的に再現します。それに対して第二のタイプは、背後に特定の事件があるにしても、それを超えた社会対個人の問題として一般化します。前者のほうが具体的な事実があり、論点がはっきりしていて、ある意味では、作者の意図や主張を理解しやすい面がありますが、時代の変化とともに、その今日的な意義は急速に色あせてゆきます。それに対して後者は、歴史を超えた普遍性をもち、時代が変わっても、「永遠の青春小説」として読み継がれます。『赤頭巾ちゃん』は、東大入試を不可能ならしめた六〇年代の大学紛争を一応背後に意識させますし、さらにその背後には大学紛争を引き起こしたわが国の教育制度や官僚制度、さらには資本主義体制の存在も意識させます。しかし、この小説は、それを真正面から批判・攻撃する硬直化した語りを意識的に避けて、もっぱら語り手の数日の「災難続きの冒険」をとおして、ユーモラスに「時代の流れ」なるものを明らかにしてゆきます。だからこそ、半世紀たった現在の若い読者も、自分たちの問題として、薫の物語に共感を覚えるのです。

■若者の「反抗」に微妙な影響を及ぼす文化的背景の違い

これまで、どちらかといえば、『ライ麦畑』と『赤頭巾ちゃん』の共通点を主に指摘してきましたが、この両作品に何か相違点があるのでしょうか。もちろんあります。その第一は、主人公がどちらも饒舌体で自分の物語を語っていますが、その彼らが、どこで、どのような精神状態でその物語を語っているかということについての違いです。ホールデンは最終章で、「病を患《わずら》って」(I got sick)、現在は病院に入っていることを明らかにします。「病院」とは言わず「ここ」(here) と言っていますが、そこに「精神分析医」(this one psychoanalyst guy) がいることから (この this は初出でありながら、聞き手がすでに知っているものとして不定冠詞の代わりに使い、語り手の相手に対する馴れ馴れしい態度を示します。『ライ麦畑』には頻出し、翻訳ではなかなか訳出できない、彼の語りの特徴となっています)、「ここ」が精神病院であることは間違いないでしょう。そしてこれだけ長々と喋っていながら、自分でもそれがどういう意味をもっているのか、よくわからない、と言います。しかし、これだけ喋ると、以前は大嫌いだった「インチキ」な連中すべてが何となく懐かしく思われてくると言い、そこにある種の和解が生じています。

それに対して、薫のほうは、由美と和解し、この数日の事件、「あの女医さんの柔らかく揺れる乳房」「おしゃべりな奥さんの帽子の羽根」「銀座で見かけた恋人たち学生たち」「カナリアみたいに[……]駆けて(った)」「女の子」などすべてが、彼を取り囲み、彼に話しかけ、微笑みかけ、『言葉にならない [……]』何かを教え知らせ贈り物にしようとでもしている」ように感じ、そうなったことが「とても嬉しかった」と認めます。ホールデンのように、精神的に不安定な様子はまったくみられません。そして、「森のような男」になりたいと思うとともに、この体験が彼の「これからの人生で」「大事な大事なもの」になるだろうと言います。「人生なんて

［……］結局は馬鹿ばかしさのまっただ中で犬死（する）」だけだと思っていた以前の彼とは、すっかり変貌しています。さらに精神病院で昔の友人たちを思い出し、彼らが懐かしく思われ、また会いたくなったと言うホールデンとは対照的に、薫の場合は、過去に彼と関係のあった人たちが彼に語りかけ、彼はそれに感謝します。この違いは何を意味しているのでしょうか。家庭環境、日米の文化的な背景、時代の違い、そういったものが、若者の「反抗」「イニシエーション」の物語に微妙な影響を及ぼしているのでしょうか。

刊行後四十三年後の二〇一二年、『赤頭巾ちゃん』は新たに新潮文庫に収録され、作者庄司薫は三つの「あとがき」を添えています。また、それに先立つ一九七一年の『狼なんかこわくない』と題したエッセイ集のⅢ章「十年の後」で、『赤頭巾ちゃん』の執筆事情や主題などを語っています。私は基本的に、文学作品の解釈・評価は、後知恵でもありうる作者の意図によるのではなく、作品そのものの精読に基づくべきだという立場を取りたいのですが、一点だけ、庄司薫がそこで述べているわが国の若者にとっての「純粋さ」と「誠実さ」と、アメリカの若者の「無垢」を比較し、そこに感じられる対照的違いを考えてみたいと思います。

庄司薫は、同書の「若さという名の狼について」と題したⅡ章の「『最高を狙う』困難」で、人間にとっての「純粋さ」と「誠実さ」を六項目にまとめて説明しています。この六項目を三点に要約しますと、（一）この「最高の」「価値」は、人間に「生まれつき与えられたもの」ではなく、人生の「持久戦」の中で「戦いとらねばならぬ無限の到達目標である」、（二）その「持久戦」を戦い抜くには、強い「現実的な力」（社会経験でしょうか）が必要である、（三）しかし、そうした「現実的な力」で「持久戦」に勝利しても、その過程で他者を傷つけ、それによって自分の「最も人間らしいもの」（「純粋さ」と「誠実さ」でしょうか）を「喪失」することもある、となります。

庄司は、こうした人間的な「最高」の「価値」を獲得するためには、それとは反対の現実的な判断や行動が必要となり、その過程で矛盾した逆説的結果を得ることもあると言うのです。これは『赤頭巾ちゃん』というよりは、第一作『喪失』について述べているところですが、『赤頭巾ちゃん』の薫も、不純で、堕落した、不誠実な社会に抵抗する拠り所として、人間の最高の価値、「純粋さ」「誠実さ」を獲得するために、社会と「比較競争関係」「複雑で困難な戦局」に入らざるをえなくなります。そして、その「純粋さ」「誠実さ」を勝ち取ったとしても、現代の政治や教育制度、大人たちの打算的な生き方や偽善、そして性的混乱などと対決しようとするわけですが、その結果、彼は一体どうなるのでしょう。

■日本の若者の「純粋さ」「誠実さ」とアメリカの若者の「無垢」

この若者の「純粋さ」「誠実さ」は、アメリカ文学で扱われる若者の「無垢」(innocence)と同じでしょうか。『ライ麦畑』のホールデンは「無垢」な若者といえるのでしょうか。

ここで、この「無垢」についておさらいをしておきましょう。アメリカでは、「無垢」な若者の目をとおして、人間本来の「純粋さ」「誠実さ」を失った社会を批判する文学が数多く書かれてきました。マーク・トウェインの『ハックルベリ・フィンの冒険』はその代表であり、そうした面から書かれた研究書が、たとえば、『無垢な目――マーク・トウェインの想像力における幼年時代』(*The Innocent Eye: Childhood in Mark Twain's Imagination.* 一九六一)など、多数書かれています。そうした研究書によりますと、この「無垢」という性格は、人間に本来的に備わっているものであって(天使を思わせる幼子を考えてみてください)、庄司薫が言う「到達目標」として、若者が成長の過程で獲得するようなものではありません。

そして、この「無垢」は、社会生活において、また成長とともに、必然的に失われてゆきます。「楽園喪失」の神話が示す通りです。成長するということは、結局は生まれもった「無垢」を喪失し、汚れた大人の世界に参入すること、より具体的にいえば、自分とは違った他者の存在を意識し、そうした他者と共存するために自らを欺き、妥協し、また自分の存在に懐疑的になることを意味します。つまり、過剰な自意識によって直観的な判断が失われてゆくといってよいでしょう。いずれにせよ、人間はみな生まれついた「無垢」な時代から大人の世界に「堕落」してゆくのです。これは人間の避けがたい宿命なのでしょうが、ある瞬間、それが突然、日常生活を超越したある神秘的な体験によって、奇跡的に解消するのです。そしてそれまでの古い自分が、一瞬のうちに消滅し、「無垢」なる自分の再生（rebirth）を実感します。その生まれ変わった新しい人間は、幼児の「無垢」な目で世界を見直すことになります。

■幼い女の子の「無垢」によって、突然、幕を閉じる若者の「成長」の物語

このように見てきますと、自意識に悩まされ、他人の一挙手一投足に神経をすり減らし、精神的に不安定となったホールデン、そして何かと周りに気を使う薫は、「純粋さ」「誠実さ」を特徴とする幼年時代の「無垢」を失っていない若者とはいえないように思われます。もし周囲に余計な気配りをしない、余計な正邪善悪の価値判断などに拘束されない「純粋」「無垢」な人間がいるとしたら、それはホールデンの幼い妹フィービーであり、カナリアのような「赤頭巾ちゃん」でしょう。どちらも、小説の結末近くで、主人公たちに決定的な変化をもたらします。しかも、この「純粋」「無垢」な女の子たちは、自分たちがそのような影響を及ぼしているなどとは、まったく意識していません。それが「無垢」であることの何よりの証拠なのです。ホールデンは

その瞬間「やけに幸せ」（so damn happy）に感じたと言い、わずか五、六行に（so）damnというタブー語を四度も使って、この体験の異常さを強調します。同じように、薫も、右足の親指を踏みつけた見知らぬ女の子の無邪気さに、いつまでも「幸せ」を感じて立ちつくします。二人とも、無垢な幼い女の子の「無垢」によって生まれ変わった、といってよいでしょう。

この「顕現」体験の場面は、物語の展開、因果関係からすると、必ずしも必然性をもたず、ギリシア悲劇の「機械仕掛けの神」（deus ex machina）のように思われるかもしれません。しかし、必然的でなく、突発的であるということはまさに「顕現」の最大の特徴であり、必然的な「成長」ではなく、突然の「変身」によってこの若者の物語を閉じるのは最善の選択だったと思われます。ことにサリンジャーは、「ド・ドーミエ＝スミスの青の時代」（一九五二、『ライ麦畑』の翌年発表）などにおいて、こうした体験を効果的に使っています。庄司薫が『赤頭巾ちゃん』の結末にこの特異な体験を描いたのは、やはり『ライ麦畑』の影響なのでしょうか。

両作品が主人公たちのそれまでの反抗体験の展開の必然性を無視、あるいは否定し、関係のない事件でこの物語を終わらせていることに、何か肩すかしを食らったように感じる読者もいるかもしれません。しかし、文学は本来、政治的マニフェストでも、倫理学の教科書でも、単なる「ハウツー」ものでもなく、人生のあり方そのものの根源的な変革を目指します。しかも既存の伝統に基づく保守的な者たちの視点からではなく、未来を志向する者たちの柔軟な視点から、それを目指します。その結果、特に若者を主人公とした文学作品は、硬直化した既成の文体ではなく、日常口語の饒舌的な文体で書かれることになります。『ライ麦畑』も『赤頭巾ちゃん』も、ある意味では締まりのないゆるやかな文体で書かれています。表面的にはやさしさにみちていますが、根底には既成文化に妥協しない若者のしたたかさや強さが感じとれます。

■硬直化した「抗議小説」には見られない「強さに支えられたやさしさ」

最後に、個人的なことを申しますが、私は以前から両作品に関して、庄司薫が芥川賞受賞の「感想」で述べたような、「強さに支えられたやさしさ」を感じていました。そこで庄司薫は「みんなの幸せを考えること、そしてそのためには強さに支えられたやさしさとでもいうべきものを育てること」が作品の基本的なモチーフだったと言っています。庄司が言うこの「みんなの幸せ」が何であるかはいま一つはっきりしませんが、読者は自分なりにそれを特定化してゆけばよいのでしょう。この「やさしさ」「強さ」という矛盾した語り口によって、『赤頭巾ちゃん』は、特定の社会問題を糾弾する硬直化した「抗議小説」にない魅力をもつことになったのだと思います。小説の背景はベトナム戦争と重なっていて、その限りでは、「みんなの幸せ」というのは「戦争のない時代」や反戦につながってゆくのでしょうが、そうした時代背景をあまり明確にしないほうが、小説として長い生命をもつことになるのです。

■若者たちはみんなどこへ行ったのか、そして何を学んだのか

そこで思い出したのですが、『ライ麦畑』出版の一九五一年と、『赤頭巾ちゃん』出版の一九六九年のあいだの一九五五年に、アメリカでは、「花はどこへ行った」（Where have all the flowers gone?）というフォークソングが広く歌われていました。これはアメリカのフォークソングの父と言われるピート・シーガーが一九五五年に歌った曲です。必ずしも反戦歌として書かれたわけではなかったようですが、ベトナム戦争が泥沼化していった六〇年代になると、時代を象徴する反戦歌として全世界に知られるようになります。ところが、この曲には、はっきりとした反戦メッセージは出てきません。「兵士たち」（soldiers）、「墓場」（graveyards）という

言葉は出てきますが、それだけです。スタンザの最後で“When will they learn?”（彼らはいつ学ぶ？）と歌われますが、何を学ぶのか、これもはっきりしません。すべての解釈はこの曲を歌う人たちに、聴く人たちに任されているのです。もちろん、誰もが「戦争の愚かしさ」を目的語として補っていたのでしょう。

『ライ麦畑』も、『赤頭巾ちゃん』も、「花はどこへ行った」同様、反戦のメッセージは前面に出てきませんが、読者はそうした反戦や「みんなの幸せ」を願う、祈りのメッセージを読みとっていたのではないでしょうか。繰り返しになりますが、特定の問題を前面に押し出していないからこそ、読者は自分なりの問題意識をもってこの二作品を読んだのでしょうし、時代が変わっても、それが今も続けられているのだと思います。

それにしても、小説の中に現われる子供たちは、そしてこの二冊の小説を読んだ無数の若者たちは、どこへ行ったのでしょうか。いま何をしているのでしょうか。そして、彼らは一体何を学んだのでしょうか。

10

「夢」と「記憶」のはざまで

アメリカ文学と村上春樹

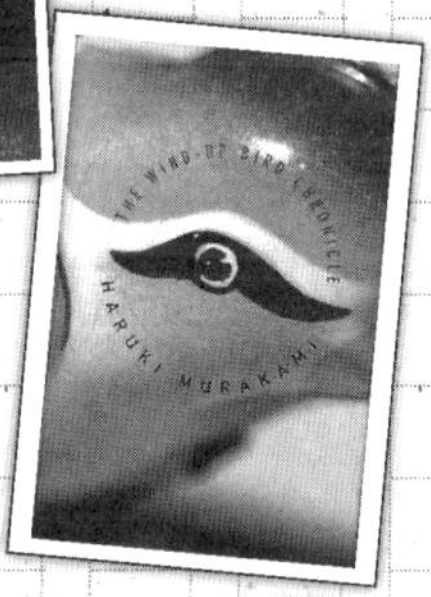

■二国間の文学者の新しい影響関係を感じさせる村上春樹

現代のように、ボーダーレス化した世界において、二国間の文学者の影響関係はどのようになっているのでしょうか。アメリカ文学は、以前にもまして、わが国の文学者に大きな影響をあたえているように思われます。しかし、それは、本書でこれまで指摘してきたように、わが国の作家が、アメリカ文学の特定の作家の特定の作品に触発され、主題、物語の展開、あるいは登場人物の人間関係を日本の社会に置き換え、共通性をもちながら、あくまでも日本の小説として独自性を示す、そういった影響関係ではなくなっているように思われます。そして、そのような新しい方向性を感じさせる作家の一人が村上春樹（一九四九－　）で、彼は十代の頃からアメリカ文学に親しみ、それが全体として彼の創作活動の背景をなしているように思われます。村上自身そのように言っていますし、丸谷才一も『群像』新人賞を受賞した彼のデビュー作『風の歌を聴け』の選評で、そこにいち早くアメリカ文学の影響を感じとっています。それだけでなく、『風の歌を聴け』の終わりで、村上自身、アメリカの小説家「デレク・ハートフィールド」に出会わなかったら、小説家にならなかったとまでは言わないまでも、今の自分とは違った小説家になっていただろうと言っています。村上の読者であれば当然ご存じでしょうが、「ハートフィールド」、架空の作家のようですが、そういったアメリカの作家が彼の背後にいること、これは疑いようのないところでしょう。

それだけではありません。さらに村上は、多くのインタビューで、自らのアメリカ作家との繋がりを語っていますし、批評家や研究者も、その背後にいると思われるアメリカ作家の影響を指摘しています。今さらおさらいする必要はないでしょうが、Ｆ・スコット・フィッツジェラルド、Ｊ・Ｄ・サリンジャー、レイモンド・チャンドラー、そして、彼がその作品のほとんどを翻訳しているレイモンド・カーヴァーです。また、彼は、トルーマン・カポーティ、カート・ヴォネガット、ドナルド・バーセルミ、ジョン・アーヴィング、リチャード・ブローティガンなど、二十世紀後半から現在にいたる新しいアメリカの作家たちとの出会いを自分の文学の背景として語ってもいます。「村上春樹とアメリカ」を標題の一部とする研究書も何冊か出版されています。こうして、彼とアメリカ（文学）の影響関係はいまさら問題にするまでもないように思われるかもしれません。

■アメリカ文学に影響されながら日本人の物語を書く小説家

しかし、これまで本書でアメリカ文学とわが国の九人の小説家の影響関係を探ってきた私からしますと、日本の読者および研究者が、アメリカとアメリカ文学をどのように理解しているのか、いま一つはっきりしないところがあります。日本の読者は、村上の作品に、アメリカの作家たち、たとえばいま言ったフィッツジェラルド、ヴォネガット、アーヴィング、カーヴァーなどの影を認めますが、フィッツジェラルドとヴォネガットはまったく性格の違った作家です。英国のディケンズの再来とさえいわれた長篇小説家アーヴィングと、ミニマリストの短篇小説家カーヴァーは、作風的にいえば両極端の存在です。そうしたさまざまな性格をもったアメリカの作家の影響を受けたという村上春樹。そうなると、彼は特定のアメリカ作家の特定の作品に影響されたというよりは、アメリカ文学全体の性格や特徴に、何か日本文学にないものを感じたのか、あるいは逆にそうしたアメリカ文学に、とりわけその現代の文学に、わが国の社会や文化と共通するものを感じ、それを自らの作品に取り込み、アメリカ文学を連想させる作品を書いているのかもしれません。つまり、村上は日本を舞台に日本人の物語を書いていますが、日本の社会そのものがアメリカ的になっているため、結果的にそのような印象をあたえるのかもしれません。

私は村上の専門研究者でなく、アメリカ文学の研究者として、十九世紀アメリカ文学とともに、今世紀の新しいアメリカ文学にも目を向け、同時にわが国の新しい文学傾向にも興味をもって、大江健三郎や、庄司薫、高橋源一郎といった作家を読んできた一読者にすぎません。そのような読者からしますと、村上は、現代アメリカ文学との共通性にもかかわらず、結局は日本の社会と文化にこだわる日本の小説家であるようにも思われます。彼自身も、あるインタビューで、「僕が日本人の作家であるというのはあまりにも自明なこと」だと明言しています。村上がアメリカの作家たちからさまざまな影響を受け、そしてその国際性が国際的に評価されていることは言うまでもありません。しかし、村上が影響を受けたというアメリカ、そしてその文学とはいかなるものであるのか、そして村上との共通性の中核にあるものは何なのか、それをもう少し具体的に検討し、確かめる必要があるように思われます。

■多様で矛盾をはらんだ怪物的な国アメリカ

本書で「アメリカ文学」と言う場合は、翻訳などをとおして漠然と感じられるアメリカ文学ではなく、同じ西欧文学でありながら、ヨーロッパなどの「文学」とはっきり違った独自の特徴をもったアメリカ文学を考えています。しかし、そうしたアメリカ（文学）の特徴のすべてを捉えることは容易なことではありません。「歴史の建築家」と言われたジョン・ドス・パソスは、この巨大なアメリカの全体像を壮大な三部作『U.S.A.』（一九三八）で描き出しましたが、それでもなお、その全貌は捉えられていないように思われます。それほどアメリカは多様で矛盾をはらんだ怪物的な国家なのですね。その文学も同じです。

したがって、日本の作家とアメリカ文学との影響関係を論じる場合、アメリカ社会とその文化の特徴をある程度絞り込まない限り、客観性を欠いた印象論に終わってしまいます。村上はアメリカ文学の影響を受け、その作品はアメリカ文学と少なからず共通性をもっていると指摘するのは簡単です。しかし、そもそもアメリカ文学とは一体何なのか、そして村上の作品はそのアメリカ文学のどういった部分に繋がっているのか、それを具体的に指摘しない限り、あまり意味があるとは思えない主観的な議論に終わってしまうでしょう。

■フィクショナルな個人的な窓をとおして眺めた村上のアメリカ

もっとも、村上自身も、歴史的な現実のアメリカではなく、自分が十代の頃から読んできた現代アメリカ文学の作品に描かれたアメリカを、彼なりに現実のアメリカと見ているようです。ここで、彼のインタビューでの発言を引用します。村上は以前からアメリカを「ひとつのフィクション」として捉えていたと言います。その後、アメリカで暮らし、大陸横断旅行をしたりして、現実のアメリカがいかに巨大な国であるか、アメリカの「異なった地域」にはそれぞれ「異なった文化」があり、「アメリカ合衆国という国家そのものが、フィクショナルな存在である」と感じ、自分がアメリカ文化を「フィクショナライズ」していたのは「アメリカに対するひとつの正しいアプローチだったのかもしれない」と自分のアメリカ観を肯定しています。確かにアメリカは、村上が言うように、「フィクショナルな個人的な窓をとおして」眺めるしかない巨大な世界でしょう。しかし、その背後にある個人を超えた歴史的な展開や事実を無視してアメリカを論じても、アメリカの本当の姿は捉えられないと思います。

■「未来」と「夢」の上に成立する若者の文学

ここで、アメリカ文学のもっとも基本的と思われる特徴を、とりあえず二つ指摘しておきましょう。この二点は村上文学とも関係しています。

一つは、旧大陸から移住してきたアメリカ人は、旧世界の「伝統」から切り離された存在である、ということです。彼らは、新世界で、過去の伝統を剝奪された新しい社会環境で、孤立無援の状況の中、裸の自分に目を向け、自分とはそもそも何者なのか、そして、その自分の運命を決定する超越的な存在は何であるのか、こうした永遠の問題に直面せざるをえませんでした。ハーマン・メルヴィルの『白鯨』の語り手イシュメイルや、同じくその小説で世界の謎に挑むエイハブ船長を思い起こせば、おわかりいただけるでしょう。旧世界の文学が「過去」と「伝統」に基づく大人の文学だとすれば、アメリカ文学は、それとは対照的に、「未来」と「夢」の上に成立する、いわば思春期の若者の文学なのです。そして、村上が描く多くの登場人物も、先祖伝来の地方の共同体を離れて、過去の「伝統」に背を向け、大都会に生きる若者となっています。「過去」との繋がりというよりは、「未来」に「夢」を求めます。そういう意味では、日本の社会そのものもアメリカ的になっているといってもよいでしょう。

■アメリカ文学に現われる未来に開かれた両面価値的な「夢」

この「未来」に開かれた「夢」は、アメリカ文学では、さまざまな形を取って現われますが、その一つが「アメリカの夢」(American Dream)です。「アメリカの夢」については、「アメリカの悲劇」とともに、第八章で説明しました。単に物質的に豊かな生活を求める「夢」でなく、「独立宣言」に表明された人間の基本的な権利につながり、政府や財界に抵抗する政治的な若者の支えになるとともに、現代では若者たちにとっては強迫観念的な「悪夢」となりかねない両面的価値をもつ夢です。そして、その全体像を捉えることは容易ではありませんが、私は、『講義　アメリカ文学史』の第I巻第十一章で「アメリカの夢」と「アメリカの悪夢」の問題を検討し、副題に「夢の中で責任は始まる」というデルモア・シュウォーツの短篇の標題を掲げました。ついでながら申しますと、このシュウォーツの標題は、彼自身の創作でなく、アイルランドの詩人W・B・イェーツの詩集からの引用です。そして興味深いことに、ジョナサン・エリスと平林美都子による村上春樹のインタビュー(『夢を見るために毎朝僕は目覚めるのです——村上春樹インタビュー集1997—2009』所収)の標題も、「夢の中から責任は始まる」となっているのですね。村上の文学にあって、「夢」と「責任」は一体どのような意味をもつのでしょうか、それは村上とアメリカ文学の関係を考えるうえで一つの手がかりをあたえてくれます。

■「テラ・インコグニタ（未知の大地）」を捜し求めたアメリカ人

もう一つ、アメリカの特徴として指摘しておきたいのは、アメリカ人のすべてが、世界各地からそれぞれの地縁や血縁を断ち切ってアメリカに移住してきた根無し草の放浪者であり、その子孫であるということです。これは現在、アメリカだけでなく、多くの国で見られる世界的な現象となっています。わが国でも、かつてはほとんどの人は先祖伝来の土地に縛られ、その土地で生涯を終えていたと思われますが、現代の社会では、人びとは大都会に移り住み、かつての伝統的な文化や生活様式を失っています。このように、根無し草となった人びとは、これもまた「アメリカの夢」の一部でありますが、たえずよりよい社会的な地位や恵まれた生活を求めて移動しつづけます。そうした傾向が、建国以来、現在にいたるまでアメリカでは続いていて、その文学も当然、伝統的に放浪や移動の物語となります。村上との関係で言いますと、彼の大学卒業論文は「アメリカ映画における旅の系譜」だったそうで、彼自身、エリスと平林によるインタビューで、「移動の感覚」がアメリカ文化の大きな特色であり、「アメリカ人は常にフロンティアか、あるいは「テラ・インコグニタ（未知の大地）」を捜し求めて」移動していると言っています。そして、それがアメリカ文化の「強み」であると同時に、「弱点」でもあると言うのです。

確かに、「フロンティア」運動は、「移動の感覚」なるものにとり憑かれたアメリカ人の「未知の大地」を求める衝動の現われといってよいでしょう。しかし、その一方で、フロンティア研究で知られたフレデリック・ジャクソン・ターナーなどによりますと、この「未開と文明の接触点」であるフロンティアは、単なる移動や放浪の通過点であるというよりは、行き詰まった旧世界の社会を新しく再生させる定住の地であり、個人主義、物質主義、反知性主義、楽観主義などを特徴とするアメリカ社会の発祥の地でもあったのです。また、アメリカ社会の特徴である「移動の感覚」や「流動性」は、社会の成熟とともにしだいに失われ、現在ではアメリカ社会の特徴とは必ずしもいえなくなっています。そういえば、村上がその作品をずっと訳しているレイモンド・カーヴァーの短篇の多くは、この「移動の感覚」を忘れたかのように、特定の地域に定住するアメリカの庶民の行き場を失った家庭生活のささやかな事件を描いています。

■大人の世界への入門を拒絶するアメリカのイニシエーション物語

しかし、地縁や血縁を失って未知の社会に移り住んだアメリカ人の「根無し草」の意識は、現在も彼らの潜在意識には残っています。それが最初に指摘した「伝統」の欠如と結びついて、アメリカの社会に独自の性格をもたらします。その一例として、しばしば指摘されるのは、旧大陸(そして、そこには日本も含まれます)の「伝統」社会において、家庭での実権や決定権をもっているのは、経験豊かな年長者でしたが、伝統を失い、過去の経験が無意味となったアメリカでは、新しい社会環境にいち早く順応する年少者や子供たちが年長者の親たちを支配するという逆転現象が起こっています。こうして、アメリカ文学は若者にいかに生きるかを伝える大人の知恵を描くというよりは、必然的に若者の「夢」の可能性を追求する文学となります。若者の成長過程を描く「イニシエーション物語」は、ヨーロッパの「教養小説」と同じように、アメリカでも、一つのジャンルを形づくっています。

ところが、アメリカの「イニシエーション物語」は、多くの場合、ヨーロッパの伝統的な「教養小説」とは対照的に、結末は大人の世界への「イニシエーション」ではなく、マーク・トウェインの『ハックルベリ・フィンの冒険』の主人公ハック・フィンのように、大人の世界をあくまでも拒絶した少年が、更なる「夢」の可能性を求めて新しい旅立ちを試みるという「結末」とはいえない「結末」で幕を閉じるものとなります。

この若者の「夢」は、また、アメリカのいわゆる「成功の夢」にもつながります。これはベンジャミン・フランクリン以来の「夢」ですが、それによりますと、アメリカの若者は、たとえ家柄も学歴もなくとも、誠実かつ勤勉に働き、節約に心がけさえすれば、その努力はやがて報われ、経済的に成功し、物質的に恵まれた生活が保障されるという「神話」となるのです。村上に影響を及ぼしたアメリカ小説といえば、誰もがフィッツジェラルドの『偉大なギャツビー』を挙げるようですが、この小説もそうした若者の「アメリカの夢」とその悲劇的な崩壊を描いた古典的な物語といってよいでしょう。村上の小説の多くは、若者を主人公にして、彼らの成長と、その前に立ちはだかる大人たちの社会との葛藤が基盤にあると思われますが、アメリカのこうした小説との共通性、そして相違点を、村上文学の中で具体的に検討する必要があると思われます。

■村上の作品で「人生」や「愛」と並ぶ意味をもつ「夢」

すでに紹介した通り、ジョナサン・エリスたちによるインタビューは、「夢の中から責任は始まる」と題されています。そしてこのインタビューの中で、村上は「夢」と「自己責任」に触れています。まず「夢」ですが、この「夢」は彼にとって何か大きな意味があるようで、いくつかの作品で言及されます。具体的な言及を思い出す方もいらっしゃるでしょう。たとえば、第一作『風の歌を聴け』にも何度か夢は現われます。アメリカの小説家ハートフィールドについて「その厖大な作品の量にもかかわらず人生や夢や愛について直接語ることの極めて稀な作家であった」と書いています。どうやら、若き日の村上にとって、「夢」は「人生」や「愛」と並ぶほどの意味をもっていたようです。そしてまた、この作品においては、何度か「夢」が言及されていますが、その意味の重さは、その度ごとに少しずつ違っているようです。村上文学の「夢」は、睡眠中に見る生理的な現象としての「夢」から、非現実でありながらも、現実以上にわれわれの生き方に強い影響をあたえる未来の理想につながった「夢」まで、さまざまな形をとって現われます。作品の解釈にあっては、この非現実的な「夢」は、「現実」の事件などよりも、有効な作品解釈の手がかりをあたえてくれることがあります。アメリカ文学の「夢」を念頭に置きながら、この村上の「夢」の意味をもう少し考えてみます。

『風の歌を聴け』の第二十七章には、「僕は嫌な夢を見ていた」「夢を見たのは久し振りだった。あまり久し振りだったので、それが夢だと気づくまでにしばらく時間がかかった」とあります。その「夢」の中で、「僕」

は、自分が傷ついて羽根に血の跡が黒くこびりついた「黒い大きな鳥」になっていた、と言います。この「黒い大きな鳥」とは、一体何なのでしょう。精神分析的な意味を読みとりたくなりますが、これはアメリカ文学特有の「夢」とは多分関係ないでしょう。さらにまた、「ある年の夏（いつだったろう？）、夢は二度と戻っては来なかった」「夕暮れの風、淡い希望、そして夏の夢」と、主人公の「僕」の「夢」に対する言及がありますが、この「夏の夢」が何についてのものであるのかは明らかにされません。村上は、この段階では、ヨーロッパの「伝統」に対するアメリカの「夢」に特に惹かれて文学活動を始めたのではないようです。

■「アメリカの夢」とアメリカ社会に厳しい目を向けたデルモア・シュウォーツ

ところが、第一作から二十六年経った二〇〇五年、「夢の中から責任は始まる」と題した例のジョナサン・エリスと平林美都子による英語でのインタビューで、「夢」がキーワードとして現われてきます。この標題は、彼自身が選んだのか、あるいは聞き手の一人アメリカ人のエリスによるものなのかわかりませんが、その背後に、アメリカのユダヤ系詩人、短篇小説家、批評家として知られたデルモア・シュウォーツ（一九一三―六四）がいることは否定できないように思われます。シュウォーツはユダヤ系移民の子で、一九三〇年代、アメリカの「大不況」時代に華麗な文学活動を開始しました。ソール・ベローの『フンボルトの贈り物』で描かれる前衛詩人フォン・フンボルト・フライシャーは、シュウォーツがモデルだといわれています。そして、一九三八年に、「夢の中で責任は始まる」と題した短篇を発表し、注目されます。彼はその作品で、新世界アメリカに移民してきた両親の「アメリカの夢」が、結果的には「ただ、後悔、憎しみ、醜聞、そして極悪な性格をもった二人の子供たち」をもたらすだけに終わったとして、アメリカの社会と「アメリカの夢」に厳しい目を向けます。一九三〇年代に「アメリカの夢」はすでに崩壊していたのですね。そのような結果を引き起こしたことを理由に、シュウォーツは親の世代、そしてアメリカの社会を批判しますが、その「責任」は、個人的には両親の若き日の恋愛と求婚、そして、その背後にある「アメリカの夢」の中ですでに始まっていたと言うのです。

■ 社会的な次元でなく、文学者の創作過程と関係する「夢」

この「夢」と「責任」という言葉を含んだ村上のインタビューの標題を見た時、私は、個人、とりわけ文学者と、彼の時代あるいは社会環境との関係について、何か村上の言及があるのではないかと期待しましたが、残念なことに、その標題にもかかわらず、シュウォーツの短篇が問いかける問題とはほとんどつながっていませんでした。もちろん、村上は「夢」について語っています。しかし、「夢」といっても、そうした社会的な次元においてではなく、文学者の創作過程と関係する「夢」として語られているのです。

フィクションを書くのは、夢を見るのと同じです。夢を見るときに体験することが、そこで同じように行われます。〔……〕ただそこにあるものを、そのまま体験していくしかありません。我々フィクション・ライターはそれを、目覚めているときにやるわけです。夢を見たいと思っても、我々には眠る必要はありません。〔……〕書くことに意識が集中できれば、いつまでも夢を見続けることができます。〔……〕これは素晴らしい体験ではあるけれど、そこには危険性もあります。夢を見る時間が長くなれば、そのぶん我々はますます深いところへ、ますます暗いところへと降りていくことになるからです。〔……〕／もし悪夢を見れば、あなたは悲鳴を上げて目覚めます。でも書いているときにはそうはいきません。目覚めながら見ている夢の中では、我々はその悪夢を、そのまま耐えなくてはなりません。

■「井戸の底」から日常的な世界を逆照射するアメリカの「ロマンス小説」

どうやら私は、村上とアメリカ文学の関係を探ろうとして、彼が考える「夢」を、アメリカの若者の「夢」に引き寄せすぎていたようです。村上は、この引用からわかるように、作家の創作休験が「夢」を見ることにほかならず、作家はその「夢」の中で「井戸の底か、地下室」のような暗い場所に下降してゆくのだと言います。常識的な世界を超越したほとんど無意識といってよい意識の暗黒の世界に降りていって、そこからわれわれの日常的な世界を逆照射するのです。

西欧文学の伝統的な「模倣」説とは対照的な文学観ですが、それはアメリカ文学の最大の特徴とされているものに通じます。すなわちアメリカの「ロマンス小説」と呼ばれるもので、ジェイン・オースティンや、チャールズ・ディケンズのように、外面的な描写によって、社会や人間を再現する伝統的なヨーロッパ型の小説とは対照的に、世界や人間について、言ってみれば、「井戸の底」からでなければ捉えることのできない、村上の言う「メタフォリカルな真実」（柴田元幸編『ナイン・インタビューズ――柴田元幸と9人の作家たち』）を追求するのです。

そうした小説がアメリカ文学の典型であると主張したことで知られるのは、ご存知でしょうか、リチャード・チェイスという元コロンビア大学の英文科教授です。チェイスは『アメリカ小説とその伝統』（*The American Novel and Its Tradition*, 一九五七）と題した著書で、ヨーロッパの「小説」に対して、「ロマンス小説」と称するアメリカ独自の小説の存在を主張しました。チェイスによりますと、伝統的なイギリス小説は、社会的な階級や文化的伝統にとらわれ、よくも悪くも、身動きできない登場人物を外面から写実的に描きます。それに対して、未だ明確に社会的な階級が確立しておらず、独自の伝統的な文化背景のないアメリカの作家たちは、現実の社会の拘束から解放された自由な世界で、現実を超越した人間の理想や真実、あるいは幻想を、メタフィジカルな次元で追及する、というのです。つまり、アメリカの文学、とりわけ長篇小説は、人間存在の暗黒の奥底にまで追求のメスを入れることによって、ヨーロッパ型の「小説」ではとうてい捉えられない究極の真実を捉えようとしている、とチェイスは主張したのです。このリチャード・チェイスは、神話批評に基づいたハーマン・メルヴィルの研究者として知られていました。そして、表面的には、巨大な白鯨の捕獲に絡む海上での冒険と、捕鯨船上での乗組員たちの生活、そして人間関係をリアリスティックに描きながら、最終的には世界の究極的な真実を追求したメルヴィルの『白鯨』を、その「ロマンス小説」の典型と考えたのです。

そして、村上自身、意識していたかどうかわかりませんが、『世界の終りとハードボイルド・ワンダーランド』などの作品には、このチェイスのいうアメリカの「ロマンス小説」との共通性が読みとれるように思われるのです。『世界の終りとハードボイルド・ワンダーランド』には、周囲を壁に囲まれ、外の世界から完全に隔絶された不思議な町の図書館で、一角獣の頭骨から何か古い「夢」を読みとろうとする若者である「僕」が登場します。それと並行して、「計算士」である「私」は、現代都市の地下を流れる水脈の滝の裏手に秘密の研究所をもつ謎めいた老博士の謎めいた研究所を訪れ、この博士から謎めいた「シャフリング」と称する「暗号」関係の仕事を引き受けます。この三十五歳の「私」は、老博士と別れ際、謎の一角獣の頭骨を渡されます。村上は、この「僕」と「私」の地上での日常生活もそれなりに描きますが、この作品の雰囲気や登場人物の性格は、イギリスの小説ではなく、チェイスのいうアメリカの「ロマンス小説」を思い起こさせます。はっきりした共通性や影響とまでは言いませんが、村上春樹の文学はアメリカ文学とどこか奥深いところで繋がっているように思われるのです。

■「夢の中から責任は始まる」をめぐって

ここでまた、ジョナサン・エリスと平林美都子のインタビューの標題にある「夢の中から」始まる「責任」について考えてみましょう。小説家村上を知るうえでは無視しがたい意味をもつように思われますこのインタビューで、一カ所だけですが、彼は「自己責任」ということに触れています。そして、その「自己責任」が何であるのか、それを彼は『世界の終りとハードボイルド・ワンダーランド』と『羊をめぐる冒険』の結末の部分を取り上げて、次のように言っています。こうした長篇の結末は「オープン」になっていて、「最終的」でない、「変更可能なもの」である。結末を決定的にせず、現実の世界から離れて、自分の中に「静かな聖域」のような場所を見いだしている『世界の終りとハードボイルド・ワンダーランド』は、外の世界のどこにも通じていない「世界の終り」で終わります。しかし、村上は今の自分であったら、「あるいは違う結末を選ぶことになるかもしれません」と言うのです。

『世界の終りとハードボイルド・ワンダーランド』と『羊をめぐる冒険』の結末を「最終的」なものでなく、「オープン」なものにした村上は、それから二十年近くが過ぎ、作家としてさらに「成熟」し、「変化」を遂げ、そこに「もっとポジティブなものを」積み上げてゆくための「場所」にすることもできたかもしれない、と述べます。そして、その場所では「自己責任も必要になってくる」と言うのです。ただ、小説家は必ずしも預言者ではないので、作品の結末で「世界の終り」の後の世界などを明示しないのは責任回避ではなく、それは読者それぞれに考えてもらえばよいのではないでしょうか。アメリカの古典文学に興味をもち、文学者の「夢」と「責任」にこだわりをもっていた私は、村上の「静かな領域」「理想郷」に、程度の差はあれ、アメリカ文学に通じるものを感じました。「夢」と「理想」、これは現実的ではないからこそ「夢」であり、無限に「ポジティブ」でありうる可能性をもつのではないでしょうか。アメリカ文学には、そのような現実的な結末を避けて、「オープン」な終わり方をする小説が少なくありません。

■「未来」に開かれた「夢」と「過去」にとらわれた「記憶」

こうして、その後も村上の作品を読み直したり、数ある村上のインタビューや対談を覗いてみたりしていました私は、二〇〇三年七月に柴田元幸と行なった対談に行きあたり、思いがけない発見をしました。そこで村上が、「夢」ではなく、「記憶のなかで責任がはじまる」と言っていたからです。「夢」と「記憶」。「夢」が「未来」に開かれた世界であるとしたら、「記憶」は「過去」にとらわれた世界で、彼はここで、長篇『ねじまき鳥クロニクル』で問題にされる「個人的な記憶」と「集合的な記憶」の「インタラクティブ」な関係について触れます。忌まわしい「ノモンハン事件」、それは村上の世代の人たちにとっては生まれる以前の事件ですが、しかし、ただそれだけの理由で、それは自分たちの「責任」でないということは許されず、「集合的な記憶」として、現代の人間すべての「貴重な財産でもあり、同時に責任でもある」と言うのです。村上は、そのようにわれわれ現代の人間の存在の基盤をなすおぞましい「過去」を認めるのです。

■「夢」と「記憶」にとり憑かれて創作する小説家たち

「夢」と「記憶」。これは目を「未来」に向けるか、「過去」に向けるか、その方向は逆であるように思われるかもしれませんが、方向が違うだけであって、現在の意識や思考に対する時間を超えた認識活動として共通するところがあり、文学者は、そうした錯綜し曖昧な認識状態の中から、作品を創出するのではないでしょうか。この不可思議な体験は、ご存知でしょうか、村上の場合、「井戸」のメタファーで表現されます。第一作『風の歌を聴け』でも、ハートフィールドの短篇だという「火星の井戸」との関連で、「井戸」の体験は現われます。それ以上に私の記憶に残っているのは、『ねじまき鳥クロニクル』の「井戸と星」(第二部)と「井戸の底で」(第三部)での体験です。これはもちろん登場人物の体験であって、作者の創作体験とは直接関係ないかもしれませんが、それでもこの「悪夢」のような体験は、エリスと平林とのインタビューで村上が述べる「小説を書く体験」と重なってきます。村上はこのインタビューで次のように答えています。「井戸の底か、地下室のような「暗い」「深い」場所に降りてゆくこと、そして、「その暗闇の中に何がいるのか」わからない。それが、彼にとって、小説を書く体験なのです。村上は、表面的にはアメリカの映画やポップ・ミュージックなどに影響された七〇年代のわが国を舞台にして、若者の風俗を描いたサブ・カルチャー的な流行小説家と思われているようですが、この「夢」と「記憶」にとり憑かれて創作する小説家という姿勢こそ、彼とアメリカ文学の繋がりを示す注目すべき特徴なのです。

■アメリカの古典作家ホーソーンなどにもつながる村上春樹の文学

つまり、「夢」と「記憶」という点で、村上は、現代アメリカ文学だけでなく、十九世紀アメリカ文学の古典作家ともつながっているように思われます。私はここで長篇小説『緋文字』や、『七破風の家』で知られたナサニエル・ホーソーンのことを考えています。ホーソーンといえば、彼のアメリカでの二代目の先祖は、セーレムの悪名高い「魔女裁判」の判事として有罪判決を下しており、その記憶は彼にとって、生涯、精神的に耐えがたい「呪い」となります。しかし、このホーソーン家の、聖書（「申命記」）でいう「祖先たちの罪」（the sins of the fathers）は、子孫の彼にとって贖いようのない「負の遺産」であったにもかかわらず、その「記憶」は、結果的に、彼の創作活動の隠れた原動力の一つとなりました。同じように、「歴史を歴史として独立したものとしてじゃなくて、自分の記憶に連結したものとして捉え（る）」と言う村上にとって、「ノモンハン事件」の「集合的な記憶」と「個人的な記憶」は「境」がなくなってゆき、文学者として、過去の歴史と対峙する契機となるのです。「記憶のなかで責任がはじまる」のです。彼が言うように「〔……〕戦後に生まれたから戦争に責任はありません」などとは言えず、この「集合的な記憶」は、後世の世代、とりわけ文学者にとって、「貴重な財産でもあり、同時に責任でもある」ということになるのです。そして、こうした過去の「負の遺産」に対しても「責任」をとろうとする村上に、私は、ホーソーンと共通するものを感じます。

また、村上とホーソーンとの共通点といえば、彼が「メタフォリカルな真実」に「メタファー」（暗喩）の暗示力を通して迫る姿勢に両者のあいだにある親近性が感じられます。詳しく論じる余裕はありませんが、ホーソーンは、「光」（light）と「影」（darkness）という根源的な対比によって、ピューリタン以来のアメリカ社会の背後にある世界と歴史を明らかにしました。また、そのようにして、自然界のみならず、メタフィジカルな世界の問題をも解明しようとします。この「メタファー」を自らの創作技法の基本とする二人の関係は、村上の「井戸の底」の「暗闇」と、そこから見上げる外の世界の「明るさ」の対照的な描写を思いだせば、おわかりいただけるのではないでしょうか。

村上のアメリカ文学との繋がりといえば、表面的には終戦後にわが国に流入した風俗的なアメリカがあり、伝統を失った都会生活の中で「夢」にこだわる未来志向の若者たちが描かれます。それはもちろんその通りです。しかし、村上の文学は、アメリカ社会や文化、そして文学に潜む暗い影の部分を見つめようとしたホーソーンやメルヴィル、あるいはアメリカ南部の負の遺産である黒人奴隷制度の「記憶」にとり憑かれたウィリアム・フォークナーにもつながっているのではないでしょうか。

二〇〇三年の柴田元幸のインタビューで、村上が『ねじまき鳥クロニクル』に関連して、「記憶のなかで責任がはじまる」と言った時、おそらく彼は、アメリカ文学、あるいはホーソーンのことなどは念頭になかっただろうと思いますが、しかし、アメリカ文学との繋がりを考えながら、村上の作品、あるいはそのインタビューでの発言を読みますと、時代や国籍を超えた次元で、アメリカの古典文学者たちにもつながっているように思われます。

『ねじまき鳥クロニクル』の「井戸と星」と題した章で、村上は「井戸の底」から見上げた「星」についていくつか興味深い発言をしています。この「明け方の星」は「真っ暗な井戸の底にいる僕の目にしか映らないもの」で、この「僕」はそうした「星」に対し「強い親密感のようなもの」、つまり「特別な絆」を感じます。この体験の最後で、「僕」は一人井戸の底に取り残されます。それで、最初はパニックに襲われるのですが、そのパニックが消えると、「恐怖」も「絶望感」もなく、一種「あきらめのようなもの」を感じるだけになります。この体験が何を意味するかは必ずしも明らかでありませんが、私はホーソーンの呪われた暗い「過去」と、星のように輝く彼の時代の「未来」に開かれた可能性をそれとなく連想します。

■相反する「記憶」から生じる「メタフォリカルな真実」

そして、その井戸の底で、『ねじまき鳥クロニクル』の作中人物の一人は「夢」を見ます。しかし、村上は、それが「夢」でなく、「たまたま夢というかたちを取っている何かだった」とも言います（『ねじまき鳥クロニクル』第2部8）。そして、その「何か」が何であるのかはっきりしないので、読者は小説から読みとるよう求められます。何を読みとるか、それは読者によって違うでしょうが、「夢」だけでなく、相反する「記憶」がたがいに作用しあって、そこから村上の言う「メタフォリカルな真実」が生まれてくるのです。この「メタフォリカルな真実」こそ、ヨーロッパのリアリズムの伝統的な小説が捉える現実的な「真実」を超越し、それとは次元の異なる「真実」を追求するアメリカ文学の「真実」、たとえばメルヴィルやホーソーンが捉えようとした「真実」につながっているのです。

そのメルヴィルですが、彼は、文学上の盟友ホーソーンの短篇集『古き牧師館からの苔』を読み、「ホーソーンと彼の苔」という有名なエッセイを書いています。そして、そこで彼は、一見明るい小春日和のように思われる穏やかなホーソーン文学の彼方に、「暗闇のそのまた先にある暗闇」（the blackness of darkness beyond）が潜んでいること、そしてホーソーンは「現実の基軸そのもの」（the very axis of reality）にまで探索の探りを入れ、そうした「暗闇のそのまた先にある暗闇」の「真実」を捉えていると言うのです。

ホーソーンは、こうした恐るべき暗黒の地下に自ら下降するのではなく、「探索針を地下に送りこむこと」によって、「直観的な真理」（the intuitive Truth）を求めたのです。こうした「真実」は、現実の社会に生きる人間を外面から写実的に描いたヨーロッパ型の「小説」では捉えることのできない「真実」であり、それを追求することこそが、チェイスの言うアメリカの「ロマンス小説」のもっとも重要な特徴なのです。

このように、「伝統」を失い、未来に「夢」を求めるアメリカ文学は、現実の人間を超えて事物の奥底にまでメスを加える抽象的な問題意識と、リアリズムを超えた「メタフォリカル」な技法、さらには現代の「ポストモダン」と呼ばれる小説の技法によって、ヨーロッパの伝統的なリアリズム文学では捉えることのできない、地下に隠された「真実」を明らかにしようとします。その結果、アメリカの小説は、全体の構成にまとまりを欠き、「曖昧」で、わかりにくく、未完成であるといった印象をあたえることになるのです。

■「井戸の中での体験」から外の何か違った世界を描き出す

このように、村上が繰り返し用いる「井戸」のメタファーなどに、直接的な影響とは言いませんが、私は彼とアメリカ文学にある種の共通性を感じます。この「井戸」(さらには地下室、地下世界)に関する体験は、作者というよりは、作中人物たちの体験であることのほうが多いかもしれませんが、すでに述べたように、第一作『風の歌を聴け』の「火星の井戸」でも語られています。これは、火星に掘られた底なしの井戸に潜った一人の青年の体験を、村上が昔読んだハートフィールドの「火星の井戸」を思い出しながら語る場面ですが、私はそこに村上の創作体験の原点を感じます。ふたたび井戸の底から地上に出た青年は、地上の見慣れたはずの世界に「何か違っていた」ものを感じ、「風」と会話を交わして、「宇宙の創生から死まで」「時の間を彷徨っていた)」自分を意識します。最後に、この青年は拳銃で自殺しますが、こうした「井戸」の中での体験によって、生き延びた作家は「何か違ってい(る)」世界を描き出すことになるのではないでしょうか。

『ねじまき鳥クロニクル』の「井戸の底で」もそうです。これも「僕」の体験であって、作者自身の創作時の精神状態が語られているわけではありません。しかし、「井戸の底の暗闇」で、意識は異常な集中を見せます。「僕」は「自分の中にある暗闇の圧力と、自分のまわりにある暗闇の圧力」を近づけ、馴染ませるために目を閉じます。井戸の「暗闇」の中で外の世界を思い、遠い記憶は、満州の関東軍、最終的にはノモンハン事件につながってゆきます。もちろん、それは断片的な記憶で、歴史小説のように、時間的に整然と語られるわけではありません。『ねじまき鳥クロニクル』は、題名からしますと、「年代記」であって、わが国の「ノモンハン事件」から現在までを「年代記」として語る「大きな歴史の物語」であるように思われますが、同時に、中心人物である「僕」「岡田亨」の「小さな個人の物語」ともなっています。しかし、その背後では、この「大きな歴史の物語」は、作者自身の「記憶」の「闇」と、メタフィクション・レベルで、つながっているのです。だからこそ、「記憶のなかで責任が始まる」のです。そして、その「過去」の「記憶」に「責任」を感じながら、村上は作品を紡いでゆきます。すでに述べたように、それは、時間的に先行する祖先たちが犯した罪を後世の子孫として贖う小説を書いたホーソーンを思い起こさせます。

■地下の穴倉のような石炭置場で創作する「見えない人間」

そういえば、ホーソーンは、ボードン大学を卒業した一八二五年から十二年という長い「孤独な歳月」を、セーレムの自宅の薄暗い書斎に閉じこもって過ごしました。外出は散策のみ、それも「蝙蝠」のように夜間出かけたといわれます。そうした閉された暗い場所で、創作家たちは現在の世界のみならず、忌まわしい過去の事件に対峙するのです。そうした地下の穴倉のような空間に潜み、自らの数奇な半生を綴ったアメリカの小説家として、私はラルフ・エリソンの小説『見えない人間』を思い出します。小説の主人公（黒人です）は、ニューヨークのハーレムでの黒人暴動で警官に追われて、蓋のないマンホールから穴倉のような地下の石炭置場（黒一色の世界です）に落ち込み、そこからビルの「地下室」に逃げ込み、そこで「見えない人間」という自らの数奇な運命を手記としてつづります。村上がこの『見えない人間』も読んでいるかどうか、わかりませんが、「暗い」「地下室のような場所」で創作するのは、エリソンの小説の主人公だけではなく、人間関係の希薄なアメリカでは予想されることです。

村上は、「記憶」と「責任」が絡んでくる『ねじまき鳥クロニクル』を書くにあたって、ホーソーンやフォークナー、エリソンといったアメリカ文学の古典的な作家の作品を、おそらく意識していなかったでしょう。しかし、結果的には、文学者の歴史認識として、村上とホーソーンとの間には、ある共通性が認められます。アメリカは「歴史」のない国とされますが、「歴史」がないだけに、数世代前の先祖の悪行は心理的な「呪い」として後世の世代に重くのしかかってくるのです。村上もホーソーン同様、作家として「ノモンハン事件」の「負の遺産」を強く意識し、「暗い地下室」のような「井戸」の中で創作をつづけているといえなくはないでしょう。

■表層的な風俗レベルを超えたアメリカ（文学）の影響

村上の多岐にわたるアメリカとの関係は、これまでもさまざまに指摘されてきています。『風の歌を聴け』に限っても、ビーチ・ボーイズの「カリフォルニア・ガールズ」といったポップ・ミュージックに始まって、アメリカの映画や、テレビ番組、アメリカの巡洋艦が入港すると街中に溢れるＭＰと水兵たち、山の手のホテルのプールで日光浴を楽しむアメリカ人観光客、主人公が入り浸っている「ジェイズ・バー」、そこで飲むコーラやギムレットなど、さまざまなものがさまざまな場面でアメリカとつながっています。

しかし、それは、アメリカ文化がいかに風俗レベルで日本の社会、特に若い世代の間に浸透しているかを例証するだけで、この程度であれば、世界中どこの作家についても同じようなことが指摘できるでしょう。これは村上文学に限ったことではなく、グローバルな現象というべきもので、村上とアメリカ（文学）との関係というのであれば、本章で試みたように、それとは違ったもっと文学的な次元での影響を検証する必要があると思います。

■形式や技法面でもアメリカ文学につながる村上

村上は疑いようもなくアメリカ文学の影響を受けています。しかし、その影響は、フィッツジェラルドやサリンジャー、ヴォネガットといった作家、あるいはカーヴァーなどミニマリストよりは、主題、技法の両面において、彼自身どれほど意識しているかは別にして、リチャード・チェイスが主張したアメリカの「ロマンス小説」につながっていると思います。アメリカを特徴づける「未来」に開かれた「夢」（そこには「悪夢」も含まれます）と、「過去」と断絶しながらも、なお「過去」にとらわれた暗い「集合的記憶」。この二つを、文学者村上はほとんど無意識的にアメリカ文学から文学的な「影響」として受けているのではないでしょうか。だからこそ、この「夢」と「記憶」から「責任がはじまる」のです。

また、本論ではほとんど具体的な例を引き合いに出しませんでしたが、形式や技法の面においても、アメリカの「ロマンス小説」は、飛躍を伴った急激な物語の展開や、メタファーを使った多層的な表現、日常性を超えた抽象的な議論などをその特徴としています。この特徴はまた、現代の「ポストモダン」と称される小説にもつながっています。そして、こうした特徴は、歴史的には、一世紀半も前に書かれた（したがって、出版当時は理解されなかった）メルヴィルの『白鯨』などにも認められます。それを、リチャード・チェイスは、『アメリカ小説とその伝統』の一章、「メルヴィルと『白鯨』」(Melville and *Moby-Dick*)で詳細に論じます。長篇小説家としての村上は、形式や技法面においても、そうしたアメリカ文学につながっているのではないでしょうか。もちろん、ここで私は彼をメルヴィルやホーソーンと比較しようというのではありません。しかし、長篇小説家として、「真理」追及の方向性のみならず、この形式や技法面においても、少なからず共通性が認められるように思われます。そして、こうした共通性こそ、まだ評価が定まらず、いつ忘れられるかわからない現代アメリカの小説家とのあいだに感じられる表面的な共通性より、村上春樹の文学の理解にとって、より重要なのではないかと思うのです。

これまで、本章で私はアメリカ文学のアメリカ的な特徴をもっぱら強調してきましたが、こうした特徴は、現代では単にアメリカ文学というだけでなく、時代と地域を超えた文学に共通して見られるユニバーサルな特徴でもあると思います。もし村上春樹の作品が国際的に認められているとしたら、そこに日本的な特徴、あるいはアメリカ文学の影響が確認できるからではなく、それが国籍を超えた人間の永遠の問題を扱っているからです。アメリカをはじめ、現代の海外の作家たちが取り組まざるをえない問題に村上もとり組んでいるというべきでしょう。

おわりに

「はじめに」にも記したように、本書は昭和女子大学のオープン・カレッジで一般聴講者を相手に行なった講義を基にしています。聴講者はほとんどが両国の文学に興味をもっている方々でしたが、とり上げる作品すべてを読んでいるとは限らず、また読んでいても、細部までは記憶していないという方もおられました。それで、講義では、作品の粗筋と作者の伝記的な背景を時間の許す限り詳しく述べるようにいたしました。それは本書でも同じです。日米の二つの作品を比較する場合、漠然とした記憶や印象ではなく、物語の具体的な場面や、登場人物の人間関係、さらには作家の生涯や文体など、あらゆることを考える必要があると思っています。文芸批評を扱う本には物語の粗筋など無用だと考える方もいらっしゃるかもしれませんが、そうした粗筋の上に私の読みや解釈は成り立っていますので、そのことを念頭において本書をお読みいただければ幸いです。

また、従来の解釈だけでなく、新しい読み方もできるだけ紹介するよう心掛けました。たとえば第5章では、マーク・トウェインの『コネティカット・ヤンキー』について、十九世紀アメリカを一方的に肯定する小説だとする伝統的な読み方だけでなく、現代の同国の社会や政府に対して批判的な視点をもつ若い研究者の新しい解釈も紹介しました。また、外国文学の翻訳の問題についても、必要に応じて指摘しています。こうしたことはすでに『講義　アメリカ文学史［全3巻］』（二〇〇七年）および『補遺版』（二〇〇九年）でも論じています。興味をお持ちの方は、そちらもご覧いただければと思います。

『講義　アメリカ文学史［全3巻］』と『補遺版』、そして『入門編』（二〇一一年）と同じように、今回も何人かの方には随分とお世話になりました。なかでも、昭和女子大の講義に出席して本書執筆を勧めて下さり、長く厳しい編集作業をこなしていただいた研究社編集部の金子靖氏には心からお礼を申し上げます。巻末の索引を作っていただいた今井亮一さん（東京大学文学部現代文芸論博士課程）にも感謝いたします。さらに、年末の忙しい中、四年にわたって、昭和女子大の講義に出席してくれた受講生の方々にも、本書の陰の協力者として、感謝いたします。

二〇一四年七月

渡辺利雄

第 7 章

・芥川龍之介（1927 年）
・映画『羅生門』ポスター
・Ambrose Bierce（1866 年）

第 8 章

・Theodore Dreiser, *An American Tragedy* (Boni & Liveright. First edition[1925])
・石川達三『青春の蹉跌』（新潮文庫）
・Theodore Dreiser（1933 年）

第 9 章

・J. D. Salinger, *The Catcher in the Rye* (Little, Brown and Company. First edition[1951])
・庄司薫『赤頭巾ちゃん気をつけて』（新潮文庫）
・J. D. Salinger（1950 年）(LKGA238459 AP/Aflo)

第 10 章

・Haruki Murakami, *Hard-Boiled Wonderland and the End of the World* (Kodansha International [US]. First edition[1991])
・村上春樹『夢を見るために毎朝僕は目覚めるのです 村上春樹インタビュー集 1997-2011』（文藝春秋）
・Haruki Murakami, *The Wind-Up Bird Chronicle* (Vintage. First edition[1997])
・Nathaniel Hawthorne（1860 年代）

扉の図版について

第 1 章
- レイテ作戦中の米軍の歩兵
- An illustration for *The Narrative of Arthur Gordon Pym of Nantucket*
- An illustration for *The Narrative of Arthur Gordon Pym of Nantucket*
- 大岡昇平『野火』（新潮文庫）

第 2 章
- The 1849 fair copy of the poem "Annabel Lee" by Edgar Allan Poe
- 大江健三郎『﨟たしアナベル・リイ 総毛立ちつ身まかりつ』（新潮社）
- Edgar Allan Poe（1848 年）

第 3 章
- An illustration from an early edition of *Moby-Dick*
- 宇能鴻一郎『鯨神』（中公文庫）
- 梶原一騎・影丸穣也『20 世紀漫画叢書 白鯨』（少年画報社）
- Herman Melville（1870 年）

第 4 章
- An illustration from *The Prince and the Pauper*
- 大佛次郎『新日本少年少女選書 花丸小鳥丸』（湘南書房）
- 同上　挿絵
- Mark Twain（1871 年）

第 5 章
- An Illustration from *A Connecticut Yankee in King Arthur's Court*
- 半村良『戦国自衛隊』（角川文庫）
- 「川中島の戦い」絵巻
- Mark Twain, *A Connecticut Yankee in King Arthurs Court* (Signet Classics, 1963)

第 6 章
- Mark Twain, *Autobiography of Mark Twain: Volume 1* (University of California Press[2010])
- 高橋源一郎『ゴーストバスターズ 冒険小説』（講談社）
- Mark Twain（1906 年）

『金メッキ時代』 *The Gilded Age* 84
『地球からの手紙』 *Letters from the Earth* 131
『トム・ソーヤーの冒険』 *The Adventures of Tom Sawyer* 80, 82, 85, 104
『人間とは何か』 *What is Man?* 84, 92
『ハックルベリ・フィンの冒険』 *Adventures of Huckleberry Finn* 80, 82-83, 85-86, 104, 131, 141, 220, 225, 239
『不思議な少年』 *The Mysterious Stranger* 84, 92, 127-34, 139-50, 152-53
『マーク・トウェイン 不思議な少年草稿』 *Mark Twain's Mysterious Stranger Manuscripts* 130
『無邪気者の外遊記』(『赤毛布外遊記』) *The Innocents Abroad* 83
松尾芭蕉 145-46
丸谷才一 232
マロリー、トマス Malory, Thomas 110
『アーサー王の死』 *Le Morte d'Arthur* 110
『三田文学』 3
宮原照夫 57-59
『無垢な目――マーク・トウェインの想像力における幼年時代』(アルバート・E・ストーン) *The Innocent Eye: Childhood in Mark Twain's Imagination(Albert E. Stone)* 225
村岡花子 93
村上春樹 142, 219, **231-55**
「アメリカ映画における旅の系譜」 238
『風の歌を聴け』 232, 247, 251, 253
『世界の終りとハードボイルド・ワンダーランド』 244-45
『ねじまき鳥クロニクル』 246-47, 249-50, 252-53
「夢の中から責任は始まる」 "In Dreams Begins Responsibility: An Interview with Haruki Murakami" 237, 240-41, 245
『夢を見るために毎朝僕は目覚めるのです――村上春樹インタビュー集 1997-2007』 237
メルヴィル、ハーマン Melville, Herman **55-77**, 130, 236, 244, 249-50, 254-55
『白鯨』 *Moby-Dick ; or, the Whale* 55-59, 61, 65-66, 68, 71-77, 236, 244, 254
「ホーソーンと彼の苔」 "Hawthorne and His Mosses" 250
モートン、ジョン・マディソン Morton, John Maddison 149
『ボックスとコックス』 *Box and Cox* 149
モリス、アイヴァン Morris, Ivan 22

▶ヤ行

ヤーキーズ、チャールズ・T Yerkes, Charles T. 182

▶ラ行

ラディゲ、レイモン Radiguet, Raymond 2
ランボー、アルチュール Rimbaud, Arthur 2
リー、ヴィヴィアン Leigh, Vivien 34
リー、ロバート・E Lee, Robert E. 34
ローウェル、ジェイムズ・ラッセル Lowell, James Russell 31
ローリー、ウォルター Raleigh, Walter 109

『ロリータ』 *Lolita* 41, 53
「20世紀漫画叢書」 57
『ニューズウィーク』 99
野崎孝 219

▶ハ行
バーセルミ、ドナルド Barthelme, Donald 233
バーンズ、ロバート Burns, Robert 209-10
橋本福夫 192
ハックスレイ、オールダス Huxley, Aldous 46
「バッファロー・ギャルズ」 "Buffalo Gals" 146
パリントン、ヴァーノン・ルイス Parrington, Vernon Louis 29-31
『アメリカ思想の主流』 *Main Currents in American Thoughts* 29
半村良 **103-26**, 128
『戦国自衛隊』 103, 106, 118, 120-21, 124-26, 128
ビアス、アンブロース Bierce, Ambrose **155-77**
『悪魔の辞典』 *The Devil's Dictionary* 156-57, 160, 160, 162, 164, 169, 177
『いのちの半ばに』 *In the Midst of Life* 162-64
『怪奇小説集』 *Can Such Things Be?* 163
「月明かりの道」(「月明の道」) "The Moonlit Road" 155, 162-65, 170-71, 175-76
『冷笑家の単語帳』 *The Cynic's Word Book*, 156
ビーチ・ボーイズ The Beach Boys 253
「カリフォルニア・ガールズ」 "California Girls" 253
日夏耿之介 28-29, 35-39, 46-50, 53
「アナベル・リイ」 "Annabel Lee" 28, 47
ヒューストン、ジョン Houston, John 58
平林美都子 237-38, 241, 245, 247
フィッツジェラルド、F・スコット Fitzgerald, F. Scott 195, 232-33, 239, 254
『偉大なギャツビー』 *The Great Gatsby* 195, 239
フォークナー、ウィリアム Faulkner, William 249, 253
フォースター、E・M Forster, E. M. 139
福田章二 211
福田恒存 175-76
「『藪の中』について」 175
フランクリン、ベンジャミン Franklin, Benjamin 156, 195, 239
「富への道」 "The Way to Wealth" 195
『自伝』 *The Autobiography of Benjamin Franklin* 195
ブルックス、ヴァン・ワイク Brooks, Van Wyck 131
『マーク・トウェインの試練』 *The Ordeal of Mark Twain* 131
ブローティガン、リチャード Brautigan, Richard 233
『文學界』 68, 175
ペイン、A・B Paine, A. B. 129-30, 132, 134-35
ペック、グレゴリー Peck, Gregory 58
ヘミングウェイ、アーネスト Hemingway, Ernest 68, 80-81, 83, 131
『アフリカの緑の丘』 *Green Hills of Africa* 131
『老人と海』 *The Old Man and the Sea* 68
ヘラー、ジョーゼフ Heller, Joseph 221
ベル、グレイアム Bell, Alexander Graham 111
ベロー、ソール Bellow, Saul 241
『フンボルトの贈り物』 *Humboldt's Gift* 241
ポー、エドガー・アラン Poe, Edgar Allan **1-26**, **27-53**, 67, 128, 163
『アーサー・ゴードン・ピムの物語』 *The Narrative of Arthur Gordon Pym* 1, 4-8, 10-15, 17-18, 21, 26, 32, 67
「アナベル・リー」 "Annabel Lee" 27-28, 33, 35-39, 41, 43, 46, 48-50
「大鴉」 "The Raven" 37
ホーソーン、ナサニエル Hawthorne, Nathaniel 66, 75, 247-50, 252-53, 255
『七破風の家』 *The House of the Seven Gables* 248
『緋文字』 *The Scarlet Letter* 66, 75, 248
『古き牧師館からの苔』 *Mosses from an Old Manse* 250

▶マ行
マーク・トウェイン Twain, Mark **79-102**, **103-126**, **127-154**, 156, 220, 225, 239, 256
『アーサー王宮廷のコネティカット・ヤンキー』 *A Connecticut Yankee in King Arthur's Court* 103-107, 113-14, 116, 125-26, 128, 256
『王子と乞食』 *The Prince and the Pauper* 79, 82-83, 85-86, 89, 92-94, 98-101, 110, 128

▶サ行
斎藤貴男　58-59
サリンジャー、J・D　Salinger, J. D.　**205-29**, 232, 254
「ド・ドーミエ＝スミスの青の時代」 "De Daumier-Smith's Blue Period"　227
『ライ麦畑でつかまえて』 *The Catcher in the Rye*　205-208, 211, 215-21, 223, 225, 227-29
シーガー、ピート　Seeger, Pete　228
「花はどこへ行った」 "Where have all the flowers gone?"　228-29
シェイクスピア、ウィリアム　Shakespeare, William　86, 89
『ヴェニスの商人』 *The Merchant of Venice*　89, 101
ジェリコー、テオドール　Géricault, Théodore　15
「メデューズ号の筏」 "Le Radeau de la Méduse" ("The Raft of the Medusa")　14-15, 19
柴田元幸　243, 246, 249
『ナイン・インタビューズ――柴田元幸と９人の作家たち』　243
シュウォーツ、デルモア　Schwartz, Delmore　237, 241-42
「夢の中で責任は始まる」 "In Dreams Begin Responsibilities"　237, 241
『(週刊)少年マガジン』　57-58
庄司薫　**205-29**, 234
『赤頭巾ちゃん気をつけて』　205-207, 211, 215-25, 227-29
『狼なんかこわくない』　224
『喪失』　225
庄野潤三　68
昭和天皇　99-101
ジレット、チェスター　Gillette, Chester　190
『新潮』　40
鈴木三重吉　93
『乞食の王子』　93
スタンダール　Stendhal　2
『パルムの僧院』 *La Chartreuse de Parme* (*The Charterhouse of Parma*)　2
『すばる』　175
『聖書』 *Bible*　23, 63, 202, 248
ゾラ、エミール　Zola, Émile　181

▶タ行
ターナー、フレデリック・ジャクソン　Turner, Frederick Jackson　238
高橋源一郎　**127-54**, 234
『ゴーストバスターズ』　127-28, 130, 142-45, 147-54
高森朝雄　58
『大魔鯨』　58
武田泰淳　15
『ひかりごけ』　15
タッキー、ジョン・S　Tuckey, John Sutton　131
『マーク・トウェインと小さな悪魔』 *Mark Twain and Little Satan*　131
谷崎潤一郎　180, 185
『文章読本』　180
チェイス、リチャード　Chase, Richard　243-44, 251, 254
『アメリカ小説とその伝統』 *The American Novel and Its Tradition*　243, 254
チャンドラー、レイモンド　Chandler, Raymond　232
ディケンズ、チャールズ　Dickens, Charles　233, 243
テニソン、アルフレッド　Tennyson, Alfred　31
デュネカ、フレデリック　Duneka, Frederick　129
寺山修司　146
トウェイン　→マーク・トウェイン
ドス・パソス、ジョン　Dos Passos, John　234
『U. S. A.』 *U. S. A.*　234
ドライサー、シオドア　Dreiser, Theodore　**179-204**
『アメリカの悲劇』 *An American Tragedy*　179-84, 186-96, 198, 202-204
『巨人』 *The Titan*　182
『克己の人』 *The Stoic*　182
『シスター・キャリー』 *Sister Carrie*　181
『資本家』 *The Financier*　182
トルストイ、レフ　Tolstoy, Lev　57
『戦争と平和』 *Война и мир* (*War and Peace*)　58
ドレフュス、アルフレド　Dreyfus, Alfred　92

▶ナ行
中野好夫　128
中原中也　2
中村光夫　175
「『藪の中』から」　175
「月に照らされた道」 "The Moonlit Road"　175
ナボコフ、ヴラディーミル　Nabokov, Vladimir　41, 53

索　引

※50音順。
※中心に拾っているページは太字にした。

渡辺利雄（わたなべとしお）

一九三五年（昭和十年）台湾新竹市生まれ。一九五四年、新潟県両津高校卒業。一九五八年、東京大学文学部英文科卒業。一九六一年、同大学大学院修士課程修了。一九六二年から六四年まで、カリフォルニア大学バークレー校などに留学。東京大学文学部教授、日本女子大学文学部教授・文学部長などを歴任。東京大学名誉教授。専門はアメリカ文学（特に、マーク・トウェイン、ヘンリー・ジェイムズなどのリアリズム文学）。

著書に『フランクリンとアメリカ文学』『英語を学ぶ大学生と教える教師に——これでいいのか？英語教育と文学研究』（いずれも研究社）、編著に『20世紀英語文学辞典』『読み直すアメリカ文学』（いずれも研究社）など、訳書に『フランクリン自伝』（中公クラシックス）、マーク・トウェイン『自伝』（研究社）、『ハックルベリー・フィンの冒険』（集英社）、『不思議な少年』（講談社）、ジョン・ドス・パソス『U．S．A．』（岩波文庫、共訳）、ノーマン・マクリーン『マクリーンの川』（集英社文庫）、『マクリーンの森』（集英社）などがある。

二〇〇七年十二月、研究・教育の集大成『講義　アメリカ文学史［全3巻］——東京大学文学部英文科講義録』を刊行し、その二年後の二〇〇九年十二月には『講義　アメリカ文学史　補遺版』を、二〇一一年二月に『講義　アメリカ文学史——入門編』（いずれも研究社）を出版した。

索引作成　今井亮一
社内協力　高見沢紀子・望月羔子・高野渉

アメリカ文学《ぶんがく》に触発《しょくはつ》された日本《にほん》の小説《しょうせつ》

二〇一四年八月七日　初版発行

著　者　渡辺《わたなべ》　利雄《としお》

発行者 ● 関戸雅男
発行所 ● 株式会社　研究社
〒一〇二—八一五二　東京都千代田区富士見二—十一—三
電話　営業〇三—三二八八—七七七七（代）　編集〇三—三二八八—七七一一（代）
振替　〇〇一五〇—九—二六七一〇
http://www.kenkyusha.co.jp/

装丁 ● 久保和正
組版・レイアウト ● MUTE BEAT
印刷所 ● 研究社印刷株式会社

KENKYUSHA

ISBN 978-4-327-48164-3 C1093

研究社の出版案内

講義
アメリカ文学史
東京大学文学部英文科講義録

渡辺利雄〔著〕

Lectures on American Literature for Japanese Scholars and Students

著者が東大で行なった 20 余年の講義に基づいて書き下ろした、わが国最大のアメリカ文学史講義。単に事実を羅列した概論ではなく、主要な作品について、あらゆる角度から深く考察。日本への移入、日本での評価も紹介(夏目漱石の Whitman 論、日夏耿之介のPoe論、谷崎潤一郎のDreiser 論など)。索引も充実。

【第Ⅰ巻】A5 判 上製 476 頁
ISBN978-4-327-47213-9 C3098

【第Ⅱ巻】A5 判 上製 520 頁
ISBN978-4-327-47214-6 C3098

【第Ⅲ巻】A5 判 上製 506 頁
ISBN978-4-327-47215-3 C3098

【補遺版】A5 判 上製 620 頁
ISBN978-4-327-47220-7 C3098

講義 アメリカ文学史
入門編

四六判 並製 304 頁
ISBN978-4-327-47222-1 C3098

CD (MP3) 付き

この 1 冊で、アメリカ文学の全体の流れがわかる！

『講義 アメリカ文学史［全 3 巻］』と『補遺版』からエッセンスを抽出し、新情報も追加。付属 CD（MP3）に、引用文の朗読音声（150 分）を収録。略伝、索引も充実。